大鱼文化传媒　大鱼文学

# 所爱隔山海

山海不可平

巫山 著

SUOAI GESHAN HAI

贵州出版集团
贵州人民出版社

图书在版编目（CIP）数据

所爱隔山海 / 巫山著. —— 贵阳：贵州人民出版社，
2016.7（2020.3重印）
ISBN 978-7-221-13418-9

Ⅰ.①所… Ⅱ.①巫… Ⅲ.①长篇小说 – 中国 – 当代
Ⅳ.①I247.5

中国版本图书馆 CIP 数据核字 (2016) 第 183918 号

## 所爱隔山海

巫山 著

| 出 版 人 | 苏　桦 |
| --- | --- |
| 出版统筹 | 陈继光 |
| 选题策划 | 胡晨艳 |
| 责任编辑 | 唐　博 |
| 流程编辑 | 潘　媛 |
| 特约编辑 | 菜秧子 |
| 装帧设计 | 刘　艳 COCO |
| 封面绘制 | ruby 可可 |
| 出版发行 | 贵州人民出版社（贵阳市观山湖区会展东路SOHO办公区A座 邮编：550081） |
| 印　　刷 | 三河市华东印刷有限公司 |
| 开　　本 | 880×1230毫米 1/32 |
| 字　　数 | 257千字 |
| 印　　张 | 10 |
| 版　　次 | 2016年10月第1版 |
| 印　　次 | 2016年10月第1次印刷 2020年3月第2次印刷 |
| 书　　号 | ISBN 978-7-221-13418-9 |
| 定　　价 | 48.00元 |

## 所爱隔山海

山海不可平

### 目录 CONTENTS

| | |
|---|---|
| 楔子 | 001 |
| 第一章 · 借刀杀人 | 004 |
| 第二章 · 反客为主（上） | 037 |
| 第三章 · 反客为主（中） | 067 |
| 第四章 · 反客为主（下） | 094 |
| 第五章 · 声东击西 | 135 |
| 第六章 · 以逸待劳（上） | 162 |
| 第七章 · 以逸待劳（中） | 188 |
| 第八章 · 以逸待劳（下） | 216 |
| 第九章 · 瓮中捉鳖（上） | 235 |
| 第十章 · 瓮中捉鳖（中） | 262 |
| 第十一章 · 瓮中捉鳖（下） | 286 |
| 我最后的信仰是——只要你活着 | 300 |

SUOAJ
GESHAN
HAI

楔子

1959年12月，云南临沧市，雨林深处一座山庄。

远望过去，高高的灌木丛将此山庄围绕得滴水不漏，四面而视，几乎找不到一个突破口。山庄周围有小河环流，叮叮咚咚的水声攀爬着青木丛的根茎，在寂静的黑幕里绵延着、绵延着……似乎除却风声，今夜只余下月色照人的宁静。

这座山庄的建筑无论是装修还是摆设，都在向人展示着一种肃静。如果说这个时候的临沧市各个角落都有着异常沸腾的景象，那么此处就像是一只早已沉沉入睡的雄狮。它远离喧嚣，独占鳌头，享受着乱世下的僻静，没有人敢轻易打破一只雄狮的酣睡。

当然，除却山庄顶上那玻璃幕墙内一排排黑影，那黑影中抱着机关枪、面色冷峻的杀手，这样的夜或许会多上几分真正的宁静。

事实上，这样的时期，真正宁静的地方才是最沸腾的地方。他们在进行不为人知的阴谋或者交易，借由着这样的幌子做遮掩，无非关乎这整个临沧。

这是一场心照不宣的会面，甚至可以算作最后一场正式的告别会。

在山庄的最中心，灯火辉煌的壁橱下站着四个人，他们的身影被光火映射在古色古香的屏风上，或修长，或纤细，但都带着几分尚未消弭的战火味。

许久，有说话声传出来。

没有多余的赘述，没有动人的开场白，只有蓄谋已久的动荡和那动荡下隐约的威胁，说得好听些，是信仰。

"你们活着，是为了什么？"

活着，只为死。

"二十年，你们领会的是什么？"

忠诚和善良。

"做这个时代最大的坏人，是为了什么？"

一饭三吐哺，风雨四百年。

这三个问题，在他们被选中的那一刻就已经深入骨髓。如今他们答来，也不需要任何思考，几乎是脱口而出，而在说完的刹那，也都领会到些什么。他们面面相觑，从各自的眼底看出那复杂的情绪。

是紧张，是激动，是蛰伏已久的苏醒，是筹谋太深的恐惧。

是生，或死。

又过了一会儿，大厅内传来一声绵长的叹息，屏风后面走出来一个男人，五旬左右，有些超出年龄的衰老。白了半头，脸上满是皱纹，可却很有气力，精神抖擞，一双黝黑的瞳孔恰如那刚刚睡醒的雄狮，灼灼深沉而热烈。

他看了看面前的四个年轻人，似乎是老怀宽慰地笑起来："云南解放快十年了，可战事却没有真正消停。各行各业商人利欲熏心，毒品交易泛滥，军阀残军渗透各国边境，缅甸内乱不止，国外殖民扩张严重，买卖与杀戮同在。

"陆俞家族能够在这兵荒马乱的世道屹立不倒四百年，不是因为我们家族庞大、根基深，而是因为我们勇敢无惧。祠堂里香火一日不熄，家族一日不灭，流多少血，死多少人，都在所不惜。

"现在，我想要告诉你们，民族危亡，风雨飘摇，你们的存在和你们的未来，不只是为了一个四百年家族香火的维系，更是为了整个东南亚民族的兴旺和繁荣。国之动荡，文化经济几近分崩离析，重防之城建设如箭在弦，属于你们的时代到来了……从这里离开后，你们回到自己的位置，继续扮演各自不同的角色。不用我再提醒什么，我知道你们会做得很好，我也相信这会是个共赢的局面。"

他从第一个人面前走到第四个人面前，又重新走回来，眼角密密麻麻的皱纹中夹着几许看不透彻的思量。

"棋盘，开局了……"

## 第一章
## 借刀杀人

清晨第一缕阳光扫过这片大地，罂粟花遍布山头。从高处的吊脚楼中俯视这整个绿意葱葱的山头，到处都弥漫着柚木香气。

不远处已经传来锣鼓和竹丝琴的伴奏声，俞晚拉高竹帘，用竹篙撑起玄窗。她把头伸出窗外，摸着鼻头细细地闻了下空气中的味道。一场雨后，芳草泥土中都是极为清新的木香，融合了一些罂粟味，恰到好处地迷乱人心智。

乐声、香气，会晒这座小城，俞晚来到这里已经有大半个月。而她带过来的几个人，从三天前就一直处于失踪状态。

心里觉得有些不对劲。

她转过身，对着圆镜用木梳沾着水缓慢地梳起头发，编的麻花辫用草绳绑住，松松垮垮地拖在身后。

三月天气候已经暖起来，她身上穿的是会晒当地的服饰，布麻上衣只裁到腰间，露出不盈一握的细腰和白皙的皮肤。想了想，她还是用描笔在肚脐上画了一朵罂粟花，杜鹃红的花色，似真似假，活色生香。

从木楼走下去时，款待她的家主——琮少恰好带着家人来叫她。

先前一直穿着从云南带来的服饰，为了表明自己商人的身份，她从一开始进入这个地方，就没有想过隐瞒，所以外族的服装和打扮最是坦白而直接，也因此得到这位当地数一数二的地主的热情款待。

不过今天是三月十五日涅槃节，她为了表达来此的诚意，便应景地换了当地的服饰。

甫一见到她的打扮，琮少几人都不由得一愣，随即也都轻笑起来。

"你太美了。"琮少的小妻子走过来拉她的手，将她头上的绢花摆正，又很真诚地夸了一句，"比许多当地的女孩，还要美。"她身后几名跟随而来的妇人，都合掌对着俞晚笑。

俞晚松了一口气，也回笑道："入乡随俗，琮少主见笑了。"

"怎么会？我和我妻子的看法一样，非常美。"琮少做了一个手势，示意她与他一起走。从她住进来的第一天起，面前这位年轻的家主就是一贯温和有礼的样子，和她所能了解到的几乎无二。

他们从后院穿过几栋竹楼来到前门的大厅，乐声越来越清晰。俞晚仔细地辨别了下，问道："现在是笙笛合奏的乐曲？节奏欢快，声色明朗，听起来有点像情歌。"

琮少指着不远处的某个乐器说："那是笙，现在听到的是科尼琴，不过歌曲确实是情歌。"

俞晚跟着他的视线看过去。许多人都围在一起，一边摆放了许多种乐器，不过没有人演奏，也没有人看管，只挤在包围圈里手挽着手跳舞。他们穿着红衣黑裙，铃铛挂在脖子上，跳一下响一下。

看到他们走过来，跳舞的人便将他们围在中心，敲鼓的人在他们身边踩着步子。

俞晚好奇："这是什么舞？"

"象脚鼓舞。"

琮少双手合十对着跳舞的人行礼，随即跟着他们的步伐跳起来，俞晚有样学样地跳了两下，走出人群时额头上已经有了薄汗。琮少在一边补充："你来的时间不长，久了你就会发现我们这里的人都很热情，也很善良。也有很多节日盛庆，所有的人都会参与进来。"

俞晚还在回头看，头发有些松了，她一边绾着一边笑："我能感受到，很热情，而且相当淳朴。"

一路走过去，可以看到许多吃食，妇女们围着大竹篓一边张罗着糕点，一边手挽着手传圣水。在这小小的寨子楼里，她生活得非常开心。

"少主和你的族人都让我感受到温暖，这里的环境有种原始的、不曾开发过的热忱。或许可以让我们坦诚相待，达成长久的合作。"

"我也希望如此，陆小姐从云南不远千里来此，就是为了打开多一些的通商途径，不是吗？我为人一向直率，也希望合作对象能够对我坦率。"他的目光意味深长。

"自然是这样。"俞晚微微一笑。

中午还有活动，琼少将她安排在凉亭下，让妻子作陪，自己则离开了。俞晚越发觉得刚刚那些对话有些怪异，琼少似乎是在暗示她不够直率？

难道是赵叔他们出了事？

琼少的小妻子实在是过于安静，两个人面面相觑，好像除了笑也只剩下笑。俞晚有点尴尬，换了个姿势坐在那小妻子身边，视线则在这寨子楼里巡回着。

她在寻找些什么。

突然，她眼神一亮，指着坐在门口抱着木琴的人低声问道："那是什么人？"

那人背对着她，看不清长相，但看他戴着斗笠，穿着深红色的大褂，趿拉着木屐，和寨子里的族人打扮相去甚远。她一时好奇，又看了那人两眼。

似乎是意识到她的注视，那人突然转过身，视线不偏不倚地穿过人群看向她。

俞晚一愣,只听琼少的妻子说道:"是寺院的僧人。"说着她招来人,低声说嘱咐了两句,仆人便走向门边将那僧人带了过来。

离她大概两米远的位置,僧人放下木琴双手合十,匍匐在地上行了个礼,等身同长,虔诚大礼。

小妻子也回了同样的礼,俞晚不敢大意,紧跟着随了礼。

俞晚抬头时正好与那僧人四目交接,他咕哝着说了句什么。

琼少的妻子和仆人都是会晒本地人,只听得懂当地方言,自然不知道僧人说了些什么。而她出生在云南临沧的钟鼎大族,自小便学习各种民族语言,所以,当那僧人一开口就是缅甸掸邦口音时,她已经察觉到什么。

俞晚偏头笑着对琼少小妻子道:"听说你们这里的僧人道行都很深,我想问一问族中生意的走势。"

小妻子不疑有他地微笑颔首,随即领着仆人往外面走了几步,隔着不远不近的距离,继续安静地坐着。

俞晚取了一杯椰子汁,递给面前的僧人:"你喝吗?"

僧人面无表情地瞥了她一眼:"陆小姐,琼氏家族今夜会有贵人来访,你的人现在都在哪里?荒谬的大小姐,这就是你们佛家待客的礼节吗?"

她拨了拨椰子皮,吸了一大口,醇香乳奶味在齿间流转,她用余光微睨着那僧人,追问:"你法号是什么?还有,你刚刚说的贵人是谁?"

"陆小姐,你来到会晒半月有余,正事没干一件,还纵容着手下的人在会晒到处游玩,岂不荒谬?琼少当你是尊佛供着,可私下里迎接外商,发放邀请函,动作却一个也没少。我想你也应该清楚,今夜的售卖会你根本连一半的胜算都没有。如果到傍晚你的人还不回来,可能连一成的胜算都没有。"他恼怒地回瞪了她一眼,"还有,贫僧法号怪七。"

他说完作揖,抱着木琴重新坐回门口,背对着她。

俞晚禁不住笑了:"真是怪和尚,脾气这么大。"想了想,应该是赵叔他们遇到麻烦了,否则不会到现在连个消息都没递进来。

午日里阳光暖人,她和琮少的小妻子说了会儿话便有些困倦,回到吊脚楼小睡了会儿。醒来时楼前鼓乐声一丝未歇,还是如常热闹。听这里人说,这样大庆的节日总要热闹个三五天。

她靠在床头又看了会儿书,等到黄昏时分,那鼓乐声总算小了。前院里似乎有人在叫喊着什么,她猜想应该是晚饭开席了。可是,赵叔他们还是没有回来。

犹豫了会儿,她走到帘子后,脱去外衣,端起一盆冷水硬生生地浇下来。

三月天夜晚风凉,她咬着牙站在原地好半天没动,等到身体恢复了些知觉,她赶紧哆嗦着换了件衣服。

没有一会儿,琮少的小妻子来请她去前院吃饭。她整个人面色苍白,头发湿漉漉地散在肩上,浑身颤抖地裹着被子,指着换洗下的衣服说:"先前觉得暖和就洗了个澡,没想到就受凉了,现在很不舒服。"

小妻子来探她的额头,掩饰不住地担心:"我去告诉少主,待会儿让人来给你送药,好不好?"

她本来想阻止,但一想这件事怎么也不可能瞒得了琮少,于是作罢,强撑着点了点头。

小妻子临去前还在尝试着邀请她:"真的不去吃饭了吗?今天有许多美食,你或许可以尝一尝,然后早些回来。"

"不、不用了,我这样过去怕扫了你们的兴。"

"怎么会,少主和我说你是会晒最大的客人。"

会晒吗？俞晚抿着唇不着痕迹地笑了下。

等到琮少的小妻子领着仆人走远了，她又打开窗子望着远处。

篝火四起，夜色喧闹。今夜如果在售卖会之前，赵叔他们还不能赶回来，可能真的要如怪七所言的胜算极小了。

琮少的氏族是会晒本地的榆木大族，前不久俞晚收到消息，琮少手上有一批上好的柚木，木质一等，数十米外香气四溢，皆是百年老木，会于涅槃节当夜公开拍卖，于是她早早地赶赴于此。

她听说这场售卖会将齐聚老挝当地各省县的财主，很多像她这样的临沧外商闻风而来，甚至还吸引到了越南、泰国想要做这笔生意的商人。

在来到这里之前，她曾经以为这是场光明正大的售卖会，和她想象的那样公开于众，价高者得。可来到这里之后，发现许多事情超出了想象。那些各地的财主和商人纷纷入境，却隐藏之深。她曾多次探过琮少的口风，琮少只是微笑着说，时机未到。

他还说："如陆小姐这般坦诚身份和背景、毫无保留表明目的的商人，我已经许多年不曾见过了。可能等到这场售卖会结束，陆小姐会懂得这片土地做生意的规则，但我希望陆小姐坦诚的性子不要变，这样就很好。"

好吗？她现在可觉得一点也不好，赵叔一行好几个人竟然一个都没有回来。

夜里前院的乐曲声已经消失了，整个寨子楼都安静地沉入到他们的梦中。琮少告诉她，这里从来不需要彻夜狂欢，他们的族人每天都很快乐。

没有任何逾越快乐的元素，有的只是清晨最耀眼的阳光和全族人真心的笑和善良。

穿着麻布兜肚的女孩在溪边洗脚，男孩在水下嬉戏，若不小心碰到女孩的脚丫子，一定会脸红地在水下憋气很久。寨楼的妇女挽着手去时池洗衣，家中的男人就会在山壁上唱歌，偶尔摔跤或打鼓。

她觉得在这个地方，如果只是平民百姓，应该会很幸福和温暖。

不过此刻，她觉得如今的身份——外族商人，非常不合时宜。如双目所见，她感觉到这座小城里被隐没在了黑暗潮流中，被一种慢慢放大的行商模式或者时代给扼住了喉咙。

琮少在门口等她，见她出来，背着手静静打量她，许久才关切地问了一句："陆小姐是真的病了，还是在拖延时机？又或者等待些什么？"

晚风吹过面庞，俞晚冷不丁地打了个寒噤，镇定地笑着："琮少这是什么意思？"

"以诚为本，我一直认为陆小姐是我见过的最坦率的生意人。不过，现在这种想法可能要改变一下了。"琮少抿着唇，颔首微笑了下。

一刹那她已经确定，赵叔他们现在在琮少手里，是她大意了。看来今夜不管她愿不愿意，都不可能拿准这位琮少主的心意了。

"琮少，我的人并没有恶意，如果有什么地方做得出格了，还望琮少海涵。"

"陆小姐，既然来了我这里，就得有我这里的规矩，我不喜欢总是游移不定的合伙人。"他眯着眼睛，夜色中即便有大光照着，也让人觉得那双眼睛温和中透露出较量，"今夜这场售卖会，陆小姐就当看客不必出手了，希望明年我们有机会合作。"

俞晚僵硬地点点头："好，期待与您的合作。"

"陆小姐进退有礼，琮必当卖你一个人情，你的人等到这场售卖会结束了，我会放了他们，只是希望今后他们能懂规矩些。"

"这是自然的。"俞晚露齿一笑，挽着琮少的胳膊大方地走进灌木丛中。琮少不动声色地抿唇一笑，只当纵容了一位漂亮的女人。

他看人从来没有错过，正如他做生意每次选中的买家，拿出的筹码都足够愉悦他。

面前这个从云南来的女人，初次见面时会让人觉得实在美丽，拥有东方女子最极致的温柔高雅，像一位端庄的世家小姐，不太像是会做生意的人。直到看见她的仆人在城中各处转悠，出入各个场所，慢慢地觉察出一丝不对劲，看她便深了目光。然后就会发现她偶尔沉静，偶尔狡诈，实在让人拿捏不清性情。

他们走在蜿蜒曲折的灌木丛中，看着明明并没有路，可一步步走下去，那条路就于无形中显露了出来。到了中间的位置，就可以看见四面都是灌木丛，密密麻麻深不见底。身边矗立着一棵高大的柚木，仿佛冲破了天际，扎入月色中。

俞晚震惊又错愕："售卖会在这丛林里？"

琮少笑起来："是的。"他弯下腰，也不知道碰到了哪里，灌木丛突然朝各个方向移动起来。伴随着"咔嚓"一声，柚木上隐藏在树杈里的大灯亮起来，照亮了面前这一块空地。紧接着，一块千年柚木的年轮根跃出平地立在正中间。

俞晚倒吸了一口凉气，只见灌木丛中，陆陆续续有人从其他方向走了进来。

琮少回头对她耳语："他们都是老熟客，以前每一年都是这个时间在这个地方，我们非常有默契。"

所以，这就是金三角地区做生意的规则吗？来了会晒多日，却一直低调得如同影子般，从不公开自己真实的身份？隐没于黑夜之中，在别人看不见猜不透的地方，任由自己被诡谲和隐秘包围？

琮少侧首，垂下视线看着她："今年真是有趣，有好几个像陆小姐这样出手大方的买家。"

这批柚木已经喊出了历史新高价，对方是一位孟朗的商人，家中世代做珠宝生意。此次高价买这柚木也并非想要跻身木材市场一争高下，而是为了加固祖宅，博老母亲一笑。

琮少赞他孝顺至极，他便抬出十箱珠宝以示诚意。

俞晚心想，今晚的桂冠必然是要落到那孟朗商人的头上了，错过了这次机会，父亲纵然不会指责她，她却过不了自己心里那关。

琮氏是会晒坐拥柚木山林最大的家族，西郊更是有镇族的私家顶级檀香木，木材界甚至有传闻谁人能得了琮氏的檀香木，便是得了琮氏的支持和笃定，那么立足木材市场，至少能保百年基业。届时不管是商界政要还是乱世枭雄，都会因这一等一的檀香木而给琮氏几分薄面。

她怎么能将结交琮氏这样好的机会拱手让人？

"琮少，我也很有诚意，可不可以……"

"陆小姐，我已经给你太多的机会，漂亮的女人的确能够得到宽待，但这不足以拿出我整个琮氏家族来赌。"琮少压着声音，坐看场上的玲珑珠宝，暗自捏紧了她的手腕，威胁之意不言而喻，"陆小姐，聪明又漂亮的女人才适合做生意。我说过，在这里有属于这里的方式，今天你要学会的道理就是适可而止。"

他放手，俞晚吃痛地轻喘，沉吟间已经确定失去了这次机会。琮少不信任她，已经给了最大的耐心，她再多走一步，赵叔等人的性命恐怕就要不保了。

她咬着牙，强撑着笑："琮少，是我心急了些。"

"没关系，陆小姐刚开始掌管家族生意，许多道理都要慢慢学的。"琮少含笑拍了拍她的手背，走到人群中间。

"这批柚木倘若只用来买卖，未免玷污了它的灵气，我希望……"

一语未尽，高大柚木上的大灯忽然都闪了下，片刻的黑暗后又恢复光明。在灌木丛中的几位商人都面面相觑，不知道发生了什么事情。

而俞晚所期盼的，就是大灯彻底地黑掉，让这场售卖会功败垂成。

琮少眼神警惕，回头示意仆人去察看了下，确定无事后，刚想接着刚刚的话说下去，一道声音忽然从灌木丛外传进来：

"琮少，我是你父亲的好朋友，路上耽搁了些，差点错过这场盛事，不知道琮少可否通融一下看看我的诚意？"

琮少愣住。

俞晚下意识的反应是，这是白天那个脾气很大的僧人提到过的贵人？

他的声音非常厚重醇厚，隐约还含着一些从容不迫，看起来是在征询琮少的意见，但却让人感觉不到丝毫诚意。

能悄无声息地避开族中所有的守卫，甚至还敢自称是父亲好友的，琮少想不出来整个老挝会有谁。

沉默了片刻，他穿过灌木丛，与那位神秘的客人交谈了几句，然后将他引了进来。

层层青木间明亮的灯光下，俞晚看见一个身形高大的男人迎面走过来。临到近了才看清他的脸，非常冷肃，面无表情，幽深的轮廓里藏着毒蛇的阴鸷，叫人不敢与之对视。

她冷不丁地颤抖了下，赶紧收回了视线。因为这位贵客突然的造访，她感觉灌木丛里的空气都凝结住了，身边几位老板都不可思议地倒吸了口气。

是了不得的人吗？

这时琮少朗声介绍道："各位，这是照南将军。"

后来俞晚才知道，这位贵客就是金三角一支势力非常强劲的独立军队——南风军的首领。

南风军在整个湄公河一带，有着让人闻风丧胆的威吓力。至于照南本人,是传闻中比"黑色走廊"更可怕的存在。金三角是什么?他说是什么,那就是什么。

人群中一片肃静,琮少满怀歉意地打量了那孟朗商人一眼。后者涨红着脸,因这突然打断的交易而面露愠怒,可又因来人的身份而有所忌惮,所以憋着口气强忍着没有发作。

照南的目光在四周逡巡着,逐一掠过众人,轻轻地转向俞晚。紧接着没有丝毫停留,他又看向琮少。

"琮少,不知道闽氏的家传之宝,够不够聊表我的诚意?"

他一言既出,在场众人都露出惊恐的神色,俞晚也吓了一跳,不由得往后退缩了几步,小心翼翼地看着他。

谁不知道在会晒,闽氏家主闽樵是琮少最大的死敌,若不是闽樵受老挝军界政要关照之深,琮氏的暗杀早就可以拿下闽樵的人头。

这么多年闽樵处处和琮少作对,他们只隔着一个山头,在木材生意上竞争极为激烈。近年来闽樵仗着有后台越发有恃无恐,如果不是琮门家族根基深,占据的这一席之地地势极好,柚木生意甚至支撑着整个会晒,恐怕早就叫闽樵不择手段地抢夺过来了。

要说拿闽氏的家传之宝开玩笑,未免太过儿戏了。

琮少,缓慢接道:"将军不要说笑了。"

"琮少主果真认为我在说笑?"照南面无表情地回应着,拍了拍手。随即有人从外面抬进来一只大箱子,将里面的东西暴露在大光下,"这是闽氏最年老的檀香木,我听说它在老挝的木材界是无价之宝。琮少,怎么样,我的诚意足够打动你吗?"

琮少喜不自禁:"将军,这礼物太贵重了,若说买卖您亏大了。"

"这仅仅是见面礼,琮少主,我需要你的帮助,你我都有共同的目的。"

琮少骑虎难下，一方面，他深知被闽樵欺压的局面需要扭转，另一方面，又担心照南的突然示好另怀目的。

南风军会有什么怕的？它根本不需要其他势力的连横，更不需要仰仗他一个普通商人。

可是，他能够拒绝吗？照南这样的存在，有他拒绝成为敌人的资本吗？

"将军如此诚心，琮深感荣幸。"琮少勉强应承下来，有些犹疑地低声询问照南，"只是万一有人将这消息透露给闽樵，他找上门来又该如何是好？"

"琮少主请放心，有我在，就必定会护你周全。"

"好，这样我就放心了，万分感谢照南将军的馈赠。"

照南抿着唇，漆黑的眼底闪过一丝光亮。他阴冷的视线穿过众人，停在俞晚面前。他压下身子，伏在琮少耳边轻声说道："我要那些柚木没有什么用处，少主，你同那位小姐说，如果她愿意陪我一晚上，我可以将这批柚木送给她。"

琮少循着他的视线看过去，寂静的夜里，四面柚木香气袭人，局中唯一的女人就这么夺目地站在灯光的中央。黑色的长发，大而沉静的眼睛，纤细的腰身，白皙细腻的皮肤好像融尽了这片山野的罂粟花。

琮少使自己尽量温和平静地笑起来："愿意为将军效劳。"

俞晚从来没吃过这样一顿丰盛的晚餐，在老挝会晒一所寨子楼的灌木丛中，幕天席地，漏夜而至，为人所胁。

难道这金三角的男人，除了玩女人和交易，就没其他爱好了吗？初时在云南，有相识的商人曾经跑过这些地方，都和她说这里最不好惹的就是会耍枪杆子的男人，有点像上个世纪的弄权官僚，惯会吃喝玩乐以及捞钱。女子的地位很低，低到让她无法想象。

琮少来和她传达那个男人的想法时，她惊得都快不能说话了。可是，她还有其他的选择吗？

柚木树林间的大灯依然亮着，只是如今这里只剩下她和他两个人。

照南吃饭的样子很专注，拿着刀叉的手势也很规范。仔细看，就会觉得他是个习惯单一的男人，至少在吃饭这件事上，给她一种虔诚的感觉。

他慢吞吞地咀嚼着，也不太在意面前这只已经蓄势以待的小狼，他需要让体力达到他支撑到明天夜里的程度。琮少准备的食物很合心意，他吃得慢，却吃得很满足。等到他放下刀叉，认真地审视面前这个女人时，俞晚已经调整好状态，收起她所有的锋芒。

"你会使用刀叉，而且看起来很熟练，你出过国？"

照南颔首："三年前，我在英国做生意时，对方让我杀了一头牛，我用的就是这样的工具。"

俞晚愣住，蹙了蹙眉，凝神端详他。

"什么生意需要将军亲自前往？而且据我所知，南风军的枪械设备已经是这片土地上最好的。"

"哦？"他拿起桌上的餐布，仔细地擦手，从指间到手掌，很认真地擦着，"在三年前，陆小姐就听过我的名字吗？不知陆小姐对南风军是如何看待的。"

"非常强。"她想过很多词汇，却找不到最合适的来形容这支军队。战无不胜吗？也不是。只是每次的战事，最终的结果都让人难以预料。

照南沉默，他微垂着视线，很长的睫毛完全遮住那双阴冷的眼睛。

"涅槃，在东方人的解释中，是什么样的定义？"

"清凉寂静，恼烦不现，众苦永寂。"她修行过一些佛法，这两个字来自印度。

照南却微微笑了，抬起头，浓墨般的眉眼如阎罗临门般笼罩着她。

"对我而言，更简单一些。涅槃，即为死亡。"

或许是他的声音刻意地压低了，带着冷冽。又或许夜色太深，茂密的灌木丛中四面都有风来，总之，她是真的冷怵了一下，好半天都没能说出话来。

想起在来这里之前，看过堆积如山的调查报告，这其中涉及照南的部分无一例外只有两个字——黑暗。

父亲和她说，云南有很多商人都在金三角地区止步，因为照南给他们带来了黑暗。照南似乎很排外，很不喜欢东方人。

俞晚强迫着自己镇定下来，脑子里寻找着他的弱点，但是很难。只是这么想着，已经问出口："将军看起来并非一般的草莽，我想知道留我下来的目的。"

照南的目光浸在一旁的椰子汁中，透明的玻璃杯里盛满了乳白色的液体，拉长了黑暗中的倒影，长久的寂静。他没有回答，最后开口也只是转移了话题。

"你从哪里来？"

"云南，临沧。"

"你知道这是什么地方吗？"

俞晚诚恳地说："是的，我知道，老挝会晒。"

"我听说云南是个很美丽的地方。"

"是的。"

"这里可不比云南。"

"没关系，我只是一个很普通的商人。"

照南扯着嘴角，深不可测地笑了。他深邃的黑眸就像是一望无际的大海，平静无波之下，却好像能让人听见那惊涛骇浪澎湃的声音，不由得呼吸紧窒，浑身冰凉。

"普通的商人？据我所知，临沧市陆俞家族是云南最大的商贾之家，更是晚清贵族，家族根基颇深。能从那样的环境里一直做着玉石木材和茶叶的生意到今天，绝非普通的商人。"说话间，他已经越过桌子，从另一头走到这一头居高临下地审视着她，"并且，从来没有一个金三角外的商人，在一进入这样危险的地方就敢扼住地头蛇的喉咙的。"

"尤其，还是一个女人。"他噙着笑，似笑非笑，"陆小姐，你的人在进入会晒的第一天就畅通无阻地进入了闽樵的私人会所。请你告诉我，你到底只是普通的商人，还是另有筹谋？"

"我不知道，照南将军对我的关注竟然从第一天就开始了？"俞晚竭尽全力地冷静着，冷静地和他对视。

纵然他眼神中的逼视，犹如一条毒蛇在吐着信子舔舐盘中的食物，让人毛骨悚然，但她却还是强撑着，拿出自己最大的资本殊死一搏。

"将军，我真的只是一个普通的商人。我的人擅长潜伏，他们进入闽樵的会所，只是为给我带来讨好琮少的筹码，我是真的诚心诚意想与琮少合作的。"

"哦？陆小姐是不是觉得扛惯了枪杆子的草莽，脑子都不太好使？你一面叫人接近闽樵，一面又刻意讨好琮少。你所谓普通商人的面目，就是游走在两大木材商之间，游移不定吗？还是说，你存着其他的目的？"他压低了身子，隔着非常近的距离贴近她的身体。

夜色中，风凉，月冷，这个男人的存在感浓得像一杯烈酒。

俞晚紧张地攒着拳头，另一只手已经悄悄地伸向小腿，只要掀开长裤，就可以拿到里面藏着的枪。

她从来没有被人这样紧逼着质问，这种感觉好像突然被曝光在白日下，不着寸缕。

俞晚紧紧咬着唇，试图扭转处境：“将军，我只是出于一个商人的权衡和考虑，自然是先了解清楚了，才能选定最后合作的对象究竟是谁，不是吗？”她深吸一口气，接着道，"若不接触闽樵，不了解他的为人，不和琮少相比较，我又怎么能够坚定地和其中一方，达到长远的合作？"

"嗬……"照南冷哼了声，狠狠地捏住她的下巴，冰冷的声音如银魂缠身般掏空着她的肢体。

"不要拿你所谓商人的伪装来唬弄我，我没有太大的耐心。陆小姐，告诉我你真正的目的。"他的那双眼睛盯着你，就像在告诉你，只要他想，所有的谎言都会在那双眼睛里面不攻自破。

他手劲非常大，捏得俞晚下巴火辣辣作痛，她禁不住咬牙吸气，怒视他：“将军，你们的礼节就是这样粗鲁地对待一个手无缚鸡之力的女人吗？"

"你可不是那样的女人。"他的身体更近地贴合上来，动作迅速地扭着俞晚的手腕，扔掉她刚刚才碰到的枪。

俞晚学过格斗术，刹那间翻身反抗，只不过刚举起手就被他握住，他另一只手瞬间就捏住了她的喉咙。他的身子倾靠过来，以全身的力量压住她的腿，让她再不能动弹分毫。

"你的人早已和闽樵有了约定，你甚至透露给闽樵消息，今夜在这个地方将会有售卖会。只可惜，琮少的眼线却一直跟着他们，三天前就已经完全掌控了他们，而你还以为那是待你如初的琮氏少主，是不是？"他眯着眼睛，鬼魅阴冷地掀起唇，"在这个地方，我远比你熟悉一切规则。"

俞晚痛得眼睛都红了。

这个人，怎么可以这么凶悍地对待一个女人？她从来没有想过，会在来到这里的第一天，就叫金三角最厉害的独立军队首领盯上。甚至，他在短短时间内，就已经对她做出了非常详细而全面的调查。

他了解她，深知她不是表面上看起来那样简单的商人。

"陆小姐，这是我最后一次问你，如果你再不回答，我会捏断你的脖子，然后再逐个捏断你那些手下的脖子。"

俞晚涨红着脸，几乎不能呼吸，她瞪着眼睛拼命挣扎，却只感受到他更加有力的钳制。她感觉自己的脖子火辣辣的，而她的人，都还需要她去解救。

"好、好，我说。我有意结交琮少，是因为我父亲对这批柚木很有兴趣，他认为琮少比闽樵更可靠，更适合长远的合作。我知道在会晒，他们不相上下，所以同时我也对闽樵示好，为了表达我的诚意，我告知了他今夜有售卖会。我不太想要和他闹翻脸，你知道的，闽樵后头的那些达官显贵，会对我在会晒以及老挝的生意更有帮助。"

她断断续续地说着，咳嗽了几声接着道："我深入会晒，是因为这是一块挖掘潜力很大的宝地，请您相信我，我真的只是一名普通的商人。我的目的或许并不如表面上的木材生意那么简单，但也绝没有您想象的那么深，我真的只是想要开拓更多的行商路线。"

为了更为长远的利益？这个解释算不算有说服力？

大概是她所说的句句真挚，照南沉吟了片刻放下了手。

俞晚大口大口地呼吸着，摸了摸自己的脖子，心里余悸未消，她刚刚真的以为自己要死在这个男人手中。

没想到下一刻他滚烫的手掌却覆上她的腰，轻轻摩挲着。

俞晚震惊地盯着他："将军，你……"

"陆小姐，不要与虎谋皮。你父亲说得对，相比闽樵，琮少的确是个更好的选择。至于闽樵身后的那些达官显贵，我想，陆小姐经过今日这事应该也要醒醒神了,这里的规矩可不是能够一步登天的。"顿了顿,他神色一变,微微眯眼,含着几分迷离凑近她的唇,轻轻吐着,"不要再在自己的身体上画罂粟花,小心中毒。"

俞晚倒头昏天黑地地睡了一觉,醒来时赵叔几个人已经回来。

单遥和秦水躺在高脚楼前的木椅上睡觉,赵叔和麦启尔正围着一把木琴说话。听到声响回头看她,都略含愧疚地低了低头。

俞晚顺手拿过木栏上的椰汁,浅浅喝了一口,能想到的全是昨天夜里那个忽然到来的男人。他眉目深沉阴冷,每一句话都强势得不容忽视。她忽然觉得后脑勺有些凉意,把头发都捋到后面,沿着木梯走下来。

"不用自责,这次是我们大意了,一进入会晒我们就被盯上了。"她摆手示意赵叔和麦启尔坐下来。

单遥和秦水听见声音也醒了过来,几个人围在一起说话。

赵叔和她解释了下那日被琮少的人带走的情形。原本他们还在和闽樵的手下商量售卖会的事情,甚至已经约定了售卖会后双方会面的时间和地点,可刚从木材店里走出来,他们就被一伙人控制住了。

"当时,我和麦启尔一起从西门出来,单遥和秦水从东门出来,一前一后,以为这样可以分散注意力,但是没想到琮少的人早就盯住我们了。"赵叔回想了下当日的情形,觉得情况应该还算比较好,"琮少应该只是怀疑我们和闽樵有了什么交易,担心会影响到售卖会,所以才把我们关起来。"

俞晚坐在藤椅上,缓慢地捋清思绪。

"那天,还有没有其他人盯着你们?"

"没有。"麦启尔肯定地说,"我们一出来就被琮少的人带走了。"

"为什么这么说?难道还有其他人盯着我们?"赵叔面色有些疑虑。

……

一时无话，俞晚在面前的竹篓里拈了颗棕色的干果放到嘴里，有些涩，嚼几下又沁出甘甜，很奇怪的味道。俞晚觉得这里的食物都有一种让人越尝越入迷的能力，及时地从竹篓里面收回手。

视线在赵叔几人面前晃了晃，又转移到地上的木琴，看着好像有些熟悉。

"这木琴哪里来的？"

单遥说："哦，中午的时候，琮少的妻子拿过来的，说是一位僧人送给你的。"

僧人？她来这里许多天只见过一位僧人，难道是涅槃节当日脾气怪大的僧人——法号怪七？她笑着拿起木琴看了看，随意拨了几下。

来这里之前，父亲有意和她交代过，金三角地区有一些他的人，会提供给她一些帮助。现在看来，那位怪七应该就是父亲说过的，陆家的人。

可是，为什么会突然将木琴送过来？难道是为了传递什么消息？

俞晚用手背敲了敲木琴。

赵叔看她神色凝重，不禁问道："怎么了？"

"秦水，把木琴砸了……"

秦水愣了下，也不多问，拿起木琴就往石台上砸去，砸得琴身碎成一片，褐色的积木下露出红纸一角。

俞晚取过那张纸，摊开来看了眼，又重新合上。

秦水没看见上面的字，却能够猜到他们现在的处境并不是那么好，不禁有些着急："那接下来要怎么办？"

俞晚撑着下巴想了想："放弃闽樵。"

"这不行。"赵叔摇着头，舔了舔干巴巴的唇，有些难堪地说道，"据我所查，闽樵为人粗野性情狂放，虽然没有什么经商的头脑，可他背后有很多股势力,几乎囊括了整个老挝的权力之心。为商之道必要攀附有力的后盾,才能走得长远,闽樵这条线我们不能放弃。"

"是啊,小姐,我们想要进入缅甸、泰国,要打开整个金三角的通商口岸,就必须找到有力的支撑。目前闽樵对我们仍旧是信任的,从他这边的藤蔓往上摸,不是更接近我们的目标吗?"麦启尔也赞同老赵的看法。

俞晚却渐渐地沉下脸——有些很显然的事实在慢慢浮出水面,照南的出现,他在售卖会当夜说的那些话,表明至少此刻他是与琮少是一样的立场。

而闽樵与琮少是死对头。

一开始在琮少和闽樵两边游离,就是因为拿不准闽樵的后方势力有多强,她不太想对琮少过于友好而失去了闽樵这棵大树,可现在的形势看来,不管是闽樵还是琮少,都由不得她两边讨好了。

现在唯一的选择就是,站准一方,且必须是对她有利的一方。就在几个小时之前,还有人和她说过,这里的规矩是不能够一步登天的。

……

旁边的竹笼里,有一只孔雀徐徐地开屏,向他们展示着自己的美丽。只是一刹那的想法,俞晚最后还是笃定道:"放弃闽樵,进入缅甸,我已经找到更大的势力。"

"是谁?"

她抬头看了看天边的云霞,嫣红的画影,如同河边洗发的少女,美丽而炫目。这让她不禁想起昨夜那双滚烫的大手,和他离去前那似真似假的一句劝告。

果真是可以媲美照拂这半壁天下的罂粟之毒。

"照南将军。"

琮少设了宴席请俞晚和照南吃饭。俞晚临去前，左思右想还是换了套长衫。粉色的麻布恰好遮住纤腰，照得她人面红润。

琮少的小妻子摆了菠萝饭和香蕉椰乳放在她面前，娇笑着："之前看你喜欢吃，这次特地让仆人做的，你多吃一些。"

她点点头，含笑回道："谢谢。"

之前是盛情难却，所以多吃了点。可刚刚在和赵叔聊天的过程中，她已经吃了一些他们从外面带回来的糕点，现在一点也不饿。看着面前一大颗菠萝饭，她有些头疼。

她用勺子舀了些饭，放在嘴里，味同嚼蜡一般。

琮少的妻子以为是菠萝饭出了问题，生怕怠慢了远道而来的贵客，赶紧问道："是不合胃口吗？我叫人重做，可以吗？"

"不、不用。"

照南正在喝汤，听到声响也抬头看过来，阴冷的目光有片刻的凝滞，随后说道："小四也喜欢吃菠萝饭。"

被点到名正在狼吞虎咽的小四赶紧抬头看过来，他是照南的副将，与照南情同手足。得到照南的示意，他二话不说顺手拿过俞晚面前的菠萝饭，继续狼吞虎咽起来。

俞晚禁不住想笑："副将军一向这么沉默是金吗？"

小四硬是生生地吞下一大口菠萝饭，放下椰勺认真地说："将军一直教育我们，有饭吃的时候争取不要说废话，抓紧时间吃饭。"他吃饱了肚子，很快就离开桌边，唤了徐六来吃饭。

小四和徐六都是照南的左膀右臂，然而从不同桌吃饭。小四吃饱了肚子就去站岗，徐六也不吭声埋头就吃。只是看见面前那残剩的菠萝饭时，有微微讶异。据他所知，小四并不喜欢吃菠萝饭啊……

他挠挠头,继续扒饭,一会儿的工夫就吃完了。

俞晚看徐六风卷残云的样子不禁怔住,连同着琮少和他的妻子,都有些错愕。

徐六被这么多人盯着也有些羞涩,和照南耳语了两句,低着头就要离开。

照南叫住他:"做好准备。"

他毕恭毕敬地回应着:"是,前边的哨子就快回来了。"

等到徐六也离开,照南身边的人都陆续下去吃饭了。如她所能看到的,他很有礼节,有些像贵族的习惯,吃完安静地坐在一边,目不斜视。他底下的人也都是一样,吃饭时专心致志,吃完了不交头接耳,站往自己的位置。

俞晚忽然间似乎明白,为什么这样一支军队,被这片土地的人称之为"鬼军"。

琮少习惯饮酒,平日的宴饮只要有客人在都能吃上两三个小时,可看眼下的场景,他又觉得别扭,尝试着邀请:"将军不需要来点葡萄酒吗?"

照南摆摆手:"琮少请随意,我从不喝酒。"

"他们也都不喝酒吗?"琮少询问式地移向小四和徐六。

"在山里行军很少有喝酒的时候,久而久之就养成了习惯。"

琮少表示理解:"也对,山里地势复杂,又经常有野兽出没,喝酒容易误事。"

照南点点头,没有再说话。

俞晚觉得这样的男人生活肯定很无趣,连同他本人也一样,只是在此之前她很难想象到一个军人,也能让自己勾勒出来很多个场景,很多种身份。既简单,又复杂。

她从余光里扫视着他,不可避免地被察觉到,两个人的视线撞到一起。俞晚有些尴尬,转过脸径自和琮少的妻子交谈起来。

女人的话题从吃食到服装摆饰,她无一不感兴趣。后来听琮少笑言:"陆小姐真是一个地道的商人,似乎所有的东西在你眼中都是商机?"

"琮少一定不明白,女人之间要建立单纯的友谊,全靠这些生活细节。相信我,每个女人交友的方式和过程都是一样的,结果不外乎'你今天看起来让人眼前一亮''你的新发型在哪里做的,很有味道'之类。"

琮少的妻子忍不住笑着附和。

琮少恍然,跟着这个有趣的话题聊下去。

没一会儿,外头忽然吵闹起来,来往的脚步声越来越多。小四和徐六时不时地走进来,附在照南耳边说些什么。几个回合之后,琮少察觉到不对劲,打发了仆人去前面打探情况。

几分钟后,仆人慌慌张张地跑进来,一口地道的方言说着:"闽樵来了,带了好多人,就快要到门口了!"

"什么?"琮少难掩惊讶,又招来几个仆人前去打探。

照南将他们拦了下来,解释道:"不用去了,我的探子已经得到消息,闽樵带了军队从西山翻过来。"

琮氏和闽氏隔着一个西山头,带着大批人马来往,必然会惊动山里的人,不可能一点预兆都没有。琮少震怒之余也有些尴尬,满屋子一大帮仆人,前院还有放哨的守卫,竟然都沉浸在欢庆中,没有一个人警觉到。

俞晚却能够理解——这些年来,琮门受尽闽氏的打压和欺凌,百年基业几近摇摇欲坠,最深层的原因就是他们太过安逸了。

老虎牙都快被拔光了,还没察觉到痛。

兵临城下,避之不及,所有人都转移到院子里。琮少的小妻子怯弱地缩在角落里，时不时地看一眼沉默的琮少，不敢轻易上前说话。

一时间寨子楼都沸腾起来，有仆人交头接耳讨论着闽樵来势汹汹的目的。麦启尔站在俞晚身后，揣测道："是为了檀香木？"

"自家的镇宅宝物悄无声息地成为死对头的囊中物，这是公然被欺负到太岁头上，闽樵又怎么会善罢甘休？"俞晚抿着唇看过去，只见那长龙一般的军队已经将琮少的院子都包围起来。那些军人身着水蓝色上衣，黑麻长裤，队仗整齐。

赵叔在她耳边轻声说道："这是安全局的军队。"

安全局，原来闽樵仰仗的是安全局的人。

赵叔补充道："安全局出动了，这还仅仅是闽樵身后的一股势力。小姐，眼下看琮少只有照南将军可以仰仗，且照南为人深不可测、阴晴不定，他忽然出现在这里是不是还有其他的目的，我们很难猜测。这种时候还要站在琮少这边吗？"

麦启尔揣测着，折中道："现在的形势，不论是哪方面，我们都看不透，所以最好不要表明任何立场。"

秦水急了："我们都拿了琮少的柚木了，这下能撇清吗？"

单遥也在一边附和："是啊，小姐，我们要怎么办？"

"静观其变。"俞晚微笑着，笃定地敲了敲身边的椰子，嗅着里面爽口的椰汁，"云南陆俞家族，这个名号还可以换你们几个人的性命，所以不用太担心。"

"小姐，这种时候你还有心情开玩笑？"

"我没有开玩笑。"俞晚认真地看着他们，"我这次不押琮少，也不押闽樵，我只押照南将军，筹码就是陆俞家族。"

俞晚抬头看过去，绿野旷地间人山人海，她心中刚刚想到的男人似乎也得到感应，转过头来。面目肃然，眉骨深如利斧，他的眼神一贯阴冷而真实。

单遥惊得在旁边低呼:"好可怕的人,真和传闻中一样。"

静似毒蛇,动如孤狼。只消一眼,便如地狱临门。这个男人,真是给她太多错觉了。

闽樵是个虎背熊腰的粗壮汉子,隔着老远的距离就能听见他骂骂咧咧的声音,性子也莽撞,领着军队从西山一路直捣黄龙。到了琮门便开始破口大骂,直言琮少卑鄙无耻,木材生意做不过他,便盗窃了他家的镇宅宝物。

琮少僵着脸,非常尴尬。他为人一向耿直光明磊落,从没做过偷鸡摸狗的事,这次真是骑虎难下,莫名就被冠上了盗窃的名头,却又不能将照南将军捅出去,只好先吞下这口恶气。

等闽樵骂过瘾了,缓解了正在气头上的愤怒,琮少才示意性地做做样子,安抚他道:"闽少主千万别动怒,有什么事慢慢说,盗窃这名头太大了,可不能随便栽赃给别人。"

闽樵冷哼了一声:"琮少主,想你也是柚木大家,我们直接开门见山吧。我问你,何必偷我家的宝贝?"

"哦?什么宝贝?"

"自然是檀香木。"

琮少抿着唇,细细回道:"闽少主,你说我偷了你家那檀香木,证据呢?"

闽樵瞪着他,整张脸涨得通红,嗓门又大了起来:"证据?你敢不敢让安全局的人搜查?若是搜查到了,那就是最好的证据。"

"若是搜查不到呢?"

"不可能,就算是掘地三尺,今天我也要找到!若真是找不到,老子……老子今天就给你下跪道歉！"

双方僵持不下之际，安全局领头人走上前，还算是有礼地对琮少合掌作揖道："琮少主，在下沐舜，是安全局的副局长。闽氏檀香木被盗的当夜，有人看到盗匪进了琮门，后来不知所终。既然琮少主光明磊落，倒不如行个方便让我们搜查一下。如果真的搜查不到，我一定会公开还琮氏清白。"

口才不错，条理也很清楚。俞晚坐在一旁仔细地看了眼那个副局长，年岁二十左右，长得白白净净，不太像是本地人。

因为沐舜的开口，琮少不好再阻拦下去，只能任由他们在院子里搜查起来。檀香木被他藏在了当夜售卖会的地方，四面都被灌木丛包围着。即便进去了，找不到机关也是无用的。

等待的过程中，闽樵穿过人群大摇大摆地走到俞晚面前，咧着嘴和气笑道："陆小姐，闻名不如见面，你本人可比照片上漂亮多了。"

俞晚瞥了眼琮少和照南，颔首笑道："闽少主谬赞了。"

"不知道你的人和我谈的合作还作数吗？"

"哦？我的人？是谁？"她打定主意舍弃闽樵，自然是避而不认。

赵叔和麦启尔几人也都是懵懂的样子，好像初次见到闽樵本人，面对俞晚的提问，都摇头表示并不知情。

"闽少主又是从哪里见过我的照片？"俞晚细声细气，双眼含着一股莫名。

闽樵见状，当即将俞晚从竹椅上拎起来，怒不可遏地骂道："臭女人！你们外来的商人就是没有一个好东西。你的人在我的会所里吃香喝辣，现在倒翻脸不认人了！"他手劲大得惊人，拎她和拎小鸡一样轻松，说罢便不客气地把她扔下地来。

麦启尔连忙跃过椅子来拉俞晚，可还是迟了一步。俞晚被狠狠摔在地上，有一些碎石子嵌入了膝盖，火辣辣地疼着。

她还没看清眼前的状况，有一双手已经将她抱起。

凌空而起，又是一阵眼花。她下意识地她抱紧了这个人的脖子，然后听见头顶冷冷的声音说道："闽少主，我不太欣赏对女人这么粗鲁的男人。"

见照南仍旧面无表情，只是说着的话让她感觉出来几分愤怒，也觉得好笑，对女人粗鲁的不是他吗？那天夜里差点捏断了她脖子的人，现在怎么能够理直气壮地质问闽樵？

或许是出于对照南的忌惮，又或许是被刚刚那句质问喝住，让闽樵一句臭骂如鲠在喉。好半天，他才清了清嗓子，略含嘲弄地对照南说："南风军在金三角的规矩，一向是对敌人勇猛，对妻子亲爱，闽樵时刻铭记于心。陆俞晚前头对我示好，现在却故作不知，分明就是我的敌人，我对她则如对敌人。将军你且说一说，我粗鲁一些又算得了什么！"

天边最后一抹霞光都散尽了，天开始黑下来。俞晚彻底清醒了，在暗红色的余晖中看照南的面孔，从唇角到鼻梁，从鬓角到耳后，每一寸轮廓都没有遗漏，因为他此刻的话语。

"闽少主，你在对我未来的妻子粗鲁，就是我照南的敌人。"他双目阴冷，似毒蛇阴鸷，却给她一种异样的感觉。

刹那间，她分辨不出这双眼睛。

不远处，小四和徐六面面相觑，震惊得说不出话来，人群中有人毫不夸张地谈论起这场突兀的情事。

"偌大金三角，对照南虎视眈眈的女人到底有多少，你能够想象吗？"

"我听说几年前有缅甸军方高层想要为他招亲，这个消息一脛而走，三天之内有上千花季女子出现在缅甸山区，还有许多仍旧在前往缅东的路上。你猜当时正处在风尖浪口的照南将军在哪里？"

"嗯？"

"缅甸北境与中国接壤的一个人迹罕至的小镇上。"

"怎么会？那么多女人都没有一个能入得了他的眼？"

"不清楚，这件事后来成为一个谜。听说那个小镇与云南相距只有半天的行程，你说现在看起来是不是挺耐人寻味的？"

因为照南突然的表态，勾起在场许多人的好奇心。他们都想知道这个突然来到金三角的云南女人，到底有什么特别的地方，能够让威战四方的照南将军青睐？

美丽吗？不，金三角明明有许多更加漂亮、更加妖娆的女人。

聪明吗？也不是，湄公河云二娘那样聪明果断的女人，也不曾得到照南将军这样一句光明正大的照拂。

那么究竟是为什么？

是因为——她来自云南吗？

闽樵不说话了，大家也都沉默下来，安全局的人连搜查的动作也变得小心翼翼。照南若无其事地将俞晚抱到竹藤长榻上，当着众人的面撩下了帘子。

"膝盖破皮了，脚踝也擦伤了，还有其他地方受伤吗？"他从布囊里掏出药膏递给她。

俞晚闻到药膏中一阵很清新的香气，味道很像茉莉花。

"这是什么药膏？"

"罂粟膏，少抹点。"

她应了声，将棉麻的裤子拉到膝盖上面。她皮肤白，这么一看小半截腿都是血，显得有些触目惊心。

"闽樵这大老粗，随便一甩就能将我伤成这样，难道这地方的男人个个都粗野似牛？"她小声地嘟囔了两句，察觉到照南的目光，忍着痛迅速地抹好药膏。把裤子往下拉的时候，一不小心碰到了脚踝的伤口，正好罂粟膏开始起反应，像火烧一般。她忍不住倒吸了一口凉气，眼眶也跟着红了。

"这药膏怎么这么疼？"

"良药苦口，和这道理是一样的，明天你就能行动自如了。"

她刚撩下裤子，又不得不拉起来，用手扇着风，试图让膝盖上不要那么烫。照南忽然大步靠近，不由分说拉开她的手，将胳膊狠狠地压在她的膝盖上。

她吃痛地吼了一声，下意识地去推他，却好像推着一堵墙，后者根本纹丝不动。盛怒之下，也没在意那种疼痛，等到他松了手，她的膝盖竟然一阵阵凉意袭来，刚刚的滚烫和疼痛隐隐少去了几分。

忽然间明白他刚刚是在帮她。就像之前琮少的妻子给她准备菠萝饭，他也是不动声色地就替她解了围。

俞晚喃喃地说了句："谢谢。"

"不必。"

"不只是刚刚，还有闽樵的事。"

"我给你照拂，陆小姐，你应该知道是为什么。"

他站起来，隔着竹帘的缝隙看了眼外面的情况，安全局的人已经被闽樵带着，围住了那片藏着百年檀香木的灌木丛。琮少正站在边上，焦急地看着他们这边。

为什么闽樵能够知道那个隐秘的地方？当晚出席售卖会的，除了他和她，就只有那位孟朗的珠宝商人是初次到来，其他人都是琮门的老顾客。

照南沉吟了一会儿，转过脸眯着眼睛打量她，慢慢开口："你让那位孟朗的商人出卖了琮少，能告诉我筹码是什么吗？"

俞晚一惊，随即笑起来。她现在必须承认，在她面前的，绝不是一个头脑简单的武夫。

俞晚抿嘴一笑，望向照南的眼波流转："还要感谢将军那批柚木，我已经私下转赠给那位孝心十足的孟朗人。我告诉他，这一局，闽樵一定会赢，所以他不用担心他的退路，反而还能讨好闽樵，达成他们长久的协议。"

照南微微蹙眉，看不出喜怒："据我所知，陆老爷很是喜欢这批柚木。你这么大方地出手，不会让家翁失望吗？"

俞晚双手交叠放在膝上，隐隐传来的痛感更让她清醒，从被他捏住喉咙的那一刻起，她就已经准备好和面前这位深藏不露的将军谈判。

"自然不会令家父失望。今日我失去的，他日我都会再拿回来。"

"陆小姐，我突然开始犹豫，要不要和你合作了，你的聪慧和城府令我害怕。"照南忽而一笑。

他逆光负身而立，俞晚看不清他脸上的丝毫表情，自然也不曾注意到他眼中刹那间浮现的玩味深意。

……

下午，她在怪七送来的那把木琴中得到一张字条，上面写着"安全局"三个字。当时她就已经猜到安全局会为了闽樵出面，而一旦琮少落网，只有照南有这个能力可以暂时保住她的安全。

所以在晚饭前半个钟头，她找到这个盟友，与他开诚布公地合作。

"我来到会晒第一天起，就在谋划着这场局。我让赵叔他们随意出入闽樵的场子，并故意露出不少破绽，就是为了让琮少怀疑我合作的诚心，以此来失去竞夺那批柚木的机会。"

"为什么？"他微蹙起眉。

"当时还不到我和琮少合作的时机。"

"陆小姐，你的表情告诉我，这件事远不如你所说的那么简单。你看起来好像早就知道，我会来到会晒。"

俞晚耸耸肩，淡然地应付："不错，我知道南风军两个月前和会晒一股势力发生了冲突，结果不算太好，你一定会追查到此。"

而涅槃节当日，当怪七出现告诉她有位贵客会在夜里突然而至时，她就已经猜到是他。

"即便如此，你也只是能肯定我会来到会晒。那你又因为什么觉得，我就会出现在琮少的柚木交易会上？"

"我赌将军不是只会用武力解决问题的莽夫。"她挑眉，眼睛中明亮带着尖锐，"很显然能和南风军公然叫板的，势力必然不可小觑。"

她停顿了下，慢慢分析道："在会晒，只有闽樵以及他身后那些复杂的政治官僚才能够培植出这么一股势力。在这之前，你不可能直接和会晒政治高层谈判，你或许可以向闽樵示好来进一步调查这件事。但我想，将军应该不是那种会为了捷径而向敌人投诚的人。我能知道将军来此的目的，自然也能够猜到你的下一步行动是给闽樵一个教训，所以，你偷了他的传家之宝送给琮少，借此机会展开你的猎捕行为。"

照南双手交叠着，坐在背光的环境中，唇角微不可察地上扬。

俞晚声音很低，带着俏皮："你说过，在这里的规矩是不可能一步登天的。"

外面吵得闹翻了天，可隔着一面竹帘，里面这两个人还在较量。照南沉默了一会儿，黑黝黝的眼最终被长睫盖住，声音一贯的没有起伏，听不出任何情绪："你布这么大一个局到底是为了什么？让闽樵拿住琮少，这就是你说的时机？"

俞晚没有隐瞒。

她来到会晒，如果说要打开木材这条生意，就只能和琮少合作。不只是因为琮门根基深厚、琮少为人善良坦诚，最重要的是，她深知闽樵只是一颗权力中心的棋子，一颗注定要被牺牲的棋子。

"我做这些不过是要让琮少置之死地而后生，我要让他明白，没有我，琮门必殁。我是为着将来长远的合作而出此下策，今时今日我可以让一个家族生死衰荣都掌握在我手里，他日他怎敢轻易背弃我？琮氏这个家族，因为安逸太多年了，不适应现在的世道，我需要让他们醒过来，才能成为我日后坚不可摧的合作者。"

闽樵都带着一个军队杀上门来了，琮氏的人还沉浸在涅槃节的庆祝中，喝酒唱歌，跳舞游戏，哪里能想到随时都是生死一线的时刻……若想携手，就不得不打破这种局面，否则琮氏的门楣随时可能衰败下去。

"我父亲很欣赏琮氏的生意手段，光明磊落。与琮门合作，不只是合作伙伴而是朋友。只是如你所见，琮少为人还是过于良善了。"

头顶上的灯忽然暗了下去。

照南抬头看她，长长的藤椅上蜷缩着的女人，瘦弱而苍白，刚刚还被人徒手拎起来狠狠摔在地上，但只要和她说话，就会发现她绝对不是不谙世事的女人。

她学过格斗术，善于隐藏真实的情绪，能够在对峙中随机应变；你永远无法看清她的面目，像是千面郎君一般随时转换着她的角色和对人的态度，也不能揣度下一刻，她对你伸出是橄榄枝还是冰冷的枪口。

这一切都令他感觉到奇妙。

"陆小姐，你远非寻常的商人，单单'安全局'三个字，足以证明你身后的力量。我相信至少目前，你是我的友人。我很庆幸，也很希望，将来不要有任何时刻，你成为我的敌人。"他忽然释然，朝这个女人伸出手。

俞晚眯着眼睛微笑起来，伸手和他握了下："将军，我也希望我们不会有成为敌人的一天。"说完，她继续靠在藤椅上不急不缓地打了个哈欠。

很快，灌木丛的机关暴露，闽樵祖传的百年檀香木赫然出现在众人面前。琮少百口莫辩沉默以对，闽樵则恼得破口大骂。

竹帘外闹得天翻地覆，琮少远远地大喊着照南的名字，不停地求救。

照南犹豫了一会儿，正打算掀开竹帘，身后突然伸来一截素白胳膊，拉住了他的衣袖。

"将军，现在出去我们就都功亏一篑了。煞了你的威风，闽樵后头的人才能得意忘形地露出狐狸尾巴呀。"

从竹帘的缝隙中看过去，沐舜正在同琮少说话，虽然和颜悦色，可手中的镣铐却丝毫不留情，看来此局琮少是输定了。

俞晚转过身，挡在照南面前，仰头冲着那张冷硬面孔说道："我来这里之前，父亲和我下了一盘棋，让我领会到三十六计里面，最好使的还是借刀杀人这一招。"

这一局，该当如此，借着闽樵的手将琮少逼入死路。

照南半靠在墙上抱着手臂，眉目渐缓变得怔忪。

竹帘外篝火辉煌，竹帘内光色晦暗。有纤细身影倒映在烧红的土厚壁上，像一朵跃然跳出墙头的罂粟花。面粉衣红，活色生香，在这大片的星光下熠熠生辉。

他闭上眼睛，倒影中人的面孔越来越清晰。

阴冷的眸骤然缩紧，他转身即走，只留下一句话："我听说你们的历史里，有个人叫'诸葛亮'，是智者的代表，陆小姐这一局让照南刮目相看，错觉诸葛再世。"

## 第二章
## 反客为主（上）

琮少被安全局的人带走了，闽樵大张旗鼓地运回了祖传的百年檀香木，沐舜却有些意思，等到人都走光了又只身折返。

俞晚面前是一片罂粟田，浓密诱人，闭上眼睛闻一闻，能够感觉到香气在穿透身体每一个毛孔，她快要被这夜幕中的香味俘虏了。可这样美好的黄昏下，她还不得不分心去应对沐舜的试探。

"陆小姐，我听闽少主说，其实你本来中意的合作对象是他？"沐舜温文尔雅地颔首笑着，像一位绅士。但面相过于白皙稚嫩，眼窝很深，像是俄罗斯的少年。

俞晚微微笑，仰头打量他，毫无保留地将自己对他的兴趣表现出来。

在踏进老挝的地界之前，她做过一些功课，结果用意味深长来说一点也不过分。撇开闽樵和琮少这两个木材大儒不提，政治局的中流古董不说，安全局中唯一一个因为复杂的身份背景而被罗列出整整一沓资料的，也只有面前这个人。

她并没有直接回答沐舜的问题，语气轻飘："你这个年纪，如果家庭环境很好，应该还在念书吧？或者，出国留学？"

"陆小姐，我十三岁时，就已经进入安全局了。"

沐舜给人的感觉并不太好接近，"安全局副局长"其实并不算他主流的身份。表面上他直接对局长负责，事实上正副职位之差只是做给外人看的。如果不是因为年纪和长相怕被外人诟病，他应该早就坐上局长之位了，因为他是总书记的私生子。

这个价值不菲的消息，或许可以换取些什么。

"副局长，在今天之前我不曾和闽樵见过面，我来到老挝做生意也只带了四个人，他们都是我最信任的人。因为一些生意他们近半个月都在老挝四处奔走，如果闽樵打定主意说就是我的人和他谈了合作，我也很想知道，那个人是谁。"

她笑着撩了撩头发，漂亮的大眼睛透露一丝危险的光芒："我也很想找到那个背叛我的人，我绝对不会对他留情，因为我只喜欢忠诚的伙伴。尽管这一次选错了对象，但我仍旧觉得琮少是个耿直的商人，他比闽樵更适合我。"

沐舜沉吟了一会儿，没有反驳。

"那么，你和照南将军是什么关系？"

照南？那个刚刚在分手的时候，压低了声音在她耳边说"拭目以待"的男人？南风军的首领？"黑色走廊"最神秘的存在？

她笑："我和照南将军才刚刚认识。"

"陆小姐，照南将军远非你能想象到的人，所以做好商人的本分。我很期待十天后的远商会能和你再次相见，最好在这期限内离开琮门，离开照南将军。"

"多谢副局长友善的提醒。"她上前一步，与沐舜正面对视，丰满的红唇报了报，"我听说今年远商会，总书记会亲自主持，真的很期待能在这样盛大的场面和一国经济首辅会面。如果有机会，请代我向总书记问好，我诚心而至。"

沐舜离去后，俞晚在山口坐了一会儿，看着黄昏下的罂粟田，无端地就被迷乱了眼，连照南何时来到她身后都没发现。

"那个副局长和你说什么？"也不知站了多久他才出声，冰冷的口吻让人毛骨悚然。

她没好气地仰头看身边这个男人："沐舜局长夸赞我美丽，特地留下来说了一些讨好我的话。"

"讨好的话？"

"无非是男人讨好女人的那些情话，我想照南将军应该不擅长。"她饱含深意地对他上下打量，只可惜这个男人实在精明，知道她在胡编乱造，根本不为所动。

俞晚气馁地站起来，挑选了沐舜话中的精髓部分告知他："副局长提醒我，不要和照南将军走得太近。"

他微垂着眼睑，有一些漫不经心的色彩，这让俞晚禁不住失笑："照南将军给人的印象似乎不太好，人人都提醒我对你避而远之。只可惜，我们却是伙伴。"

"陆小姐后悔了？"他靠近一步，握住了她的肩膀。冷酷而直接的军人手法，不是俞晚喜欢的方式。

她挣扎开来，斜挑着眉角，迎合他的目光深入进去。

"我不太享受合作伙伴对我粗鲁的方式。"她的手臂伸到他身后，沿着脊背缓慢地移动着，摸到他脊梁骨中第二块骨头，"或许可以换一种方式，像我这样。"她猛一用力，手指捏住他脊背上那一关节的骨头。

只可惜，另一只手却被他攥住，快要捏断了。

俞晚吃痛地放下手，怒瞪着他："不解风情的臭男人！"

"风情？"照南抿着唇，目光更深了。他松开手的瞬间，整个人贴住俞晚的身子，强迫式地将她纳入怀中，"陆小姐认为的风情，是这种？需要我再深入一些吗？"

俞晚想要挣脱，却奈何被他紧紧地挟制住。有属于男人独特的气息钻入呼吸中，让她不自在地扭动了下身体。因为这个动作，照南却忽然放开了她。

他深深浅浅的目光中，被笼罩了一层昏黄的光辉。俞晚听见他的声音，在这一刻变得轻缓下来。

"不论是怎样的方式，只要陆小姐喜欢，在下都会配合。我只是希望，陆小姐不要轻易动摇，避开我这个名声不太好的男人。"

这个男人，真是……

琮少的小妻子在高脚楼外站了两个晚上，派出去许多仆人，都没能打听到有关琮少的一丝消息。

琮门的几位长老深知在这件事上面俞晚逃不了干系，更甚者怀疑她与闽樵勾结一手将他们年轻的少主送进监狱。他们怀疑她远道而来的目的不只是为了这批柚木，所以在琮少被带走的那天晚上给她断了果粮，限制了一行在族中的行动，却对南风军一如既往的礼节周到。

在金三角，果真所有人都将照南视作大佛。

黄昏时分，小四为他们送来吃食，末了还叫她一起去陪照南吃饭。

陆俞晚愣了会儿，没有拒绝，随着小四转去照南的寨楼。

刚走到中院就听见乱哄哄的声音，小四打探了一番，告诉她是闽樵找了人来闹事，眼下正在砸院子的家具。他顾不得许多，赶紧跑去通知照南。

陆俞晚也不着急，就独自站在门外看热闹。

没一会儿，照南带着南风军赶过来，琮氏的几个长老和琮少的妻子也都闻讯赶来。到这时，闽樵的人已经将中楼都砸得差不多了。

琮氏本族的仆人全都怯懦地缩在角落里，瞥见族中管事的前来，连忙嚷嚷起来，却没人敢上前阻拦。几个长老也跟着长吁短叹，就这么看着那些人肆意妄为。

俞晚觉得讽刺，或许这就是他们的劣根性——懦弱。

就在这时，琮少的小妻子从人群中跑出来，抄起象脚鼓狠狠地往柱子上砸去，她咬着牙浑身颤抖着，一边砸一边哭，也不管眼前是多么凶恶的一群粗汉，扑上去就是一阵乱打，侍奉她的几个小女孩见状也跟着扑上去。

她们都很瘦小，闽樵的人却个个粗野似牛，随手一拎就将她们重重地丢在地上。

场面顿时混乱起来，族中的老人着急叫唤着却还是不敢上前。年轻男人们见琮少夫人都已经扑上去了，赶紧撩起袖子冲上前去。只是他们过惯了安逸的生活，体力大多不好，而闽樵的人一向威武霸道，常年斗殴打架。没一会儿的工夫，男男女女就都被丢出了竹楼。

琮少的妻子手臂上流着血，还在往里面爬。

俞晚看不下去了，上前拉住她，一边冲着照南吼道："你还不快帮忙！"正是说着话，也不知道是谁动的手，竹楼里忽然飞出一只椰勺，不偏不倚恰好砸在俞晚头上。疼痛瞬间袭来，让她睁不开眼，只能下意识地护住了怀里的人。

竹楼内持续传来噼里啪啦的声音，照南双瞳间的阴冷却更深了。他检查了下俞晚头部的伤口，交代了小四几句话后，楼里又陆续飞出来一些东西，都被他挡掉了。

恰好闹事的头领见状走出来，蹙眉不快地盯着他。

"闽樵派你来的？"照南缓慢问道，森冷的声音如寒冬里的冰凌子。

这头领好像是初来乍到，并不认识照南，他感觉到身后的手下都瑟缩了，依旧二话不说拎起木椅劈头朝照南砸去。照南侧身躲过，顺势狠狠地踢了那头领一脚，拔出腰间的枪对着他的膝盖就是两下。

轰然响起的枪声，让突然又混乱起来的场面彻底地安静下来。

"回去告诉闽樵，只要有我照南一日在，琼氏就倒不了。谁再敢来闹事，就要先问问我的枪答不答应。"

闽樵的人吓得屁股尿流，抬起头领一溜烟地跑没影了。

小四和徐六带着人清理现场，琼门的人各自察看着亲人和同伴，只有俞晚倒在地上无人询问。整个瘦长的身子被黄昏的光辉笼罩着，显得模糊而萧条。

有那么一瞬间，他后悔了。


俞晚这一次被砸得不轻，睡了好几天才悠悠转醒。医生说她的脑子里可能还有淤血，需要观察一阵子。如果淤血清除不净，可能会导致失忆。

满屋子的阳光齐齐地铺排在翠绿的竹子上，空山雨后到处都散发着柚木的香气，显得清新而甘甜。

这是照南的屋子，她睡在他的床上。

陆俞晚轻轻地嗅了嗅空气中的气味，惊讶地发现这根本就不像一个男人的房间，尤其还是一个在金三角混迹多年的男人。她在琼氏那么多天，唯一一次没有嗅到罂粟的味道，甚至连烟草之类的气味也没有，干干净净，像一泓清泉。

这个男人他已经凌驾这个时代最致命的诱惑，成为战争之王。

她总算明白，为什么当初收集的资料里，照南这个人仅仅只有"黑暗"两个字评价，只因他同琼少所言，沐舜所提醒的一般——深不可测，无法想象。

是"黑色走廊"里的幽灵？还是少女向往的尤物？抑或是战无不胜的南风军首领？

俞晚闭了闭眼,她希望这一次她推测错误。不管是父亲,还是他自己,都和她说过不可以与虎谋皮。

南风军势力强悍,战争之王威名赫赫,他为什么要选择和她合作?

陆俞晚蹙了蹙眉,觉得有些异样,猛然间清醒定睛看去,只见照南坐在屋外的平台上,背靠着竹窗,正平静无波地盯着她。

"刚刚在想什么?你流汗了⋯⋯"

"没什么,我想、我想见一见琮少的妻子,她还好吗?"她抿了抿唇,还是很干。因为紧张脑袋好像要炸开一般,疼痛不已。

照南翻身走进来,在旁边的桌子上取了药递给她。

"先喝药吧,她没有事,你伤得比较重。"他的视线下垂着,停在她额头的伤口上,他用手摸了摸,"还疼吗?"

俞晚"嗯"了声,动作很慢地躲开了他的手,继续问:"我怎么会在这里?"觉得他的手指很烫,摸在伤口上面有些痒。

"前天夜里闽樵的人又来闹了一次,还带了枪,我看他是打定主意要和我作对,也是铁了心要扳倒琮少。我担心他还有后招,所以把你接了过来。"

"那⋯⋯有事吗?"她喝了一口药,苦得凝眉,舌头上有些辣久久散不去,令她不得不丢下碗。

总觉得这地方太多东西都原始过了头,黑褐色的药隔得老远就能闻到冲鼻的药草味。

一抬头就对上他审视的眼睛,陆俞晚忽然察觉到刚刚那句话有些不合时宜,赶紧改口:"不是,我的意思是,琮氏的人都还好吗?"

他面无表情地问:"你在关心谁?"

俞晚被噎住,身体跟着难受起来。刚刚的药让她反胃,苦涩的味道现在翻江倒海起来,直逼得她捂着嘴跑到窗口一阵呕吐,折腾了好半天才稍稍平复些。

照南在她身后徐徐说道:"没有人受伤,动静不是很大,小四杀了两个人,他们就跑了。"

他说得漫不经心,她却陡然心惊。

战争之王?

他究竟是怎样一个人?

只要一想到那个场景,她就不住地恶心,趴在窗口许久。从她的角度可以看到下面、不远处正在站岗的小四和徐六,大概是听到声响,小四还笑眯眯地对她挥了挥手。

俞晚觉得尴尬,转过头来,却不可避免地又撞进他始终无声无息的目光中。他离她很近,鼻息相近,能让她看清他面孔上微小的、青色的胡楂。

"觉得很难以接受?陆小姐,这才只是冰山一角,在我们这个地方,几乎每天都会有战争和死亡。"

想到他曾经说过的,涅槃即为死亡,俞晚一下子浑身冰凉。

她强迫自己冷静下来,应道:"我明白。"她沉吟着找到些适当的说辞,"谢谢你,如果不是你,这次我们可能会遇到不小的麻烦。"

照南转身走了出去,只是在掀起竹帘时突然回头,淡淡说道:"陆小姐,我希望在我们合作期间,你最好能拿出十成的信任对待我,否则……我会没有安全感。"

那样一双深沉的眼睛,竟然在此刻流露出柔软。她差点以为又是错觉,可面前这个男人,那么强大的存在感,告诉她这一切都是真实的,他刚刚的确有了那么一丝丝笑意。

复杂的、难以辨别的笑。

他以温柔做饵,她又岂敢不上钩?

远商会前一夜，琮氏恢复了先前对待俞晚的礼节，甚至友好更胜以往。在琮少的小妻子亲自登门道歉时，俞晚不得不重新审视这个在她看来过于卑微的女人。

当夜照南也在，他坐在角落里，有竹筛悬挂在房梁上，阴影恰好笼罩着他。她默认了他的停留，说不出来是为什么，或许她希望琮少妻子的一些话能够打动他。

打动一条假寐的毒蛇？不知道是不是妄想。

琮少的妻子说："我十三岁就跟琮了，但其实更小一些的时候，我就知道琮氏这个年轻的少主将会是与我一生一世相守的人。一直以来，我都在学习着将他侍奉为天。只要有他在，我便全心全意地做一个小女人，他就是我的天。但是天塌了，我还得护着他的地。哪怕他死了，再也不回来了，我还是他的妻子。他在的时候，我努力顺从于他，享受被他安排的幸福。可直到此刻，我才发现过去那些年，他是很累很累的。"

俞晚此刻能够想到的是在这个战火纷乱的年代，安隅欠奉，如果有一个人可以毫无保留地和她说，所有的事情都交给他来做，她只需要快乐。那么，她愿意一直懦弱下去。

她双腿交叠着跪在地上，乞求俞晚："我知道你是来和他做生意的，闽樵那个恶人，他不配！陆小姐，我请求你救救琮，他一直都很善良，他经常和我和族人说，我们只需要勤劳和快乐，其他的都交给他。这样好的人怎么能够一辈子在土牢度过呢？陆小姐，我求求你……"

这样善良的女孩，如果将来知道是她亲手将琮少送进牢里的，会不会怨她恨她呢？毕竟，琮氏目前不太好的状况，都是因她而起。

俞晚心中很动容，赶紧扶起她，诚心说："给我一些时间，我一定会救回琮少。"

琼少的妻子连连感谢，俞晚安慰了好一阵子，才将她送走。一回来就听见阴影下形同鬼魅的声音："如果琼少这次救不回来，等待琼门的，将是彻底的灭亡。"

他在提醒她，战局不容许心慈手软。

"有些残忍的事必须要去做，我做了，或许金三角会多活两个人，若是旁人做了，那么可能连云南都要多死上两个人。"他保持着最初的姿势，一直笔直地坐在那里，"陆小姐，你慢慢就会知道，这里远比你想象的要复杂，杀戮远不是这片土地最残忍的方式。"

纵然他杀过很多人，在许多人的眼里被冠着"冷血无情""地狱临门"，但他依旧让金三角保持住了现今为止的和平。

俞晚忽然犹豫了，她很努力地想要看清阴影里那个人，却始终没有办法看清他的轮廓。这一晚，她彻夜难眠。

那个时候她在想，如果来到老挝，在琼少的灌木丛中走进来的那个人不是照南，而是任何一个其他人，或许今日她是不是已经成为一具死尸？

她该感激他吗？

至少，得信任他。


4月初，日暖宜人，远商会是为招待远道而来的商人建立长远的合作项目，以带动老挝当地经济发展而开设的，一年一次。

俞晚天不亮就醒来了，似乎想透彻了，早晨还亲自给照南送了早餐。刚从河里捞上来的椰奶，泛着丝丝凉意。她沐浴在晨光中，带着和煦的笑容和亲近，走近他的时候，让照南生出美好的错觉，以为她对他已经没有恐惧和提防了。

他平静地接过来："陆小姐这么好的兴致？"说着这句话时，脸上还是没有什么多余的表情。

因为是白天，日光柔和，照得他面庞一层朦胧的光影，陆俞晚隐约觉得那双黑沉沉的眸也不是那般阴冷无常了。

她轻笑着："想明白了一些事，心里高兴。照南将军，等到此事了了，你我约着喝一次酒可好？"

"就为着陆小姐难得的开怀，我便破一次戒。"照南顺手拿起昨天小四摘得孔雀尾，递给她，"美丽的东西，送给美丽的小姐。"

"照南将军，我忽然发现，男人对女人的讨好，不在于是否擅长，而在于是不是愿意。"陆俞晚眯着眼睛微笑，将孔雀尾缠入头发里。

照南没有回应她的话，只是出于本能地夸赞她："很适合你。"

琮少的妻子将他们送出寨子楼时，将族中宝物檀香木根交给了俞晚。一个从十三岁起就学着顺从的柔弱女人，也在孤注一掷地赌。

俞晚抱了抱她，有很多话，不知道该怎么说，只是希望她能够一直善良下去。

"等到琮少回来，你们赶紧生个娃娃吧，等这孩子也能为你撑起另外一片天，以后你就不用再赌了。"

小妻子一愣，随即泪盈于睫。

远商会的地点定在一座寺庙中，人流错综复杂，稍有不慎就会引起暴动，且难以追查。

俞晚想不明白总书记怎么会将地点定在这种地方，照南给她的解释是："任何在这个地方出现的暴动，都以取总书记性命为宗旨。可就这个地方无法实现，越是危险的地方越是安全。他选择闹中取静，还为了表现自己对佛教的虔诚。你知道的，这里大多数百姓都很信佛，所以他们不太会在圣地杀戮。"

到达寺院时已经是中午，沐舜领着安全局的人在布置。他远远地看见俞晚同照南一起走过来，赶紧停了手上的事，亲自迎上去。

"照南将军，此次是远商会，总书记下了明令只能让商人进入。所以很抱歉，请您止步。"他还是如常温和的模样，拿出了总书记的告示给照南看。上面一字一句写得清楚，看来此次远商会确实不同以往。

俞晚收了告示折叠起来，微笑道："副局长，今天照南将军是代替琮少主来的。纵然琮少被关了起来，可琮氏毕竟是会晒最大的木材世家，如果这样的盛会不让琮氏的代表人参加，是不是有点说不过去？"

她拿出檀香木根给沐舜看："这是琮氏的镇宅之宝，副局长应该是认识的吧？"她手指灵活地将告示变成了一件艺术品。

沐舜的脸色变得有些难看，但还是迟疑："陆小姐、照南将军，我也是照规矩办事，请给我一些时间去请示。"

"好像没有这个必要，总书记如此看重副局长，给照南将军放行不也就是副局长一句话的事吗？"她走上前拦住沐舜，踮着脚靠近他，将刚刚折叠好的纸玫瑰塞入他胸前的军装口袋，压低了声音轻笑，"我这里有些东西，是关于副局长和总书记的，副局长有兴趣吗？"

沐舜脊背一僵，匆匆扫视了周围的人，屏息问道："什么东西？"

"等到远商会结束，我自然会亲手奉上。副局长，你只要将我和照南将军放进去，就能轻而易举得到这东西，还需要考虑吗？"

沐舜往后退了一步，脸色瞬白，他严词拒绝："我必须请示上层。"他急红了耳朵，像只被夹住脚的小绵羊。

陆俞晚看着他，觉得非常有趣。

"听说之前在缅甸山区，有一股势力和南风军发生了冲突。在一些调查显示那股势力仰仗的是安全局……"她漫不经心地说着，"就目前形势来看，安全局是对总书记负责的。也就是说，那股势力和总书记也有关系咯。"

"你胡说什么？"沐舜脸色彻底变了，不自觉地捏紧了拳头，"诽谤政治官员是要入狱的，陆小姐慎言。"

"是吗？"她咬着唇做无辜状，"如果副局长要拿我入狱，可能我手上那件东西就会传得满城都是了。"

"你！"

"副局长，你是觉得总书记育有私生子这个丑闻重要，还是他手下一支军队重要？是愿意公开一些不为人知的血缘关系，还是愿意为我们行个方便？照南将军只是想了解一些事情而已，不会在今天这样的大日子闹事的。"她紧逼着又上前了一步，擒住沐舜的手腕，视线微微瞥向照南，"相信我，哪怕这件事的结果可能不太美好，总书记会有一些损失。但损失掉一只手臂远远比身败名裂便宜得多。"

沐舜抬头盯着她身后不远处的照南，眼神在他们两个人身上来回扫视，终究咬咬牙给予放行。

"我希望陆小姐言而有信，事后将你手上那件东西交还给我。"

是的，他早就知道照南前来的目的是为了调查那股势力。四年前，总书记培植了一些势力，当日和南风军发生冲突的就是他手底下一支强劲的暗影军。他们藏匿于缅甸山区中，进行着不为人知的交易。偶然被南风军撞见，因此引发了冲突。交火的过程中，小四还受了伤，所以他知道照南绝对不会善罢甘休。

从南风军刚刚离开缅甸前往老挝时，沐舜就已经有种强烈的感觉，照南一定会来算账。所以，他才会在闽樵没有证据就嚷嚷着琮少偷窃的情况下，还是带着安全局的人前去勘察。

他真正的目的并不是为了抓获琮少，而是专程为照南而去。可哪里知道会突然被人握住把柄？

这座寺院是会晒最大的寺院，建筑风格非常古老，信徒们都是虔诚的修行者。俞晚一路往里面走着，看见一排排经筒。有僧人跪坐在地上，紧闭双眼念着心经，也有信徒在转经，走一段路就会跪下来行大礼，等身同长，爱欲皆在心中。

寺外的修行者则匍匐在僧人身边，聆听教诲，屏息凝神，十足的恭敬。

俞晚从一个僧人面前走过，压着声音问照南："你信佛吗？"

他的声音亦低沉："我不信，但我尊重佛法。"

"我信。"

他抬头，一脸不可置信，瞬间又隐藏起来："我以为如陆小姐这样的商人，应该不可能会有宿命轮回一生一世的信仰。"

她这样的商人什么样子？善于攻心，还是不择手段？陆俞晚有些想笑，在避让一个僧人时与他的身体紧密相贴，轻笑着回应："我对感情的态度会认真一些，不会像做生意那样随便。"

照南愣住了。

俞晚看见总书记和闽樵正站在经筒旁闭目聆听法会，任是牛鬼蛇神此刻也静如佛陀。她想到身边这个男人无欲无爱的样子，忍不住打趣："照南将军对感情的态度是否如打仗一般？"

"嗯？"

"按部就班，生硬非常。"

他的目光深深地锁住她："我不知道，没有想过。"

过了一会儿，他们走过去，听见总书记正在和一位泰国的商人交谈，说起引进泰国特种的油棕树，陆俞晚忍不住好奇凑近了些。闽樵正好看见他们，狠狠地瞪了她一眼。

也因着这个原因，总书记停下来看向他们，在对上照南的眼睛时，他很明显地一震。

俞晚觉得有趣极了，侧过身子拉了拉照南的袖口："为了报答将军的救命之恩，我给你一个筹码。沐舜是总书记的私生子，你说这样的丑闻要是传出去了，总书记还有心思和那位泰国大佬商量合作油棕树的生意吗？"

照南看着她拉扯住自己衣服的手，有些走神，过了好一会儿，低声说："没想到陆俞家对油棕生意也这么感兴趣。俞晚，玩得开心些，只要谈妥了，今日这远商会随便你耍，我只管负责你的性命。"

他第一次叫她的名字，言语间都是似真似假的宠溺和放纵。陆俞晚也在想，这场戏到底要唱到什么时候……

不过，既来之则安之，今日如果真要借着这大好时机将局收尾，第一个动的就是闽樵。

"闽少主，第一次见面你把我甩在地上，害得我伤了腿。后来你的人大闹琮氏，又伤了我的头。你说说，这笔账我们要怎么算呢？"俞晚娇俏地笑着，不像是在责备，反而带着软软的委屈。

闽樵显得一点也不在意，轻蔑地瞪着她："哼……陆小姐，你远道而来，我敬你是客，你却把我玩弄于股掌之间，我没有把你踢出会晒，你早该感激涕零，现在还敢来和我算账？"说着，捋起袖子作势紧了紧拳头。

若不是今日这么多人在场，俞晚真怀疑他这拳头会毫不犹豫地落下来。

"闽樵，我们开门见山吧，今天我来这里，就是要让你心甘情愿地将那根百年檀香木送给琮少。"

"你做梦！"

"闽少主，我不是在和你说笑，知道照南将军今天来此的目的吗？"

闽樵的神色稍微缓和了一些，没有打断她的说话，俞晚便继续下去：

"前不久，有一股势力在缅甸山区和南风军发生了正面冲突，照南一路追寻下来，发现这股势力是总书记培植的。你也知道照南在金三角的影响力，如果他需要一个合理的交代，你说总书记会不会给？"

话说到这里，闽樵似乎一下子明白了什么，追问道："你说的那股势力是不是暗影军？"

俞晚轻笑："哦？原来是叫暗影军吗？我不是很清楚，不过你应该很清楚的。这几年总书记培植了一些军队势力，却为了避嫌没有记在自己名下，多半是拿安全局做幌子，又或者拿一些需要仰仗他的人来当做东窗事发时的替罪羊。我听说闽少主名下也有一些军队？不知道这暗影军是不是冠的你的名呢？"

她此刻站的位置，在大堂的某个角落，身边有两个僧人在伏地修行。其中一名僧人，似乎听到了这场全程的谈话，不免抬起头，带着闪烁的神色打量面前这位女施主。

冷静、残酷、话锋尖锐，面如戏子，适合万丈红尘。

俞晚双手合十，虔诚地对僧人行了一礼。在这样的时刻，她竟然还能够认真地分心，对僧人笑道："一直很好奇，你们是怎么看待道德绑架这种行为的？"

"于我佛门，善良与人，严苛与己。"

"对我来说，有关道德的取舍让众生不是成为圣人，就是贼寇。高僧觉得在这个地方，生死一线，是该成圣，还是为贼？"

那僧人眉目澄净，却不说话了，收拾了下蒲团和经书，与另外一名僧人往外走去。

俞晚转过脸，对着闽樵笑道："闽少主觉得是该成圣，还是为贼呢？"

闽樵几乎说不出话了。

过去很多年不曾与人真正地较量过，现在面对这个远道而来的女人，忽然感觉非常疲惫。

刚刚那些话，明里暗里都是对他的威胁，所谓的替罪羔羊是他吗？总书记真的打算将他交出去来讨好照南以息事宁人吗？暗影军的确挂名在他头上，是因为四年前他需要安全局的掩护帮他走一批货。

"闽少主，圣人以自我约束为道德，贼寇以约束旁人为标杆。你应该很清楚，在这个地方，谁才是真正的贼寇。"俞晚一手托腮，淡淡地笑着，视线却不由得越过众人看向照南。

来来往往的人穿梭于总书记身边，信徒连带着还有一些便衣的护卫，但那一身军装的男人始终很难让人忽视。就在刚刚分开的时候，他还和她说，他只管负责她的性命。

似乎是默契，那个男人也微微侧首，隔着人群目不转睛地看向她，眼神中色彩很单调。很快，他转过头去，俞晚却觉得自己的心乱了一下。

另一边，闽樵已经急得像热锅上的蚂蚁，搓着手不停地走来走去。因为怀疑，他甚至叫心腹去打探总书记和照南的谈话，结果让他更加忐忑。只要一想到这场远商会结束之后，自己的下场或许比琮少还惨烈，他就难以平静。

只犹豫了会儿，闽樵便按捺不住朝着总书记那边走过去。俞晚赶紧拉住他，使了个眼色示意不要轻举妄动。

"现在里里外外都是安全局的人，你不想活了吗？"她看着像是在劝慰，"如果你不想被安上意图作乱刺杀总书记的罪名的话，就用用脑子呀。"

闽樵愤怒地甩开她的手："你为什么要告诉我这些？你到底想要什么？"

"我说得很明白了，今天照南要得到一个交代，总书记必然会牺牲你。若想自保，只有我可以帮你。而我的要求是琮少得以安全释放，并且你得把那百年檀香木当众送给他，以示他无罪。"

"你这女人疯了吧？把檀香木送给他了，我闽樵以后还怎么在会晒立足！"

"是你的性命重要，还是那破木头重要？"俞晚抱手揶揄地看向他，"若魂断今日，且不说闽少主你家的檀香木，就是整个闽氏产业都会顷刻间坍塌……仔细想想孰轻孰重？"

……

这时鸣钟声起，一阵整齐的禅音从屋外传进来，已是到了叩拜大佛的时候。以总书记为代表，众人都尾随在其身后，对着佛门叩首礼拜，以表诚心。

是时，总书记发表了一些谈话，但不知为何显得有些心不在焉，匆匆说了几句便结束了，一下台又找着照南，不知道在说什么。

俞晚被人群包围着，能看到闽樵气得脸色铁青，一直坐立不安。她也不着急，找到那位泰国的商人，对她非常感兴趣的油棕树进行了一番深切了解。

不一会儿，闽樵又来找她。

"陆小姐，无论如何我都不能把百年檀香木给琮少，在我们这里，檀香木的存在代表着一个家族的荣盛，更是一种象征和指示，它就是我闽樵的命根子。若将它送给琮少，就意味着向琮门低头，从今往后我都要臣服于琮门。这是规矩，也是木材界众所周知的信条。我宁死也不会将檀香木拱手相送。"他对待俞晚的神色缓和了许多，整张脸涨得通红，"不过我答应你，如果今天我能安全地走出这个大门，我必然会将琮少放出来，但是请你，请照南将军，给我一条生路。"

俞晚点点头，不想再强人所难："这个我不能答应你，我和照南将军只是伙伴，我做不了他的主。不过我相信，有一个人可以救你。"

"谁？"

"沐舜。"

闽樵愣住了，眉头紧蹙着，随即想到了什么，眉眼间的笑意绵长起来。

"这些年，总书记打着安全局和你们这些商人的旗帜，私下里在各国进行非法交易，所得报酬数目惊人，可你们得过一丝好处吗？"俞晚适时地提醒着他，"暗影军在缅甸山区活跃，闽少主可曾分一杯羹？沐舜替总书记打了这么多年的掩护，不仍旧是副局长？"

闽樵恍然，拍手喜道："你是想让我挑拨沐舜，让他公然和总书记叫板？"可一深想，他又烦恼道，"可是沐舜凭什么要为我作保来得罪总书记？他和我不一样，总书记纵然亏待他，可他毕竟还有安全局。"

"说得对，沐舜年纪虽轻，却早就可以独当一面，他不是没有能力和总书记作对。他只是还缺少一件东西，作为他公然和总书记反目的支撑。"她从衣服里面抄出一样东西交到闽樵手上，压低声音道，"这是我答应给沐舜的，你给他看完就会知道了。"

……

沐舜是总书记的私生子，一直以来都在帮他进行些不为人知的勾当，可总书记却从未想过公开承认这个儿子。那些军队势力直接受总书记领导，并不买沐舜的账，这两年已经有骑到他头上的趋势。更重要是对总书记而言，没有儿子女儿这些所谓的亲人，他的眼里只有金钱和权势，沐舜早就看清总书记的为人，深知自己的存在只是一枚以血缘为继的重要棋子。

他的下场不会比闽樵之流好，存在即为被毁。

闽樵心领神会，对俞晚拱了拱手："陆小姐，多谢你的提醒和帮助，我一定会将琮少安然无恙地回到琮门。今日远非是一场普通的远商会，请拭目以待。"

俞晚掩嘴轻笑，狡黠的目光在四下里悠悠转着，直到瞥见不远处年少英挺的副局长，她的笑容更深了："这绝对是个共赢的局面，我在这里预祝闽少主和沐舜局长旗开得胜。"

"我一定会向沐舜转达陆小姐的美意。"闽樵转身走了几步，却又突然回头，憨笑着摸了摸嘴边的胡楂，"不知道什么时候能喝到照南将军和陆小姐的喜酒，届时请一定大人大量，给我送张喜帖，如果那时我还活着的话。"

他虽粗野，却也是性情中人。大概是相信了当日照南为了照拂她而给出的那句承诺，满心以为她真的是照南未来的妻子，所以才会这么说的吧。

却不想一语成箴。

在今时今日看来是被她舍弃的木材大儒，后来却是以那样壮烈的死法，成全了一整个家族的永生。

许久之后，俞晚都在想，当时诱闽樵入局，不战而俘之反客为主，是不是错了？

暮色四合时分，寺院主持安排了斋饭。俞晚坐在竹园的角落里，四面有暖风徐徐。她的目光在与沐舜相接的片刻后，转移到自己的双手上，忍不住微笑起来。

闽樵和沐舜显然已达成共识，两人都伴着总书记坐在主桌上。那个才刚满二十岁的副局长，被困于政局和虚伪的亲情之间，与所谓的父亲嫌隙已深，看起来今日这远商会要进入重头戏了。

不过一会儿，有位披着深红色袈裟的小僧人捧着一卷书放到总书记面前，总书记看了两眼，随即目光阴鸷地投递到沐舜身上，沐舜却若无其事地端坐着，神色严谨。

陆陆续续有僧人走进来，一边上着斋饭，一边将书卷放在桌子上。

众位远商客人都觉得好奇，不免细望，只见书卷上详细记录了沐舜的生辰，还有总书记为他出生而亲笔题的字，随书卷附有其私人印章。当然，俞晚等人手上拿到的都是拓本，原卷应该在沐舜手上。

只有短短几个小时，拓本便有百卷，甚至远远不止。看来今天这认亲大会，已是如箭在弦了。

照南寻着机会坐过来，略略瞥了眼书卷上的字，兴致缺缺地放下来。

俞晚见他眉目深沉没有悦色，猜测着问道："没有谈妥？"

他"嗯"了声："总书记对交易内容缄口不提，我怀疑他们在缅甸山区进行非法活动。而且，可能还远不止总书记，表面上看暗影军挂的是闽樵的名，打着安全局的幌子，好像是直接受命于总书记，但其实还有玄机。总书记的后头有直接将命令传达给他的人，这个人受到多层保护，深不可测。"

俞晚望着白玉小碗里面的汤汁，有些回不过神来。以为拿住了总书记的把柄，却没想到这老挝的水这么深。

她想了一会儿，缓慢问道："那个，我是说总书记后头的人是谁？"

照南没有说话，安静地吃着碗里的米饭，素色菜肴味道并不是很好，但对他而言并无关紧要。他在想这次前来，是不是过于仓促和盲目了？

等到他吃完，重新放下筷子，才幽幽地回道："远非是你我可以接近和接触的人。陆小姐，待琮少安全归来，你谈完了生意，就赶紧回临沧吧。"

后来的认亲大会，总书记声泪俱下地将当年在应酬中被人下药以至于铸成大错的经过一一道来。他表示对沐舜的亏欠，一直没能给他一个名正言顺的身份，又义正词严地证明，沐舜今时今日的地位都是他自己挣回来的，并没有他这个父亲在后面的扶持和帮助。漫长久远的故事，被他一顿胡编乱造，道尽了当时的无奈和如今的痛悔，直将在场的商儒和新闻记者感动得红了眼，纷纷表示对他的理解。

沐舜无所谓故事的内容真假，只是冷眼看着。他的想法也很简单，公开身份，得到他本该得到的地位和权势。从今往后，也无需再成为这个冷血无情的父亲的附属品。

很长的时间，当所有人的关注点都在这个故事上时，俞晚的目光始终停留在身边这个男人身上。

总书记仅仅是表面上的领导人，那么这支军队到底在暗地里进行着怎样的勾当，才能够让照南这样的人都踟蹰不前？会是临行前，父亲给她的那个名字吗？

难道她就这样放弃了？

不，真正的局才刚刚开始。

"照南将军，这个人已经影响到你的军队，并且开始在你的地盘进行非法交易。我知道你是独立势力，不依附任何政治领导，可是南风军那么多人的性命都捏在你手上，这事总得给他们一个合理的交代，不是吗？"她咬了一口桑绿菜，浓浓的青汁泛滥在唇齿间，香气四溢。

"与这样的人化干戈为玉帛，无异于让整个南风军坐以待毙。将军，我想你比我更深地了解金三角的局势，明里暗里的勾当有多少根本数不清，善良和淳朴能让人活下去吗？"

照南双目中冷意骤紧，在泛着青青汁水的寺门斋菜中变得迷离，像是忽然被人泼了水的浓墨，在远山深空中化作淡烟。这样的神色，让人捉摸不定。

"刚刚我和闽樵说起，在这样一个时局动荡的大环境中，是该成为圣人还是贼寇？如总书记这样的贼寇都只是一枚棋子，那么他身后的人又该是什么呢？现在的局势是只要我们放手，就能够轻而易举结束地吗？"她眼里含着期望，希望能够动摇他的决定。

"不一定会结束，但是现在我希望你能对我说实话。"

俞晚咬着唇，神色在一瞬间千变万化，还没来得及张口，便听到他的补充："我希望你是真实的，不要再和我演戏。"淡色水烟中化开的清明之色，没有一丝杂质，确定无疑地告诉她，他不需要谎言。

她气馁了，因为他的眼睛。

"我、我真的很害怕失去你，失去南风军的支撑。如果你就此罢休回到山区，我后面的日子可能不太好过。"

这时，有一名僧人走到她身边，弯着腰上了一盘葛根菜。扑面而来的肉末味直冲齿穴，俞晚和照南都是一愣，素食斋宴上怎么可以盛上肉末？怎么会有这样大逆不道的佛门中人？

他们对视了一眼，都不约而同地看向这位僧人。只见僧人迎着他们的目光微抬起头来，白皙的面孔上一双桃花眼顾盼生辉，犹如苍白大地上嵌入的宝石，明亮耀眼。

这不是当日涅槃节上脾气大得惊人的怪七和尚？

如此打扮了一番也算是红衣粉面、干净斯文。这是唱的哪一出？做足这风流姿态的僧人，想要做什么？

俞晚禁不住笑起来。怪七神色别扭地瞪她一眼，轻声说道："浴佛放灯，夜有鬼魅，截获之。"

说完，他有礼地退下，在走出竹园时，被守在门口的主持摸了摸手。他娇俏地一笑，瞪了主持一眼，直叫主持四肢麻软，拜倒在他的美色中，随即两人相携而去。

照南很快收回了目光，神色不动地将葛根菜端到角落里，抿着唇淡淡道："那位主持，应当不是寺院的人。"

"佛门寺院又怎么能够这么大不敬？想必那位主持是总书记为了掩人耳目，安插在这寺院的。"怪七想要给她递消息，没办法才色诱了那位主持？俞晚一想到，还是忍不住笑出声来。

　　照南停顿了一会儿，又问："刚刚那个僧人是你的人？"

　　俞晚颔首："上次的'安全局'也是他透露给我的，是我父亲安排在老挝接应的人。"

　　"僧人于金三角，最是大隐隐于市的存在。"

　　"将军，请相信我，这一局我们还没有到无路可走。"

　　照南尝了一口桑绿菜，的确齿颊留香。他转过双眸，很难得不再是一片深不见底的黑暗，而是有所察觉的一丝笑意。明明湛湛，像极了刚刚睡醒的婴孩。

　　他也有这样柔和的一面？

　　俞晚的心跳快速起来："照南将军，知道我为什么信佛吗？"

　　"欲知前世因，今生受者是，欲知后世果，今生作者是。"霞光四射，从层层竹排里爬进来，照红了她的鬓角，她的笑，她的前生今世，"至少佛让我相信，我能遇见你，这是命中注定的，绝非偶然，你一定能教会我一些什么。"

　　只是这么看着她，就会想要越过所有底线，这是他见过最妙不可言的东方女人，也是唯一一个让他信服的商人。

　　只是他杀人无数，却又善如佛陀。


　　琮少回来的那日是个艳阳天，高脚楼的花圃里开了许多花，一群孔雀在竹楼里悠闲地晒着太阳。

　　俞晚和琮少的妻子正坐在前院看着仆人摘菜，远远地听见通传，仆人们都丢下手中的活跑去前院迎接，唯有琮少的小妻子对水照了照脸，安静地坐在一边等着琮少归来。

注意到俞晚的侧目，她有些娇羞地问："我脸上还干净吗？这个样子好不好看？"

也不过是十七八岁的小姑娘，可对心上人爱慕情深的样子却仿佛维持了很多年。俞晚觉得很感动，突然之间她明白陌上花开缓缓归的心境。

我在等你，在盼你，但我又不忍给你造成负担，所以我只能尽我所能地、安静地看着你，在心中数着你归来时的脚步声，我多么多么焦急，想要早点看见你，可是我始终相信，你很快就会回来……

琮少在仆人的簇拥下从前院走进来，十多天的土牢生活让他看上去有些邋遢，但他还是毫不犹豫地走过来抱住他的小妻子。他们亲昵地互亲双颊，族人们则捧着象脚鼓跳起舞来。

俞晚就这样看着，忍不住想起照南。

对敌人凶猛，对妻子亲爱——如果这是誓言，已经足够打动她。这里规则凶残，爱情却美好得像花开一样。

琮少很快梳洗了一番，再出来时对俞晚伸出了友谊之手。

"陆小姐，我对此前的粗陋向你道歉，我现在相信，你很擅长生意之道。"

俞晚同他握手，谦逊地笑："承蒙琮少主夸赞。"

"我在被放出来之前，闽樵去见过我，他告诉我是那名孟朗的商人出卖了我，而背后的推手就是陆小姐你。你踩扁我，又对我施以援手，在我不在族中的这些日子，鼓励我的妻子和族人，我对此感恩戴德。"他双手合十，对她弯腰致谢，"陆小姐，我不怨恨你，如果不是这次牢狱之灾，或许我还不能看清现今会晒强权霸主的形势，我的大意将会给我的家族带来后患无穷的灾难。"

他一直生活在自己故步自封的墙内，阻隔着世外的环境。

以为只要一直有人买卖木材，琮门就不会消亡，事实上早就有人虎视眈眈。闽樵兵临城下，琮少也才发现自己的浅薄。

而俞晚就是这道东风。

她很欣赏善良的琮门，也喜欢和正义耿直的人合作，但她不接受懦弱的伙伴，所以琮门必须从沉睡中醒过来。

"只要琮少主对此没有芥蒂就好，俞晚诚心而至，诚心想和琮少主合作。父亲交代我一定要拿出陆俞家族最大的诚意，让琮门成为此次往来第一道重关。"

陆俞家族的徽章是一面木牌，上面刻了一行字，是先祖用绣花针亲手雕下的，无人可以效仿：一饭三吐哺，风雨四百年。

木牌双面镌刻着牡丹花，底纹黑金色，寓意着钟鼎声望，无以撼动。当世只有五面，她将其中一面赠与琮少。

琮少招招手，小妻子捧着代表族徽的檀香木根赠送给她："这檀香木根就代表着琮门，陆小姐，我愿意和你成为朋友，从今天起，琮氏的檀香木专供陆俞家族。"

有那么一刻，俞晚是怔忪的，她没有想到一切来得这样快，但也是欣喜的，她没有辜负父亲的寄望，她说过当初失去的，日后她都会拿回来。

不过……她视线一转，看向站在天井边上的照南。

微光中他的面目清冷似湄公河的河水，泛着微波。多年后陆俞晚回忆起这一幕，当时若拿着琮少的檀香木根，原路折返临沧，之后的种种都不会上演吧？

只可惜，此时的她没有。

她接受琮少的诚意，却并没有就此止步的打算，从一开始就没有，远商会之后，就更加不会有了。

"我在德国学习了十年，有很多东西都尝试过，不只是格斗术，还有心理搏击、催眠、诡辩论……有很长一段时间一个人在孤岛生活，在海上漂流，最恐惧的就是黑暗和死亡。"

这两样东西，面前这个男人同时都给了她。有时候会想象他就是那片深海，就是那座孤岛，一眼望过去是简单的灰色。长时间的漂流和逃亡让她感觉到寒冷，没有尽头，色彩是完全的、毫无章法的黑。

但终究还是已经习惯了那种生活，已经适应一座孤岛。

"照南将军，和你的相遇让我领悟到佛法精髓，也终于明白什么叫做一面地狱，一面天堂。"她站在漩涡中心，此刻的环境如她所言。

照南垂下眼睑，细细思量后，又抬头看向她，放低了戒备的幽深的瞳像是刚刚经过一场暴风雨后的孤岛。

他忽然有了些笑意："要走进地狱吗？"

这样的邀请？真是……

4月中旬是传统的泼水节，这在老挝属于盛大的节日，全国上下都要彻夜狂欢两天。陆俞晚从未经历过这样的节日，比云南传统的出嫁礼节还要繁复。

一大早就是浴佛仪式。

满街的人游行一样，朝着各大寺院行进。赵叔和麦启尔本是守在俞晚前面，走着走着就被人群冲散了。等到俞晚回头去找他们时，哪里还能看见两个人的踪影。所幸出门前就与琮少商量好见面的寺庙，只要找准方向就行。

忽然行进队伍里的马不知怎的受了惊吓挣脱了花车前面的人群四散推搡着开始朝后拥挤。

陆俞晚被推到地上，早上盘了好久的发髻也散了，掉了一地的花，等到她反应过来,便看见一匹马直直地朝她撞过来。

耳朵里乱七八糟的声音炸开来,依稀能听见当地人操着口音叫她赶紧让开,她也尝试着起来,却发现小腿受了伤,根本没办法移动。

陆俞晚本能地把手臂挡在头上,从裤脚里面拔出匕首,死死地瞪着那匹飞奔过来的马。待马飞奔至前,她攒着全身的力气奋力一扑,匕首狠狠地刺向马腹。可马的速度实在太快了,她被巨大的力气甩到一边,惊颤之下慌忙闭上眼睛,等着马儿癫狂地踩下来。

电光石火间,一道枪声响起,惊得陆俞晚猛然睁开眼,只见一个黑影临头扑过来,抱着她连续翻滚了几圈,后背上火辣辣作痛。而就在视线之内,因为花车的散乱、人群的冲撞,马都跑开来了。

现在的处境不比刚刚要好上半分,一匹马横空踩下来,抱着她的人下意识地翻身护住她,"咔嚓"一声,她听到骨头碎裂的声音,一直伏在她身上的人随即咬着牙发出了低哑的嘶吼。

人群彻底地疯狂了,整个道上乱成一团。

俞晚的眼泪就这么夺眶而出。

她浑身疼得要命,但现在想到的全是他。她焦急地喊着照南的名字,喊了他好几遍,他就这么以一种保护的姿态护着她,没有任何回应。

也不知叫了多久,他才微微地轻哼了一声,悠悠转醒。他的唇非常苍白,清冷的眉宇间多了一层阴霾和杀戮。看见俞晚红了眼,他微微蹙眉说:"我的腿断了,你扶我去河边。"

俞晚点点头,赶紧站起来,可不等她站稳,照南又将她拽下来。强力的驱使下,她重重地扑倒在地上。腾空的热风从身侧擦过去,枪声林立便在眨眼间。

人群中突然像沸腾的锅水,嘈杂奔走,滚起的热烟浓浓冲天。

她蓦然回首,照南拖着断腿已经爬到她身边,压着声音说:"我们被盯上了,小四会掩护你,你快躲到河堤下去,顺着湄公河往北上游。"

"那你呢?"

照南粗喘着气,狠狠地将她一推,剧烈的摩擦让她感觉后背已经掉了一层皮,她跌跌撞撞地站起来,只见刚刚破空而来的子弹擦中了照南的手臂。

他在低吼:"不要管我,快走!明夜、明夜放灯……"

俞晚忍着泪,重重地点头,拨开面前混乱的人群,一路朝着河堤跑过去。她跑了几步,禁不住回头去看。徐六已经带着人在护着他撤离,混乱中她看不清他的脸,却觉得那满身的血已经迷了她的眼。身边还不断有枪声响起,灰尘扑到她脸上,又冷又硬。

谁能在浴佛之日,行杀戮血腥之事?

她虽非贼寇,却已身入地狱。


入夜里两岸声乐迭起,而陆俞晚半身浸在河水里已经有整整十个小时。她的头顶上有一个跃出河岸的土丘,恰好能遮住她,两岸的光火和人声都好像因为这土丘被隔出了世外。

她顺着河水一路流到这里,估摸着方向应该是湄公河的上游。但眼下她的腿已经冰冷僵硬得不能动弹,她不敢再继续游下去,生怕小抽筋会因此淹死。

如今,唯有等待和相信。

月色半明,朦胧树影倒映在河水中。她双手合十虔诚地看向苍穹,她在祈祷,用着这一生从不轻易拿出的福分来祈祷照南的平安。

这片金三角同她想象的一模一样,一面地狱,一面天堂。

在这里只有一个人,是她完全无法想象和猜透的——浑身上下没有一丝罂粟味的战争之王。他出现在这里,在她的身边,本为救赎她而来。

相遇本不是偶然，一切但有冥冥中的注定。

陆俞晚双手覆在额头上，将整个后背都浸入冰冷的河水中，轻声祈求：

"如今，我觉得我的福报该来了，请求您，让他平安吧……"

平安如是，才会有打击鬼魅的机会，才能有更长远的太平，有她的百年基业，有他的南风不倒。

## 第三章
## 反客为主（中）

密密麻麻的水椰树丛间停泊着几条大艇，艇上歌舞升平，繁华一片，数十盏大灯照亮了河岸。此处是湄公河在老挝地界最大的口岸，岸边有成群结队的人在放水灯。千只水灯点亮了湄公河，犹如万家灯火的盛景，足以迷乱任何一个人的眼眸。

水波荡漾间，一条红色大艇跃然出现在众多小艇中。华灯繁复，舞乐洪亮。细细去看，不难发现大艇外面还站着十来个人，像保镖一般来回巡逻。

艇内几个女人穿着灯笼裙在跳舞，身边有人抱着木琴在弹奏。上座隐约是一名女子，被层层纱幔隔着，看不清模样。

一曲终了，纱幔后的女子徐徐站起来，撩开纱幔走出来。只见她柳腰婀娜，一出现在甲板上，就引来两岸数声追捧，有几名男子齐声问喊："二娘今夜可否相陪？"

她只作没有听见，可即便如此，那些男人还是乐此不疲地朝她叫喊着，只盼能得她应准一夜春宵。

有初到湄公河的渔翁小声问道："这女人是谁呀？"

"嘿，你连她都不知道。"

"嗯？"

"湄公河上下谁人不知谁人不晓女船王云二娘,性子又冷又辣,是出了名的第一美船娘,多少商儒大贾都惦记着呢,到头来不也是妄想。"

"咦?这是为甚?"

"你可瞧见她大艇上的那些保镖?这美船娘怕是早就有主了。"

……

云二娘在甲板上站了会儿,听着四面嘈杂的吆喝声,顿觉烦闷无比。她找到一名保镖,不耐问道:"秦哥今天到底还来不来?"

年轻的保镖见她裹着纱幔,白绸下的酥胸蘸着酒水香得撩人,不禁愣住了。好一会儿才红着脸低下头道:"属下不知。"

她又相继问了其他几个保镖,得到的答案都是一样的。而这些保镖无一例外看她一眼,都会红了脸。

见云二娘有些生气,保镖的领头解释道:"属下们都是按吩咐行事,并不知主子去向,请云老板息怒。"

"这叫我怎么息怒?总是这样,差人递了消息过来,自个却不露面,还要让我等他多久?"云二娘怒瞪了领头一眼,实在难平心中的哀怨。

领头尴尬地往后退了两步,着实有些为难。他们都是下人,什么时候能做主子的主?况且很多时候,他们的出现都只不过是主子的障眼法罢了。

"云老板,这是属下第一次来湄公河办差,不知道规矩,若是哪里做得不好,还请云老板见谅。"领头抹了把额头上的汗,伏下腰,"云老板千万不要气坏了身子。"

"你们都走吧,我要熄灯睡觉了。今天就是秦哥来,我也不招待了。"她生气地瞪了那领头一眼,凤目流转间满是怨气。说完甩手走进了船舱,叫人放下了竹帘。

不过两三分钟,艇内已经漆黑一片。

众保镖面面相觑,都觉得有些尴尬,无奈只好上了岸,隔着不远的距离继续巡视着。河中央其他小船上的人见夜色深了,也失了兴致,慢慢散去。

湄公河恢复宁静,看起来所有人都已进入熟睡中,却不知此时黑灯瞎火的大艇内又是另一番景象。

云二娘掀开了桌子下的木板,走到下面的储粮仓里,顺着木梯一步步往下走。粮仓中点着蜡烛,火光明媚,她看见小四和徐六脸色凝重地站在一边,躺在床上的人至今还昏迷不醒。她明媚的面孔上闪过一丝担忧,不禁追问道:"怎么样了?"

小四说:"烧退了,应该没事了。"

"究竟是谁下这狠手?"

徐六沉吟接道:"我看这次行刺的主要目标不是将军,将军只是为了保护陆小姐才受伤的。"

云二娘并不认识俞晚,挑起柳叶眉询问地看向徐六:"一个女人?"

徐六点头:"是在会晒的商人,先前和将军有过合作。"

"一个女人,值得他这样拼命去救?"她不禁怒道。

"陆小姐可不是普通的女人,将军曾当着许多人的面承诺过要娶陆小姐为妻的。那次在饭桌上也是,那个时节的菠萝还带着点苦涩,吃多了对胃不好,将军便让我替陆小姐吃掉菠萝饭……"小四直言。

徐六不知其中还有这茬,闻言愣住了。

"前些日子闽樵的人来闹事,打伤了陆小姐,将军气得都拔枪了。这么多年,我都已经记不清将军上次拔枪是什么时候了。"

只见云二娘沉了脸,徐六赶紧轻咳了两声,打断小四的话:"不要胡说,那是将军戏言。"

"怎么可能是戏言?昨天遇见刺杀,将军命悬一线的关头,还让我掩护陆小姐先走,这不是挺明白的了吗?"小四有些忧伤,苦着脸说,"陆小姐也受了伤,不知道她现在在什么地方。"

"闭嘴!"徐六红着脸,赶紧捂住了小四的嘴,对着云二娘尴尬地笑了笑。

他们几个人都是跟着将军出生入死的,小四看不出来,他却通透得很。他知道二娘喜欢将军,喜欢了很多年。

从那件事到现在也有七八年了,但二娘的心思好像一直没变过。

"徐六,你放开手让他说,那个陆小姐往什么方向去了?"

"我看陆小姐顺着河堤往上游跑,应该也是来了湄公河。将军昏迷前也是这么说的,让她来你这里,应该是为了接应陆小姐吧……"瞥见二娘越来越铁青的脸色,小四挠了挠头,说到最后话音莫名地小了。

就在这时,床上的人幽幽地睁开了眼睛。照南打量了一下身边的环境,又看了眼外面的天色。见无数水灯在船周围荡着,他突然意识到些什么,一个挺身坐了起来。

"小四,把水灯都捞起来。另外,放只小艇。"

"你疯了?我不许!"二娘赶紧拦住小四,"你是不是要去找那个陆小姐?你才刚刚醒过来,伤还没好又在发烧,怎么可以出去?"她凝眸瞪他。不待他回答,她已经雷厉风行地往外走去,"我替你去找。"

她知道他不是个会轻易暴露自己弱点的人,感情于他而言实在太重。

她走上木梯,照南叫住她。

船舱内外的几重光火都像是融入了雾霭中,叫人看不清面目,听不出真假,只觉得满身疲惫。

"二娘,不惜一切代价救她。"

许多个声音在交叠着,船身也在晃,云二娘脚步一滞,没再说什么,扭头走出了储粮仓。随后小四打开下层的舷窗,将水灯都捞了上来。徐六则一只一只拆开,又重新折好,从船的另一边放回河中。

绵长的夜,喧嚣的两岸灯火,有什么东西在悄无声息地进行着。

陆俞晚的意识已经很浅很浅,有那么几个瞬间,她整个身子都滑入到冰冷的河水中。然而下一刻,几乎是垂死挣扎着扑上来,死死地抓着山丘。

一切仅仅凭借着微末的、生的希望。

就在她再次滑入水中时,她听到一些谈话声。顷刻间,她已然清醒过来,想要拼尽最后一丝气力跃出水面,然而倏忽间,她想到那日在寺院怪七的提醒——放灯日有鬼魅出没。这样深的夜,在如此僻静的地方,重重水椰树丛间又怎会有人声起伏?

俞晚停住了,她深深地闭气,没有丝毫犹豫地将头没入到冰冷的河水中。因为临近山丘,地下的泥土都很湿滑,她在不停地下沉,无奈之下只好将手臂伸入那湿润的沼泽中,以此来稳住身体。所有的动作都很小心翼翼,也很迅速。

等到人声近了,她才听清楚他们的谈话。

"照南失踪了,刺杀当日我的人没跟上他。不过我看他受伤很重,恐怕也是九死一生。"

微微静默后,另一道声音响起,非常温和、醇厚。

"做过头了,照南受缅情局暗线的直接保护,南风军在泰国境内行走自如,多方势力都需要仰仗他。他如果死了,你这总书记也别想继续做下去了。"

明明是在说着相当隐秘的事,那声音却超乎寻常的坦然,而且隐隐中含着笑意,云淡风轻至极。

"放屁,我早就说留着照南那条线,你我在缅甸山区的交易必然受到阻隔，他要是死了，以后的生意还好做些。"

"知道像照南这样的存在，对金三角来说意味着什么吗？他就如同一块浅滩，在三国的交界处平躺着，任何一方的水冲到他这里来，都要缓一缓，甚至搁浅。金三角时至今日还没有发生暴乱，他功不可没。如果他死了，这块浅滩就融了，日后三方势力针锋相对，早晚要面临被吞并的局势。试想一下，缅甸山区没有了南风军，暗影军在那里的活动或许更方便一些，可缅甸军方的势力就会无限壮大。我们的走私交易一旦被军方查破，那些势力不受挟制，就可以肆无忌惮地施行报复和掠夺，届时你、你的人、你的军队乃至于整个老挝，都会是首当其冲的覆灭对象。"那人轻笑着，"总书记，不要怪我没有提醒你，这次你就烧香拜佛祈祷他没有事吧。至于之前那场冲突，给他一个满意的交代，就此了了这件事。"

"那云南来的那个女人呢？我派了许多人去找都没找到，就像人间蒸发了一样。"

"对敌人仁慈，就是对自己残忍。要么让她彻彻底底滚出金三角，要么就让她真正地人间蒸发。总书记，交货日期在即，我希望你不要再让我失望。"

"这个是自然的，秦爷，只是……"

一语未尽，已叫人打断。夜幕中，秦爷的脸含着温煦笑意，压住了唇，示意总书记不要再说话。他的视线在四周逡巡，勾了勾手指，随即有藏在水椰树中的暗影对着水面开枪。"砰砰砰"几声后，河面上依旧平静无波。

他举手示意停止，视线一转，看向河堤上的山丘。总书记也随着他的视线看过去，只见重重椰树绿叶凭风而动，果然传出来几道细微的窸窣声。

缓缓地，又归于平静。

秦爷抿着唇凝眉一笑："出来吧。"

总书记正觉奇怪，夜幕中却忽地传出来一声嗔怪："讨厌，这么快就被你发现了。"话音甫落，一名女子划着小艇悠悠地驶过来。只见她纱衣曼妙，玲珑曲线毕现。长长的头发半浸在水中含着肌肤的女儿香，散发出诱人的味道，溶溶月光如奶水一样透过伞状的灌木丛。

秦爷宠溺的目光追随着她的身影："总是这么调皮。"

云二娘禁不住瞪了他一眼，眉目娇媚："谁叫你食言的！今夜浴佛放灯，如此大好时节你却平白浪费，非要在这黑黢黢的地方谈那些破生意，还让我一阵好等，今后我可记住了。"

"你总是这么记仇。"

"我一向如此。"

像是吃准了她会这么说，秦爷也不恼，只道："不要闹，改天我再来哄你。今天夜深了，快些回去吧。"他正说着，叫来两个人护送她。

云二娘恼怒了："你知道我不喜欢这些，你们先行走吧。我带了水灯来放，放完我自然就回去了。"她性子一贯泼辣，谁的账都不买。

秦爷深知她的脾气，也就因喜欢她这脾气，才多年来专宠她一人。

不过今夜确实不是好时机，他温柔地看着她，轻笑道："好，这湄公河是你的地盘，谅谁也不敢欺负了你去。"

东风过境水面上荡起一层涟漪，秦爷不动声色地瞥了眼山丘。云二娘也不瞧他，自顾自地放着水灯。在他离去后许久，水灯都漂向了远处，整个黑夜里再也没有了其余的声响，她才折回山丘。

云二娘沿河探寻着俞晚的下落，在山丘唤着她的名字，却一直没有得到回应。想到方才在水椰树丛里躲藏的时候，就已经感觉到水下安静得过分，莫非沉下去了？

她心中一惊，情急之下顾不得许多，连忙跳入水中。

由着岸上的一点点火光，她看清了水下的状况。

俞晚犹如失去助力的浮萍，随着流波轻荡着。有鱼儿在啃她的脚趾，她却没有一丝反应。她纤细白玉般的手臂深深地插在沼泽中，嘴巴里含着芦苇管，借此吮吸着泥土里的空气续命。

此刻她已经失去了意识，整个人都在水中摇摇欲坠着。

云二娘惊得说不出话来，赶紧游过去拽她。只拽了两次，她都纹丝不动，手臂像是嵌进了沼泽里，宛如大片芦苇荡中的莲藕。二娘将她手臂四周的湿泥拨开，费了好大的力气才将她从沼泽中拖出来，拉上了船。

俞晚紧紧地闭着眼睛，头发混乱地搅在一起，脸色苍白如纸。白皙的手臂上全是湿泥中的碎石刮伤的痕迹，无力疲软地垂在船身上，像是被抽去灵魂的娃娃。

云二娘看了她许久，都不敢承认这世上竟然还会有对自己这么狠的女人。她赶紧摆着小船往回走，却惊讶地发现那条本该黑暗无光的红色大艇忽然间灯火通明。

有巡逻的黑影在甲板上走来走去，警惕地察看着四周。

她立在船头远远一看，心中已然笃定——是秦鲲。


秦鲲——金三角近于传说一样的人物，不需要伸手就能夺人性命的野狼，鲜有人看见过他的真容。

若说照南是战争之王，那么他就是游离在战争与自由的界线，能够主导所有战争走向的，打着生意人的旗帜，控制几国经济大局的幕后黑手。

许多接近权力中心的人都想要拉拢他，作为中饱私囊的最大仰仗。

曾经有缅甸军方的人试图铲除这颗金三角的毒瘤，在听说他进入了

"黑色走廊"后,便下令围杀。那一夜,在"黑色走廊"险恶的山区,他们杀了两百多个秦鲲。然而事后才知道,真正的野狼早就在谈判桌上,拿下他数座金山上的一角。

她太了解这个男人了,他最可怕之处不是坐拥滔天的权势和数不尽的财富,而是他深不可测的温柔。

旁人总觉得他对她有七八分喜欢,但那其实也不过是演戏罢了,打着宠溺她的旗号,在湄公河进行不为人知的交易。

长长渡河,两百多个据点,三千多条船只,谁能看破他的局?

云二娘拂了拂鬓发,冷笑浮上面庞。她弯下身,动作迅速地将俞晚背起来,贴着船身无声无息地滑落水中。

她奉命接近秦鲲之时,就已经把脑袋系在裤腰带上。于她而言,一生渡河最是欢娱,荣华富贵不敌这些,男人的恩宠更是不值一提。

储粮仓中一片黑暗,小四和徐六贴着舱板听上面的声响。有断断续续的说话声,夹杂着越来越多的脚步声,缓慢地将整条大艇都包围起来。

小四分神地听了会儿,回头看床上的人。见照南闭着眼睛纹丝不动,恍惚间好像失去了气息。他猛地愣住,疾步朝床上跑去,低呼:"将军,将军?"

他跑到床前,听到照南很低的应答,气若游丝般,忍不住担心:"将军,你还好吗?"

照南没有说话,静默了片刻后睁开眼睛。徐六紧跟着翻过粮食扑过来,急声道:"有人下来了。"

小四心里猛然"咯噔"了下,手不自觉地摸到了腰间的枪口上。就是这个瞬间,照南已经从床上一跃而起,指着窗口示意身边的人。

小四和徐六心领神会,只是有些担心他的身体。

"我没事，撑得住。"照南朝他们点头，三个人的动作快如鬼魅般翻出窗子，没入水中的刹那，他们察觉到水下急促的气息。

云二娘托着俞晚从水下钻出来，及时地握住小四黑黢黢的枪口，转手将他的枪按回腰间，低声说："是我。"

小四瞥了眼云二娘身边的人，欣喜地对照南说道："将军，二娘救了陆小姐回来。"

照南也循着他的视线看过去，然而这么一打量，只觉得动魄惊心。两岸光火照人，此夜歌声不寐。来人是做好了与他们久耗的准备，可俞晚现在看起来情况糟糕到了极点。

二娘催促着："你们赶紧划小船离开。"

"今夜凡是任何小船靠近岸边，恐怕都难逃一死。"照南望了眼水光中的波纹，无声息地托住了俞晚的身体。他手臂上的伤口再度裂开，血迹渗透了白色纱布。

小四紧盯着舱内的情形，沉声道："干脆杀出去得了。"说话间，他们几人都扒着船身，几乎整个身子都藏在了水下。

黑暗的储粮仓中忽然变得明朗起来，有人举灯沿着小楼梯走下来，仔细地观察了一阵，然后向上头报告："粮仓中没有人。"

听到这句话，小四几人都松了口气。船下的铁锚在晃动，连带着他们几人都往一边倒去。徐六下意识地扶着照南，见他的脸色越发苍白，担心道："将军，不如我们再上去？应该不会有人再……"

一句话还没说完就被照南捂住了嘴。

只见粮仓的门再次被打开，这次是数十个人顺着梯子走下来。他们在粮食堆里仔细地寻找一阵，紧接着朝他们走过来。领头之人一阵踌躇后，摸了摸床边，试探着余温。

就在气氛紧张到无法呼吸的时刻，那人的视线移到窗口。

黑暗中，波涛汹涌的水下，伴随着船身的移动，他们几个人的身子都摇晃了起来。小四吃力地将腿钩住船下的木板，他身体健全却已经觉得很困难，然而危险还在一步步向他们紧逼。

领头之人将枪上膛指着船下，手指扣动扳机。

千钧一发之际，水下跃出一个人。

长长的头发披散在双肩上，圆润的胸脯在纱笼下若隐若现，雪白的肌肤由着两岸的光火一照，只让人呼吸困难。领头之人呆呆地看着忽然出现在眼前的女子，不由自主地红了脸。片刻后，他将手中的枪收回腰间，恭敬地道了声："云老板。"

云二娘冷哼了声，含着重重的鼻音说道："夜归本是累到极致，却瞧见满船的人，想在舱中休息一下都不行。我以为是秦爷下来才想捉弄捉弄他，没想到……"她摊了摊手，指着领头腰间的枪。

领头脊背一僵，赶紧将枪移到后腰，手足无措地站在一边："属下不知云老板在水下，惊扰了云老板还望见谅。本以为是有窃贼夜寝于粮仓，属下也是担心云老板的安全。"

"湄公河上下谁人不知我云二娘，谁又敢放肆窃我？若真有人睡在这粮仓中，也定然是我的情人，哪有你为我赶人的道理。"她斜挑着媚眼将手递过去。

领头不敢轻慢，随即就将她拉上了岸，却是不甘心般又对着船下张望了眼。

云二娘禁不住笑起来："便是还有人藏在那里，也是我的情人。秦爷都不在意呢，你紧张什么？"在领头之人错愕抬头之际，她挤干了长发上的水盈盈一笑，"湄公河上下，敢在我船上的都是我云二娘的朋友。"

那人一时语塞，显然是被她的话震慑住了。也没有多久的停留，和她寒暄了两句便带着人走出了粮仓。

等到人都走干净了,小四赶紧将头从水下伸出来。他大口大口地喘着气,一边说道:"好家伙,差点憋死小爷我了。"

徐六也跟着潜上来,趴在窗口调整着呼吸,突然间意识到什么:"将军呢?"

小四紧跟着打量了眼四周,急了:"将军去哪儿了?你怎么不扶着他点?他现在可在发着高烧呢。"

徐六懊悔地嘟囔了声:"刚刚太紧张,我不知道将军什么时候……"

"好了。"云二娘长叹了一声气,也不知是恼还是无奈,只好说,"我也是没办法,刚刚那种情况,我若不舍了陆小姐,死的就是你们几个。他一定是在我出来的时候,趁势去找陆小姐了。"

她尽量使自己的动作平静无声,也尽量不让照南察觉。她以为他能够分清轻重,却没想到俞晚的性命于他而言那么重要,他总归还是去救她了。

"可是将军受了伤,他能带回余小姐吗?他会不会……"

"别瞎说,这么点伤还要不了将军的命,你别糊涂了。"

云二娘也只能自我安慰,对着小四和徐六说:"你们把我的小船拿下来,顺着河水流向去找他们。记住不要靠岸,今夜不能靠岸。"

虎狼之师犹在,她尚有大战。

阳光有些刺眼,此刻的感觉是穿透全身细胞的、酥麻的疼痛感,真的很痛。闭着眼睛能够有这样的认知,全身上下都好像蜕了一层皮。俞晚尝试着动了一下,慢慢地活动起手臂。有微弱的光芒透进来。她适应了下,慢慢地睁开眼睛。

在一片竹林里,旁边应该还是湄公河的支流,她被冲上了浅滩。现在躺的地方是在一个草棚里,旁边有一个破碗,装了点水,不是很干净,可她还是端起来喝了。

休息片刻后,她身体的感觉好了很多,开始尝试站起来。可惜没有用,腿好像麻木了,很长一段时间都没有力气。她便放弃了,躺在草棚里顺这件事。

那天,在水椰树丛里听见的两个声音,其中一个应该是总书记,也就是在浴佛当日对他们进行刺杀的主谋。另外一个能被总书记恭恭敬敬称作为秦爷的,想必偌大老挝也就这么一个人——秦鲲。

怪七给她的消息,说浴佛当日有鬼魅出现,难道就意指秦鲲?截获之,是指秦鲲口中的"交货日期"吗?

到底是什么货物?

最后彻底地失去意识前,似乎是有个人托着她在水中游了很久。体温很高,感觉很熟悉,那个人是照南吗?

俞晚想了一会儿,慢慢地察觉到不对劲。竹林里安静得过分,刚刚还有些风声,现在却什么都没有了。明明是白天,却有一种在深夜里被诡谲地窥探着的感觉。慢慢地,异样的紧张感袭遍了全身,迫使她迅速地做出反应,翻着草垛从里面顺出一截木棍。

她对着竹林喊道:"是谁在哪里?出来!"

窸窸窣窣的声音从竹林外传进来,不止一个方向。过了一会儿,声音穿过竹林朝她包围过来。俞晚这才发现,那是几个山里的女人。她们穿着很简单的草裙衣,脸上刺着相同的蛇纹,分辨不出面目。

"你们是谁?不要过来!"

几个女人很显然听不懂她的话,用眼神互相交流了一番。见俞晚受了伤,便没有停止向她靠近。

最后,她们停在离陆俞晚几步远的地方,用她听不懂的语言交流着,其中一个应该是有些抗拒其余几人的提议,不停地摇头,蛇纹在她的脸上显露出可怖的模样。

俞晚下意识地抓紧了木棍，然后看见那几个女人终于达成共识，再次朝她走过来。有两个按住了她的肩膀，让她没办法动弹，另外一个抽走了木棍，随手扔进草垛里。还有个女人蹲在她的面前，试图和她交流着。

"你，你是哪里的人？"

缅甸掸邦的口音，大概是这个意思。

俞晚赶紧解释说："我是云南人，我只是一个普通的商人，在湄公河做生意时不小心落水了，被冲到这里。"

"云南？中国？"女人说这些话时，也不是很顺口，让俞晚猜测很可能是为了故意隐瞒她们的身份。曾经听说在金三角的很多山区里，都隐藏着一些群居部落，他们与世隔绝，并且很不喜欢外来的人。

她只能试探着问："你们是缅甸人？"问话的女人用那样蹩脚的口音想要让她认为她们是缅甸人，她也只能顺着她们的意思。

女人点点头，和同伴再次低声交流起来。这一次说的话，俞晚完全听不懂，只能在心里默默祈祷着。

她没有一丝抵抗的能力，趴在地上，任由她们上下打量着。后背的衣服已经破破烂烂的，有很多伤口露出来。面前那个女人忽然蹙眉对她做了个怀疑的表情，指着她身上的伤口问她："只是，落了水？"

俞晚狡辩道："是，我不太会游泳，落水之后被水流冲击着，撞到礁石上，弄得满身是伤。"她尽力让自己平静，说到这里还很委屈地红了眼，表达自己的不幸，"你们看，我被冲到这里，连回去的力气都没有了。"

她所有的表达，都尽量趋向简单，但即便如此，面前这个女人也不相信她。朝左右点头示意了下，那两个按住她肩膀的女人就着手把她拖起来。动作粗暴，毫不留情。

陆俞晚被她们拖着从草垛上翻过，她猜测这几个女人要把她带走囚禁起来。她不停地求饶着，和她们说自己真的只是一个普通的生意人，非常可怜，还试图用酬劳回报她们。

就在她近乎绝望的时候，这几个女人忽然站住了脚，不再往前走动。

俞晚忍着痛，从她们惊恐的眼睛中看到一个人，从竹林里非常不起眼的角落里中走了出来。刚刚一直死寂般隐藏和沉默着的人，此刻从那个角落走了出来。

他扛着一柄长枪，面目冷峻如地狱修罗。

所有人都没有察觉到，根本不知道他在角落里站了多久。

俞晚感觉到身边这几个女人的害怕和颤抖，被面前这个人的威严所摄，又或是出于本能的惊恐，她们互相对望了几眼，很快达成一致，把她放了下来。

然后开始一个接一个地举着手往后退，确定这个男人不会对她们动手后，依次快速地退回竹林里，到最后没有了声响。

俞晚在漫长的等待中又听见风声，差点哭出声来。不知道过去多久，照南才把枪放下来，瘸着腿一步步地朝她走过来。

"达籁族部落几乎全是女人，族中信奉蛇王，所以每个人面孔上都刺着蛇纹，在大山里面，这是散布最广的一个部落，也是最厌恶外人的一个部落。"他让自己的解释与事实贴合，又尽量言简意赅，打消她此刻所有的疑虑和害怕。

"同时，这也是最胆小的部落，她们一般不会攻击外来人。"之前在船上处理好的伤口都裂开来了，有些地方开始化脓。照南很艰难才走到她面前，粗粗地扫一眼她的后背，有些触目惊心。

所以，现在的环境和处境应该能够让她明白，什么是地狱。

"我想她们应该是怀疑你的身份，想要观察你几天，再考虑是杀了你，还是丢掉你。"他半跪在俞晚面前，手指掀开了她后背的衣服。经过一番认真的检查后，依旧没有什么表情，"还好吗？能站起来吗？"

"脚麻木了，不知道是不是在水中泡得太久的原因。"她声音有了些沙哑，忍了很久才把涌上眼眶的那些酸涩都逼回去。

这样看见他，真实的他，为什么会觉得这么高兴呢？

"你需要上药。"他看了眼四周，都是密密麻麻的竹林，除了她刚刚躺着的草棚勉强还算是可以休息的地方，"能走回去吗？"

"可以。"

于是能看到一个不是很和谐的场景，一个瘸了腿的男人和一个过分虚弱的女人互相搀扶着走回了草棚里。俞晚想笑，也就这么笑了出来。

"你之前一直隐藏在竹林里？"

"不是，她们和你说话想要带走你时，我才刚刚醒来。"

"照南将军，我有种错觉，好像此刻是战争时代，而我们差点成为敌人的俘虏。"她的视线扫到他身后的枪，觉得这杆长枪有些原始感，"像十年前的那种老式枪杆。"

照南低头察看着她手臂上的伤口，缓慢说道："的确是十年前的，或者更久远一些，是我刚刚在竹林里找到的。否则，你以为我会带着这么大的枪和你逃命？"

他简单地解释了下当晚在湄公河的事情，却让俞晚感觉到惊讶。

"据我所知，秦鲲在老挝的势力非常强大。你那天在寺院说的无法想象的人，就是指他？"

"不错。"他从身上撕下来一块布，又从布囊里拿出药，碾碎了包在她的伤口上，动作很快，却让她感觉到他已经是在刻意地放轻了动作，尽量缓解她的疼痛，"所以，如果今晚之后小四和徐六还没找到我们，我们可能就要去投靠刚刚那几个女人了。"

俞晚一想到刚刚那几个女人，就觉得毛骨悚然，连带着声音也小了。

"她们还在竹林外吗？"

照南点头："应该还在，不过暂时不会靠近。"他收回目光又看向她，有些手足无措。

俞晚询问地看着他："怎么了？我脸上有脏东西？"

"不是，"他的视线开始往下，转移到她的肩上，"我需要你脱了上衣，才能处理后面的伤口。"

耳根的热度后知后觉地涌上来。刚刚他在看她后背的伤口时，还没有觉得这个行为有什么不妥，现在却浑身不自在起来。

俞晚左看看右看看，心不在焉地说道："嗯，你先转过身去。"

照南没有说话，只是将伸手可以拿到的干草铺在她面前，然后稍微调整了下姿势，挡住她。等到她脱了上衣趴在草垛上，他才抬起眼睛给她上药。

刺杀那天为了躲避马的袭击，俞晚蹭伤了背，后来又在水中浸泡了很久，现在有些地方感染已经开始化脓。但整个身子都给他一种过分白皙的感觉，有些部位的皮肤还很细腻光滑，像咬一口果子溅出来的汁水那么水润。

他说着一些话，在转移她的注意力。又或者说，转移自己的注意力。

"那天，我让小四在河中捞水灯，发现了一些奇怪的东西。"

俞晚从余光里看面前这个男人，脸色不是很好看，看起来有些虚弱，但他强烈的存在感依旧无法小觑。他的手掌很热，指腹有些粗糙，此刻正贴着她的皮肤一遍又一遍地抹着药膏。

她始终都没办法聚精会神，只能随意应付着："什么东西？"

"一些褐色的烟膏。"上好了药，他撕开上衣里层的一块干净的布料，用眼神示意她抬起上身，方便他包扎。

俞晚红着脸，用手肘撑着微微伏起，可以感觉到他的手从后背绕到了胸前，温热的手掌不可忽视地在她的肌肤上游走，引发一阵阵战栗。而他黑湛湛的眸，却一直看着远处。能够想象到在说着这些话、做着这件事时，他还是高度警备着，随时观察着四周的环境。

忽然间会觉得有些气馁，这么多年还是第一次这么衣不蔽体的样子，尤其还是在一个男人面前。可是，为什么他看起来这么无动于衷？

俞晚赶紧摇摇头，摒除了杂念，想到那天秦鲲说的交货日期，慢慢地有了思路。

"椭圆壶状青黄色的罂粟果，铁片割开后流出白色乳浆，在太阳下晒四到五个小时候，将凝固变成褐色烟膏。"

俞晚有些不适，挣扎了下。因为靠得近，他说话时气息全扫在她肌肤上，有些温热的痒。从余光里看见他下巴细细碎碎的胡楂，零落分散，让她想要伸手碰触。

如怪七所说，秦鲲所指，货物应该就是这些褐色的烟膏。

"有些水灯的底部，隔着一层锡箔就放着这些东西。湄公河当天的水流流向，指明这些水灯最后都会流向下游。我想，应该有人会在那里等待，截获这些烟膏。"他还在说话，忽然感觉手背碰到一片柔软上，惊讶地垂下眼，发现俞晚正双颊通红地看着他，美眸里带着羞恼。

彼此都有些僵住了。

他想要抽离，可因为她的动作，他手指每动一下，都会更深地拨弄到她的柔软。指腹弯曲退出的过程，无疑是与她肌肤相亲的每一瞬贴合。他能够感受到她浑身的战栗，好像能够想象到她胸前的风光。

他是一个男人。

浅滩口的风忽然大起来，俞晚冷不丁地抖了下双肩，迅速地反应过来，垂下眼："你，你转过身去，剩下的我来处理。"

"好。"他很快克制地往旁边移过去,无视于手掌的余温,倚在一堆草垛上完全被挡住。

俞晚缓慢地松了一口气,接着他刚刚的动作缠紧了胸口,然后套上外衣,但很显然并没有什么遮蔽的效果,肌肤还是大片地露在外面。

"那天我藏在水下听到秦鲲和总书记的谈话,所说的交货应该就是这些烟膏。他们这是要把这些烟膏卖给谁?"她整理好了之后,发现手臂和后背的疼痛缓解了很多,只有脚上仍是酥麻疲软的状态,使不上力气。她动了几下,尝试着站起来却无果。

照南回到俞晚身边按住她的腿,轻声说:"我找几个穴位,给你按摩一下。"

"你还会穴位?"

"以前和医生学过一些救命的东西。"他轻描淡写地揭过去,没有再说话。

手掌一直很热,让他很难心无旁骛地做一些事情。

不管是刚刚在竹林里听见她和那几个部落的女人谈话的声音忽然惊醒时,还是在给她后背上药时,手都是滚烫的。

俞晚也察觉到他不正常的体温,伸手探了下他的额头,有些惊讶:"你还在发烧?"

他沉默着没有回应,找准了穴位用拇指轻轻按压着。俞晚痛地低呼,他却死死地按着她的腿,不让她动弹:"忍着,长时间在水里浸泡,如果再不尽快疏通活络,会导致痉挛,严重一些就是瘫痪。"

就这么强迫式地给她疏通了经脉,俞晚已经痛得说不出话来。不过一会儿之后,她就发现脚有了知觉,可以勉强直立,但还是需要人扶着。

"多尝试着移动,两三个小时就可以行走了,过一会儿我再给你按几下。"

她低声说了句谢谢，依旧没有得到回应。

这个时候，照南想的是她明明可以拿了琮少的檀香木根回到云南，却因为介入了远商会的事情被总书记追杀，落得现在这个下场。

可看她的神情和表现，并没有太大的惊讶。一切都显得那么顺其自然，或者说过于明显的自然。

竹林里的风越来越大，他将草垛散开来铺在地面上，筑起的高度恰好将他和她包围起来。午日的阳光也没了，这个时间适合休息一下。不过，他现在需要一个合理的解释。

"你来老挝，一开始就是为了秦鲲？"

俞晚有些懵懂地看着他："将军这是什么意思？"

"我想我们的目标应该一样，所以不用再瞒我。"

果不其然，她很快转变了表情，轻笑起来："不错，我来到这里就是为了秦鲲。据我所知，他垄断了金三角的很多生意，珠宝玉石和木材，或者还有刚刚说的那些烟膏。我想即便和琮少达成了共识，今后木材运回云南也还是要给这位秦爷分一杯羹。"

她用手指在刚刚他处理的穴位处轻轻地按压着，一边说："我一直都不太喜欢地头蛇这样的存在，也不喜欢土匪式的交往。"

照南坐在草垛旁背着光，面目被阴影笼罩着，半明半昧，看不清眼底的色彩。

"在这个地方，南风军说得好听些是独立军势力，说得难听些也是土匪。你现在的意思，是在影射不太喜欢和我交往吗？"

俞晚禁不住笑："照南将军似乎是曲解我的意思，我是指秦鲲强取豪夺，有土匪之嫌，不喜欢这样的商人而已。"她想到刚刚他为自己做的那些事，脸还是有些余热，难脱嫌疑地解释道，"说直白点，秦鲲的存在是我经商之路的阻碍，也是之前和南风军发生冲突的暗影军真正的领导人。不是吗?"

很长一段时间他都没有再说话,沉默地看着某个方向。后来也只是微微有了些笑意,目光追随着竹林里的蛇纹脸孔消失无踪了。

"刚刚那几个女人走了。"

"还会再来吗?"

"不清楚,可能今天夜里还是会来。"照南抿了抿唇,视线又停在她的脸上,"你饿吗?我去给你找点东西。"

"我和你一起去。"她不想要和他两个人分开,总会担心那几个女人折回。她顺手提起那把枪,看到弹匣里还有子弹没有用完,随即扛在肩上。

照南也注意到她的动作,猜测道:"可能猎人打猎时被猎物袭击了,所以将枪遗留在竹林里。"

俞晚有些后怕,咽了咽口水:"这里还有能袭击人类的动物?"

照南的手顺势揽住她的肩膀,声音很低:"虎狼不知道,但是会有蛇,有达籁族出现的地方就会有蛇,她们常年养这些阴冷的东西。"

"阴冷?有没有人和你说过,你的眼睛给人的感觉也很阴冷?"她仰起头微笑,从她的角度可以看见他眼里一闪而过的惊讶,随后又是一贯的冷寂。

"我不知道给你的感觉是这样的,小四会说我不喜欢笑,徐六很少会和我谈这些话题。"他抿了抿唇,开始在四周寻找食物,一边提防着他刚刚说起的阴冷的东西。

俞晚也仔细地寻找着,不经意地问:"云二娘是你安插在湄公河接近秦鲲的眼线吗?"

"嗯。"

"小四、徐六、云二娘,还会有大哥吗?我是指你们是根据年龄,有这排行吗?"

他静静地看了她一会儿,语气柔缓下来:"大哥和小五都去世了。"

俞晚觉得难过,这种毫无温度的眼神不适合他刚刚遗憾的口吻。

她想,也许他很多个隐藏情绪的时刻,也有悲伤或者难过。就像是在德国学习的那段时间,导师叫她要学会戴着面具和人谈生意,但是常常和她说,一个人活着仍旧需要感情,否则会失去温暖和灵魂。

身边这个男人像是习惯般,把所有情绪都隐藏。

这样的习惯需要很多年才能养成。

只是忽然有种想法,她便问出来:"你是缅甸人吗?一直在这片土地?有没有去过云南?"

"没有,没有去过云南。"他很快否决了她的猜测。

走出了竹林是一片稻田,田埂上有几棵果树,他们摘了些果子来充饥。不知道是被午日的太阳烤的原因,还是在水中泡了太久,她的脸上有些蜕皮。

反观照南,却显得异样苍白,看上去很需要休息。

商量之后,他们还是决定返回之前的草棚。俞晚让他靠在散开的草垫上,背着阳光,然后自己坐在一边守着。

很快夜幕降临,照南的烧退了一些,意识也清醒过来。睁开眼的第一件事就是寻找俞晚,在看见她一直坐在浅滩口扛着枪时刻保持戒备时,有些想笑。

照南想要站起来,却感觉到脑后一阵异常的冷,让他不自觉地停住。视线下垂,瞥见地面上的夸张的阴影。等待了一会儿,他听见俞晚的声音。

"在你身后的草垛上,有两只很像蝴蝶的东西,但是又不是很像,特别大,长得像蝴蝶,个头却和猫头鹰差不多大小。"

彼此都没有动,但他感觉到后面的阴影变大了,不知道是所谓的蝴蝶调整了位置,还是又来了几只。

他冷静地回应道:"你也不要动,不要走向我,这种大蝴蝶攻击力很强,而且有剧毒,所以听我的。"他重新躺下来,缓慢地转过身来,装作只是睡梦中的动作。

感觉阴影又大了一些,他眯着眼可以清楚地看见两只巨型大蝴蝶,一黑一白,就悬在他头顶上,似乎在草垛上吐着汁液。

"可以一枪射中蝴蝶吗?"他缓慢地再次开口。

俞晚的回答是:"可以,但只能射中一只。"此刻很庆幸曾经受过专门的枪击训练,虽然是在俱乐部里,没有真正地杀过生。

照南看着草垛慢慢地被汁液染成了黑色,面前这只大蝴蝶准备将这堆草推下来试探他了。他迅速地翻身,对俞晚喊道:"开枪,打那只黑色蝴蝶。"

俞晚快速地将枪上膛,"嘭"的一声,只见一团白烟中黑色的双翼蝴蝶坠落下来,掉在草垛上,于夜色中奄奄一息。

白色蝴蝶停止了动作,转而停驻在黑蝴蝶身边,一会儿后飞走了。

俞晚刚刚松了口气,照南却凑到了她的身边,抓起她的手,从背后抱着她,手指扣动扳机对准了夜色中那只越飞越远的白色蝴蝶,一击即中。

这一刻,她想到还在琮少的族内时,不知是怎么提起了打枪这个话题,小四拍着胸脯说他家将军百步穿杨不在话下,脚提枪都能打中敌人。

看着那只白色的蝴蝶突然又坠落下来,她心里猛地缩紧了下:"不是飞走了吗?"她还在他的怀中,可以嗅到他身上淡淡的药草味。

照南放下枪,漠然地往后退了一步:"它是去找救兵了。"检查着脚下的草垛,他不冷不热地接道,"小五就是被这种大蝴蝶害死的。"

那些染了汁液的草垛已经变得黑乎乎的，在草根上冒着泡。俞晚看见他将草垛踢到了没有吃完的果子上面，很快果子就被腐蚀掉了。

她觉得有些恶心，捂着嘴反应了好半天，转过脸去没敢再看大蝴蝶的尸体和汁液。漫长冷寂的夜色，风声微小拂过树林，发出零碎的"沙沙"声。很久之后，她听到他冷如刀锋的声音，带着善意的威吓："想清楚了，要来到地狱？"

他的口吻冷漠，却带着善意的提醒："只是为了一些生意，哪怕不惜丢掉性命，也要来到这个比地狱更可怕的金三角？"

俞晚出神地看着他，从这冷硬的面孔中摸索到温暖的视线。

"小五是最早被我安插在秦鲲身边的人，最初只是为了摸清他在做什么生意。在一次行动中，不知道是谁走漏了风声，导致秦鲲损失了一大笔钱。为了找到这个内鬼，他把当时参与行动的人都丢到了野人山中。"他的声音很低，说着这些过往，有一些难以言明的情绪。

"野人山曾让五万大军有去无回，小五就死在里面，被这些蝴蝶的汁液腐化了。"

俞晚能够想象出那个场面，五万人全都死在那座山里，尸横遍野，几乎没有完整的尸首。

他忽然抬起她的下巴，让她不得不看向他的眼睛，深深的黑，一望无际。

"在这里，你会发现很多势力复杂的组织都拿杀人当儿戏。在山区行走，你随时都可能被这些生物袭击，丢掉性命。如秦鲲这样的商人，远不是'深不可测'可以形容的，他的手段会让你深深地后怕。很长一段时间再回想起，都会忍不住打寒战。俞晚，你确定要走下去？很可能会真正地面临死亡。"

照南说这句话让俞晚感受到一些单纯。他应该是早就猜到那股势力会和秦鲲有关。所以，来这里真正的目的是报仇吗？

他要为小五报仇。

"我从很小开始，就不停地被灌输一个信念，那就是壮大陆俞家族。"她的目光透着清水的光泽，非常明亮，她正向这个男人开诚布公，逐渐展示着她的全部，"如果我死了，还会有被冠着'陆俞'姓氏的人来到这片土地。那些人可能是我更小的弟弟，又或者表妹，甚至是父亲，他们都是我的亲人。"

她不入地狱，谁入地狱？

俞晚笑起来，望进他的眼里："那天隐藏在水椰树下时，有人朝着水面开枪，知道我当时的想法是什么吗？"

照南松开了手，换了个姿势，以一种很难言喻的保护式的姿态圈住了她。

"我一定要在谈判桌上，扭断秦鲲的脖子。"

很深的夜，看不清对方的面目，却能够知道彼此都没有入睡。

有几个瞬间，俞晚好像连他的呼吸声都听不见了。很奇怪的生理驱使，让她想要探一探他的额头，却在顷刻间被捉住了手肘，整个人都被拉扯着贴近了他的身体。

俞晚有些尴尬，寻找着安静氛围下的话题："我只是想看看，你还在发烧没有。"

他的回答是："没事。"松开她的手，却没有让她离开他的怀抱。

不知道是什么原因，俞晚很不安。

可能是怕那几个女人又重新回来，又怕小四和徐六找不到他们。

所以，她没有挣脱，反而和他紧密贴合着，彼此都没有再说话。

竹林里传来"沙沙"的夜风声，他们睡在浅滩边上的草棚里，被一大堆草垛挡着。在他们面前是黑色蝴蝶吐的汁液，在月色下已经快要凝固了。

忽然一阵劲风袭来，俞晚还没反应过来，已经被照南抱住，陷入草垛下的一个浅坑里。稻草碎撒在脸上，他温热的气息和身体都包围着她，唇从她的下巴上擦过，他用手堵住她的嘴，示意她不要说话。

慢慢地听到一些人说话的声音，从上游传过来，还有船靠岸的声音。

照南紧贴着她的耳朵说道："是秦鲲的人。"

"怎么办？"俞晚轻声地问。

"待会儿我出去，你不要动。"他身体的全部重量，几乎都在她身上，"我的腿断了，目前必须要接受治疗，并且我也很难逃跑。"

人声越来越近，应该是陆陆续续地上了岸。

照南分析着目前的形势，快速地做着交代："到目前为止，秦鲲还很忌惮我的身份，所以他绝对不会伤害我。等我离开后，你继续潜伏在这里，尽量等到天亮，小四他们一定能够找到你。顺着湄公河下游寻找烟膏的下落，不要放过任何一个下游的河堤。"

"你这是把命给了秦鲲！"她尝试着阻拦，"我们等一等，说不定小四他们马上就来了。"

"不，"照南按住她的手，微微抬起了上身，揽住她的腰，眼神浓烈而炽热。这一个瞬间，他脑海中有些唐突的想法急于落实，他将她埋进草垛的浅坑里，一个俯身贴住了她的唇。声音忽然近了，又远了，"我是把命交给你了。"

这个时候已经能够听到脚步声，徐徐向他们靠近了，然后又忽然停住。有人厉声问道："那里的，是谁？"

他的手缓慢地从她腰间抽离，站起来，用脚钩着枪不动声色地塞入她怀中，朝外走去。俞晚抬头看他的身体非常高大威武，站起来时阴影彻底笼罩了她。

"我是照南。"

她听见他的声音冷冷冰冰的,却莫名地心动了。属于他的名字,足以令"黑色走廊"闻风丧胆。

很快,他就被恭恭敬敬地请走了。剩下的人有些不甘心,在草垛这边寻找了下,却不小心踩到了那些黏稠的汁液,有些异怪地站住,不敢再往前走动。随后,照南很好心地提醒他:"那是大蝴蝶的汁液,刚刚被我杀死的大蝴蝶。"

野人山事件,系五万人全军覆没,让所有人都不敢忘记,他们都知道大蝴蝶是怎样一种存在。

那个人吓得魂都没了,脱了鞋往回跑。

月色变得朦胧起来,船橹晃动着浅滩,慢慢地离她越来越远。

此刻,已经不能够再听到竹林里的风声,已经不再惧怕那些手无缚鸡之力的女人。

在德国经受训练的那些场景,起起伏伏地出现在她脑海里,十年之久,快要让她记不起来的那些残酷的场景。

手摸到枪的那一刻,她变成地狱。

## 第四章
## 反客为主（下）

五天后，大烟交易会。

在湄公河下游的某个河堤处，他们发现烟膏残留物。离这不远处有一个村庄，时间和地点都很巧合，又接近所谓的交货日期，只有这场大烟交易能够让这一切都变得顺理成章。

原本她认为这场交易会会和琮少的柚木拍卖一样，隐藏在黑暗中私下进行，却没有想到它非常市井，市井得会让人以为只是场普通的赶集。

从村口往里的一条大道两边都坐着各色各样的商贩，这些商贩中大部分都是男人，也有女人带着孩子，包着头巾，坐在相对较里面的位置。

他们将罂粟壳铺陈在面前的布绢上，用竹篓装起一部分悬挂在旁边的树干上，过一会儿就会有异香传出来，慢慢地在风中越传越远，让人们不得不注意到这里。商贩们张罗好了，则三五一群地坐在一起，抽着大烟袋闲聊，又或者玩些当地的赌牌。那些牌制作得也很简陋，好像是木头刻制的，花样简单，只有清晰的颜色和数字。

女人们则安静地坐在铺子后等着买家上门，但是从不吃喝。她们的孩子就在不远处的大榆树下玩耍，年龄大的孩子也不排斥年纪小的。

很奇怪，一整条大道上都只有孩子的玩笑声，所有人交流的声音或是赌牌的声音都很小，小到也会让人有种错觉，这是在地狱的交易场上，一不小心就会投入无尽的黑暗。

他们不擅长叫卖，也不习惯和人协商价格，只有为数较少几位看起来年岁稍长的老先生，或许会和经过的商客攀谈几句。

"需要买货吗？我这黑布底下可有些好东西，买卖到远方可值一大笔钱呢。"大概看出来他们一行来自异乡，这位老先生在面前走过三四个背着竹篓的当地人都沉默无言后，对他们抛出了橄榄枝。

"老先生，请问你们这是什么乡？"赵叔正好寻着机会问了下路。

"陈巷，老陈巷，我们这里的商贩来自很多地方，有边境的，还有高原山区的，有时候还有一些没见过的部落族人。"老先生说着一些不着边际的话。

赵叔和他低声地交流了几句，发现获得的信息实在平平，只好作罢，继续往前走去。

没想到这位老先生不死心，继续道："我在这里卖了三十年货了，有什么我没见过，又有什么我不知道的？远道而来的客人，错过我你们只会后悔呀……"

麦启尔觉得好笑，揶揄道："见过强买的，倒没见过强卖的。"

俞晚往前走了几步，又回头看那老先生，总觉得他有些面善，于是返回蹲在他面前，和他轻声说起话来："我们来自中国云南，是友好的外乡商人。"

"我能看出来。"老先生眯着眼睛打量她和他们这一行人，"你想要我这黑布下的东西吗？"

俞晚告诉他："我需要很多这黑布下的东西，您能告诉我去哪里可以买到很多吗？"

"不、不知道。"听到这样的话题，老先生垂下眼睛连连摇头，既表露出失望，又满含戒备。

俞晚微笑起来:"这样吧老先生,如果您能告诉我去哪里可以买到很多这黑布下的货,您的东西我就全部要了。"她转头示意麦启尔,后者从怀里掏出一个钱袋,不动声色地塞到一旁的竹篮子里。

老先生依旧是眯着眼睛,很和煦地笑着。

离他不远处的几个男人大概是注意到他们逗留太久,纷纷转头看过来,在注意到他们只是随便地交流着之后,又转了回去,继续打牌或者嗅一口大烟。

老先生将手伸到竹篮子里,一眨眼的工夫,就当着他们几个人的面将钱袋变没了。麦启尔惊讶地看着他,连声问道:"这是什么技艺?魔术吗?钱袋变哪里去了?"

"都是吃饭的手艺,这可不能告诉你。"老先生手抄在袖子里,咧着嘴笑道,"不过你要是想学这手艺,我倒是可以给你指指路。"

午日的阳光下,老先生布满了深深浅浅皱纹的脸上浮现出一种异样的、千帆过尽的慈悲柔和。

"在这村子很深的地方有一座戏楼,每年的这个时间都会有表演,都是来自海外的洋人,他们会些隔空偷物的新鲜戏法,大概会逗留三天,我也是偶然一次学来的,不过后来那戏楼子里聚了太多大财主,就容不得平民出入咯……"老先生说完,将黑布包裹扎起来递给麦启尔,挑着竹篮往村口走去,一边走一边吆喝着,"二十年繁华皆过眼前,三千顷沉珂纵藏深海。"

在老先生走后,俞晚从黑布包裹里拈出一块东西仔细看了眼,果真是烟膏。只不过瞧着色泽差了些,黑糊糊膏体在掰开后,里面还夹杂了些深褐的果壳。应该是制作过程中火候和技艺都差了些的原因,又或者是故意掺假的。

麦启尔一看，嚷嚷道："这成色也太差了！"说着便要去找那老先生算账，被赵叔拦住了。

他们再往前面走一阵子，见到一个休脚的鸭寮，几个人坐了一会儿，俞晚慢慢地思考起刚刚那个老先生说的话。看似寻常的一段话，却深藏玄机。

"隔空偷物不是好手艺，与其说是戏法不如说是偷，他是在跟我们说那是见不得光的交易吗？比如烟膏。"赵叔试探性地看俞晚，得到她的授意后继续说，"他说三天，应该意指交货日期就在这三天内，说是在戏楼里学得这本领，估计交易的地点八成就在戏楼里。而洋人和大财主，应该是指交货双方一方是洋人，另一方……是秦鲲吗？"

俞晚听着赵叔的话若有所思，她觉得老先生或许并不知道得这么清楚详细，只是知道在戏楼里，在洋人和大财主们都出现的这三天里。

在这个村庄里，或许有一场交易亟待开始，又或许已经开始。

只不过来到这里的大财主，应该不会有秦鲲，可能是总书记或者以他为首的一些人。

俞晚想起那老先生离开时吆喝的两句，似乎也别具深意。

"秦水，你和单遥去打听下，这村里可有戏楼或是唱戏的地方？问得寻常些，不要让乡邻们生疑。"

秦水应了声，和单遥分两道过去打探，其余的人则和俞晚一道在原地等候。大概黄昏时分，他们两人回来，跑遍了村庄东西两头，都没问出一丝消息。

"这里的村人都说没有戏楼，他们不习惯听戏。"

"确实很少会有戏班子来到会晒当地，更不用说是戏楼。我们来了很多天，看到的娱乐节目多半也是唱歌和跳舞，从来没有听谁家唱过戏。"赵叔说。

难道是自己想太多？

往回走时，到了村口又遇见那老先生，正在河堤口望着湄公河。见他们返回，老先生还笑眯眯地走过来问俞晚找到了没有。

她摇摇头，老先生越发开怀了，望一眼天色，徐徐叹道："卸磨杀驴仍需挑好时辰，此刻怕是还没磨好刀咧……"

接下来的两日，为避免招摇，白天都由赵叔几人轮流来查探，到了晚上俞晚才乘船而来。

夜色中，沉沉浮浮的村庄在大山高处远望而去，万家灯火一派祥和，一点也不看不出有什么诡密的交易在暗中悄悄进行着。

到了第三天傍晚，仍旧没有一丝戏楼的消息，俞晚同徐六和小四来到村口。大概是因为徐六和小四的面孔看着是本地人，本不愿意交流的商贩还会和他们说上几句话。

俞晚向一个面孔温和的女人打听，她声音很低："这位阿姐，请问村子里有没有戏角来过？或者哪个地方曾摆过戏台？"

女人看了她一会儿，连连摇头表示不知情，抓起一把罂粟壳问她："要不要这个？"女人的行为很单一直白，表明了不想和她继续其他的话题。更是在见她摇头后，彻底底失去了交谈的兴趣。接下来，任由她再怎么问，女人的回答总是不知道，充满了敷衍。

倒是女人家的小孩，一直瞪着大大的眼睛看着俞晚，充满好奇。

俞晚又尝试着询问小孩，问他有没有见到过金发碧眼的外乡人，他们个头都很高，很魁梧。女人见状连忙把孩子叫唤到身前，用眼神阻止他张嘴。俞晚从衣服袋子里掏出一枚银坠子，在孩子面前晃了晃。

孩子喜欢，挣开他母亲跑过来，小声说道："我在三大爷家的地下屋子里，瞧见过黄头发的人，他们都和你一样白咧，你比他们还白。"他笑嘻嘻地望着银坠子，想拿过来却又不敢，只是非常单纯地看着。

"谢谢你。"俞晚摸了摸孩子的头，随即将银链子送给孩子母亲，"非常感谢这个孩子的天真无邪，这是我送给他的礼物。您放心，我不会告诉任何人，说是您家孩子见过外乡人。今天，您也未曾见到我。"

她不曾出现在大烟交易会上，不曾在这个村庄逗留过，她相信在今夜之后不会有人承认在这个地方见到过她。

他们在女人的目光中出了村口，又再度上了船远去。夕阳西下，为期三日的售卖会结束了，诸位商贩都陆续离开，那个女人也松了口气。她却不知道，俞晚在将船停在草丛中后，又和小四摸黑上了岸。而徐六早就已经藏身在隐秘的地方，一路尾随她回到了家中。

俞晚他们往村子深处走去，寻着徐六留下来的记号一路摸索，最后到了一处人家。

大开的院落从门口看不是很起眼，徐六等到他们，和他们解释说："这个院子表面看着很寻常，可里面却富丽堂皇，我在后院看了眼，简直被震惊到。"他示意性地指着后院的方向，黑棕色的屋顶被罩在大樟树下，"我尾随那女人回来，先是到了一个小楼里，大概过了有半个小时，她又一个人出来拐上小道，进了另外一个楼里。"那个楼精致胜过琮少的家。

此刻他们就蹲守在离那小楼不远处的外院，可以清楚地看到小楼门口。徐六还说，那个女人从进去之后，就再也没有出来。

俞晚看到小楼外还有几个男人，穿着普通人家的长衫布褂，在门口张罗着什么。可若仔细看，就会发现太安静了。他们或坐或站，看着是挺随便，却没有一个人说话，每隔一段时间都会调整下位置，井然有序地守着自己的岗位。很显然，他们并不是不是普通的乡民，而是训练有素的护卫。

陆俞晚看向那小楼的门顶，似乎是贴着一张画报，远远地也看不太清楚。不过后来在那座小楼人去楼空时，她进去看过门顶上的画，才明白几日前老先生所说戏楼的深意，原来只是为了暗示他们交易的地方贴了张戏子的海报。

小四看她不紧不慢的样子，急红了眼："陆小姐，我们将军呢？要不要冲进去？"

"不用，你们将军不会出现在这里。"

"那我们守在这里做什么？"他恨不得即刻扛着枪冲进去，"将军已经失去联系八天了！"

"你们信不信我？"俞晚看了眼小四，又转向徐六，"如果你们相信我，我可以向你们保证，很快就可以看到照南。"

小四没有主张，而徐六却相信她。

面前的这个女人是将军宁愿牺牲自己也要救的，打从浅滩口的晨光里看见她提枪走出来那一刻起，他就选择了相信她。

见到徐六点头，俞晚笑了："带你们看场好戏，你现在去村口把信号弹放了，过一会儿就会有人来，你带他们进村。动静要小一些，别惊动了院子里的人。"

徐六没吱声，转头就跑了。

俞晚和小四继续在大院墙后守着，等待中突然想起一些事情。

她有些矛盾，尽量忽视着自己内心的刻意，问道："小四，你们将军待你们好吗？"

"好。"

"你和徐六是他的兄弟吗？"

"是，又不是，是将军救了我和徐六，他是我们的救命恩人。"

"在你眼中，照南是个怎样的人？"

小四奇怪地看了她一眼，还是慢吞吞地说道："非常强悍。"

小四犹豫了会儿又说:"我从来没见过将军,能对哪个女人有这么好过。"

"好?"俞晚想笑,"哪里好?"

"将军这些年都很少说话了,可是我见你们每次都能谈好久,有时候真希望你能多来找将军说说话。"

不知道是不是小四表达方式的缘故,竟然让她有些难过起来。

他这些有着过命交情的兄弟,原来最大的期望也只是想让他多说些话吗?

而所谓的好不好,也只是表现在他愿不愿意和你多说话而已。

简单地交流了两句,小楼面前已经有了动静。先是那些护卫都站了起来分列在两侧,没一会儿,总书记走出来,身后跟着几个锦衣华服的当地人,看着应该就是老先生说的大财主了。在他们左右站着些洋人,手上提着公文包,并没有货物。

俞晚还觉得奇怪,很快就看见几个人抬了两个箱子出来。看他们的交流,这场交易似乎非常愉快。

"有人来了。"小四回头看了一眼道。

俞晚也跟着看过去,因为他们所处的地势高,能看到不远处的火光在急速朝这边包围过来。就在院子里的双方合作伙伴还在寒暄时,火光近了。领头之人是她的新伙伴——那个年轻却行事非常果断的安全局副局长。

他们将院子前后都滴水不漏地包围了起来,总书记和一众人中明显有了骚乱。

这场瓮中捉鳖的局,直到沐舜走进火光中,总书记依然是一副不可置信的模样。

对峙中,总书记举高了手狠狠地朝沐舜扇过去,连声暴怒痛骂,老泪纵横，却都被一支黑黢黢的枪口阻挡了。

沐舜面无表情地站在院子里，叫人将地下室的货都抬了出来。俞晚粗粗数了下，那批烟膏足足有十箱子。

"老挝有明令指出私下交易的烟膏数量不能超过十吨，可看那些箱子远远不止。总书记这次遭殃了，被逮个正着。"小四喃喃了两句，恰好徐六回到他们这边。

再面对俞晚时，徐六心中难掩震惊，越发察觉到她的不简单。

在村口等候时，他还非常懊悔没有集结南风军散在此处的人马，也猜测过前来搭救的人，想过琮少甚至闽樵，却唯独没有想过是沐舜。

这个刚刚走马上任的安全局局长，才成年不久。

安全局局长和总书记皆是处在政治顶端的人，纵是背负着父子血缘至亲的关系，此刻被这么多双眼睛看着，沐舜也不得不大义灭亲……

小楼院子里火光冲天，痛哭狼嚎一片。

俞晚走进楼里的时候，只剩下几个扫尾的人。沐舜在院子里站立的姿态很安静，显然是在等她。

"这次合作似乎是我得益较多，陆小姐，沐舜不是不懂知恩图报的人，日后有什么需要尽管开口。"

俞晚微笑："我只有一个请求，不要让已经倒下的老虎再有站起来的机会。"

沐舜心领神会，只是在经过她身边时，表达了他的青睐有加："不知道中国女子是不是都如陆小姐这般聪慧伶俐，实在是令人退无可退。"

为数不多的几次交手，都让沐舜感觉到悲从中来。在这个地方，一直坐井观天的原来是自己。最初还以为她只是个稍微有些狡猾的商人，却没有想她能接连两次帮自己打破当下尴尬的身份局面，并且一下子位居高位。这个女人带给他翻身的机会，更给他无法形容的惊艳，纵是今生这最后一赌，也绝对值得。

俞晚见他走远了，缓慢地松了口气，转过头来。

安静的夜让她想起那个照南，在同伴眼里只有"非常强悍"可以形容的男人，给了她生的机会，让她可以来到这个地方对自己想要的都徐徐图之……现在，她只想要尽快见到他，确认他的平安。

选择和沐舜合作，不过各取所需。

她唯一的想法只是救照南。

如秦鲲这样奸诈阴险的人，想要在属于他的地盘找到照南，几乎了无希望。所以，她选择这样的时机，狠狠地卸掉他的左膀右臂，逼他现身。

哪怕是为了这批货，也一定会令秦鲲主动来找自己。

此刻，陆俞晚回想起来的，都是那日在照南离开后，自己紧紧拿着枪却倍感无助的模样。她一直躲在草垛后，一整夜都没有合上眼，直到徐六寻来。

一瞬间，她于惶惶然的颤抖中蓦然惊醒，此时不是在任何一个演习的场合中，而是真实地站在金三角这片土地上。

白日清明，浑身冷透，她仿若从刀山火海而来，双目血红，强烈的愤怒。

湄公河今夜无眠。

从来没有一个夜晚会像今日这样安静，原本喧闹沸腾灯火辉煌的两岸，都在夜色渐深之后，冷了又凉了。

河中央的大艇上前后都站满了扛着枪的人，他们不苟言笑，鸦雀无声。两岸的树丛里、水椰灌木中，还有许多穿着黑衣的人，举着小电筒在四处逡巡观望。

起初一些常年在此出没的船翁，凭着一股热劲头，还想看看今夜河中大艇的热闹，到最后也被这些没有声响、面无表情的人威吓住，慢慢地潜入水中没了踪影。

河面上风过无痕，月色无声，这个夜仿佛凝结住了。

俞晚杯中的茶已经添了四次，等的人却还没来。她看一眼早已凉透的茶，也快没了耐心，轻笑道："外面人不知道，还以为是二娘故意怠慢我，却不知为谁背了黑锅。"

云二娘闻言淡然置之，淡淡应道："有心人自会知晓，其余的也无需告知。湄公河大大小小数千只船舶，传不尽的便是烟花流言了。"

多少年这么传，传她是湄公河奇女子，坐收秦爷之宠，享受人人艳羡的自由和富贵，不过统统都是以讹传讹罢了。

那日她从粮仓上来时，秦鲲已然走了。连一句询问都没有就这么走了，足以表明他的盛怒。在她面前秦爷一向是谦谦君子模样，若是连敷衍和伪装都不屑了，那么必是耐心耗到了尽头。

后来听说秦爷拿住了照南，云二娘的心便彻底凉了⋯⋯

做戏做到这般地步的也是少见，明明知道秦鲲早已不信任自己，却还是要留在湄公河为他做那传信的信鸽，离不去，断不清。

云二娘一时无话，托着下巴看船外的河面。水光中映出对面陆俞晚的侧脸，仿佛沉静温婉的大家闺秀，可仔细与她较量，却像是同一个戴着无数张面具的人交往。

像迷雾一样让人无法看清的女人，足够引起任何一个男人的好奇心和征服欲。

听说这次照南也是为了她才甘愿被秦鲲的人带走的。

他每次将自己置于危险中,都是为了她。

云二娘婉转地叹了一声气,一回头就对上俞晚若有似无打探的目光,于是微笑道:"我在湄公河渡河这些年,看似光鲜,也不过是旁人……"

她想说是旁人掌中玩物,可还没说完,却得到俞晚目光的示意。好在及时收了话,从余光中看过去,她发现甲板上的光线似乎暗了几许。来人脚步轻,没有让人察觉。

俞晚趁势转移了话题,与她攀谈起女人之间的闺房密话。

"来到会晒多日,发现这里的服饰既简单又精巧,不过总觉得小腹凉凉的。要我说,倒不如在上衣处缝合细娟,这样既能挡风,又不失美感,若有似无的还可以让姑娘更美呢。"

云二娘附和道:"陆小姐这提议真好,有时候穿着灯笼纱裙也有些不便,但露着腰身一截又觉得冷,折中下来却是不错的。玲珑曼妙,皆是女子所求。"她此刻便穿着纱裙,从胸脯往下被长长的纱裙遮住,唯有双肩露在外面。

风情万种是一回事,御寒保暖又是另外一回事了。

俞晚轻笑:"不知道二娘可听说过旗袍?"

"以前听远方而归的商人提起过,中国的女子穿旗袍最具风味,单是开衩到大腿的下半截,便吊足这些臭男人的胃口了。"她从下垂的视线里看到船门外的暗影,几乎没有移动过,看起来对她们这闺房话极有兴趣。

"而且旗袍上身设计也尽显女子的体态,让人风情万种。"

"看来二娘是真的喜欢,待过几日,我让人给你送几套来。赵叔是裁缝行家中的高手,若是不合身,我让他为你改改,可好?"

"真的吗?"二娘高兴地看向一边沉默不语的赵叔,得到后者含笑点头的示意,赶紧接道,"这样我就不客气了,谢谢陆小姐。"

"二娘不用与我客气，只怕到时候湄公河女船王的风姿，要将这方圆百里的女人都比下去了，最重要的是……"

"最重要的是，要让秦某情不自禁了。"

一句话没说完就被拦截了去，说话之人应声推开门。

陆俞晚抬头看去，只见来人三旬不足，面容清俊，眉宇之间也有一派淡然。看向她时笑意浅浅，多一分少一分都没有。翩翩玉华，倒有些君子仪态。

他走进来径自揽住云二娘的肩，悄声咬耳朵："二娘若是穿上旗袍，那样美艳动人的模样须得让我第一个看见。"

"我与你什么关系？为什么要给你第一个见？"云二娘含嗔带怒地睨着他。

他们旁若无人地调情，俞晚则不动声色地瞧着随他一起进来的几人。一个个面无表情，穿着统一的制服，应该都是秦鲲的护卫。

她又仔细看了两眼，直到在人群里看见一张熟悉的面孔，忍不住轻笑起来。

秦鲲似是察觉，询问道："陆小姐这是笑什么？"

"湄公河尽人皆知，秦爷对二娘恩宠无双，恨不得早早地将美人娶回家中，可刚刚听二娘说话却有些埋怨，也不知是不是秦爷在外拈花惹草，惹恼了二娘？"

"陆小姐不知她一贯如此待我，有时候闹起脾气，我都要被她关在门外，哪里又能惹怒她？"秦鲲赶紧赔了不是，又讨着云二娘的宽恕，"在陆小姐面前，可还给秦某一些面子？"

云二娘横了他一眼，转头去张罗起给他的茶水。俞晚看他们彼此打打闹闹，皆是戏中高手，可眉目之间似乎也不全是做戏。看二娘的眼神，若说对他一丁点的情分都没有，怕只能是自欺欺人了。

真真假假，谁又能看清？

就这么等待的工夫，俞晚再次看向秦鲲身后的人，目光灼灼带着打量和思索，有些失了神。叫秦鲲禁不住好奇，顺着她的视线一齐看过去。

"陆小姐这是看什么？"

"觉得秦爷的护卫有些眼熟。"

秦鲲惊疑不定地看了她一眼，确定她的视线后，指向其中一个问道："是他？"

"不、不是，旁边那一个。"俞晚指了指，有些不确定地说，"似乎在哪里见过。"

"你可曾见过陆小姐？"秦鲲问那护卫。

护卫吓了一跳，赶紧跪下，连连矢口否认见过俞晚，还说她污蔑他。

原本她也不确定，只是觉得有些眼熟罢了，可遭他这么一说便认真地回忆了下，补充道："在远商会那日，我看见你和安全局的现任局长说话，好像拿去了什么东西。你们贴耳交流了有好一会儿，直到看见我走近，你才得到授意离开。后来总书记在席间认亲，我才知道原来他和沐舜局长竟然是父子，真是让人吃惊。"

"属下没有！远商会那日并未去过寺院。"

"果真没有吗？"

"是！"

俞晚呼了口气，也不太好意思争执下去，只好说："可能是我记错了吧，可我分明看到有人穿着和你一样的制服出现在那里的，我还猜想是你给沐舜局长的那件东西，才使得总书记不得不在远商会那样重要的日子认亲的。"

护卫还要为自己开脱，却甫然对上秦鲲的眼睛，所有委屈都咽回肚子里，讷讷地保持了沉默。

秦鲲对他说:"你先出去吧。"

护卫惊恐地瞪大了眼睛,似乎不可置信,却又无力反驳,只好走出船内。没有一会儿,俞晚听到"扑通"一声巨响,有人惊恐大呼着:"落水了,有人落水了!"紧接着是几声呜咽,到最后恢复无声的平静。

这一整个过程中,秦鲲都是含着浅笑,兴致淡然地饮着茶,俞晚却被深深地震撼着。

风闻过太多他的心狠手辣,这还是她第一次亲眼所见。仅仅是出于怀疑,便能叫人将身边的护卫沉河。

能做到这样的人,得让人有多恐惧啊?

陆俞晚不动声色地又看了眼他身后的护卫,缓缓转开目光。

"听说总书记进了审计厅这些天日夜经受拷问,把多年来的走私活动都招供了。"她轻叩着窗棂,敛去了笑意,"也不知是真是假,总之挺让人担忧的。"

"陆小姐担忧什么?你远道而来,在此处不过三个月,难不成也曾介入过这些所谓的活动?"

"秦爷这是说到哪里去了?俞晚只是担心如若一切是真,总书记的位置又要谁来坐?过去在会晒以及整个老挝的通商或者道路资源,是否都会因随总书记的倒台而改变?毕竟一朝天子一朝臣嘛。"她担心秦鲲不懂最后一句话的意思,还特地为他解释了一下。

秦鲲温润含笑着颔首:"中华文化真是博大精深,不过陆小姐也不用担心,有些东西根深蒂固,也不是一两日形成的,不会因为一个人的变故而受到牵动。"

如此四两拨千斤,便给了她反击。

俞晚冷冷地瞥了眼河面,月色下倒映出依偎在一起的两人侧影,看起来是那么恩爱不疑。如果不是知道云二娘的真实身份,恐怕她真会被这温馨的一幕打动。

"如果是这样的话，俞晚就放心了，总还是希望这次来会晒一切都顺顺利利的。"她停顿了下，看着秦鲲有些欲言又止，"之前在市井听到一些话，有人揣测总书记身后势力繁复，不会轻易倒台。他们还押注赌大佬的真实身份，秦爷也位列榜单之上呢，而且赔率还不小。"

"哦？竟然还有这回事，秦某与总书记只是泛泛之交。"

俞晚漫不经心道："这就好，如今沐舜局长都已经大义灭亲了，秦爷若顾念情分对总书记施以援手，怕是不太好。"

"劳烦陆小姐为秦某担心了，不要说我与总书记交情不深，便是深，他若真的犯法，也该受到法律的谴责，任何人都无力相救。陆小姐说是不是？"

"自然是这样。"

附和了一阵，俞晚发现他应该是放弃了总书记，今夜他愿意露面，看来全然是为了那批价值连城的货物了。

"听说此事重大，因为涉及洋人系外交事宜，已经出动了联合国考察团。"

说到这里，赵叔恍惚想起了什么，在她耳边低声说道："小姐，在离开云南的前夕，也有几位考察团的官员来府中找你，有一位自称是你的朋友。当时你恰好不在府中，老爷又考虑你将要出发来此，所以就没告诉你。"

"哦？还有这回事？"

"是的，那官员还非常遗憾地表示他专程为你而来。"

"这样的话，赵叔，你千万要替我留意他们在会晒的行程，有机会让我见一见他们。"

赵叔答应下来，俞晚才又和秦鲲解释说："我在德国念书时有个同学,后来毕业去了联合国,现在正好是考察团里的一员。真是太好了,如果他们介入到总书记事件中,我对当前的局势也能了解清楚些。"

秦鲲似笑非笑地感慨:"有考察团官员在,陆小姐一定能心想事成。"

俞晚挑了挑眉没有回应,只是端起那早已凉透的茶喝了口。茶水苦涩粗糙,毫无美感。她不禁抱怨:"二娘这里的茶理应已是极好的,却依旧不甚香醇爽口。"

"听说陆小姐家中也经营茶叶生意?"

"不错。"

得她示意,赵叔从布囊里拿出一包茶,与二娘张罗着冲泡了杯,放在秦鲲面前。

俞晚笑道:"秦爷不妨尝尝我家的茶?"

"陆小姐果真擅长生意之道,竟然随身携带这上好的茶叶。"粗粗一闻,便觉香气四溢。他又轻啜了口,果真茶水甘甜回味无穷。

他忍不住赞道:"真是好茶,比这之前的好上百倍。"

"秦爷谬赞了。"

"云南普洱该走上整个东南亚,不知陆小姐有没有兴趣与我做一笔生意?"

"秦爷开口,俞晚喜不自禁,当然是乐意之至。"

这一夜谈话至此,所有的目的都已达成。秦鲲忌惮考察团势力,想要那批货还需她的帮忙,而她依旧只是想要快点见到照南。

眼见天色已晚,为方便洽谈合作之事,秦鲲便顺势邀请她去家中做客,俞晚震惊之下却一口答应了。末了,秦鲲还让二娘一同前往,冠冕堂皇地说是怕她无趣,女人之间总有聊不完的话题,以好陪伴她。

俞晚转头看向云二娘,只见在秦鲲转身的一刹那,云二娘的脸色无比难看,甚至称得上惊恐。

从湄公河乘船而去，沿河往西行半个多时辰后在渡头上岸。迎面便能看见一座寺院，此时已是深夜，入目多是黑漆漆的树林，只有寺院大厅口的一盏大灯，照亮了寺门的信徒。他们虔诚而往，幕天席地睡在寺院口，身边甚至没有太多的行囊。

修行者素来认为肉体受尽磨难，方能成人之不能，立地成佛。

俞晚忍不住好奇："此地百姓多为佛教信徒，不知道秦爷是否也信佛？"

"秦某身在红尘，心在荒野。"

她想笑，便也毫不掩饰地笑了。

和这样一个笑面虎交流，果真是无趣。要时刻揣摩他的心思，还要绕开他挖的陷阱，怎能不让人生厌？好在夜色深了，也没让他看出她笑容中透露出的讽刺。

从寺院往后是一片小树林，沿小径直穿，走大概十来分钟就能穿出林子。有几辆车早早地等候在那里，车前灯上的水雾让这昏黄的光变得朦胧而奇异。

一路驱车往上及至半山腰，藏匿在寺院后的深山中的豪宅，就是秦鲲的私人宅邸。

大概任是谁也没有想到，堂堂秦爷会将宅子建在香火旺盛、人流复杂的寺院后头吧？

不远处的白塔跃然高出树丛的一截，像极了盛开的白莲，皎洁明亮。

大隐隐于市。

赵叔俯在俞晚身侧，忍不住低呼："从寺院穿树林再乘车至此，途经多个关卡。山中地势险峻，上山之路曲折复杂，林中阴气沉沉。这秦爷果真是深藏不露，小姐你定要谨慎应对。"

俞晚点点头，随秦鲲踏门而入。走过一道露天长廊，她看见一排排竹楼被槟榔树包围着，那中心似乎有一个游泳池。

秦鲲忽然含笑道："现在还有位贵客在我家中，不知道陆小姐可认识？"

看他一眼，只觉得意味深长。

"哦？哪位贵客？"

"南风军首领照南将军。"

她惊讶地表示："原来是照南将军，听闻南风军铁血长鸣，势力遍布金三角地区，只可惜俞晚与他缘悭一面，后来便失去了他的消息。原本以为他已经回了山区，没想到竟是被秦爷邀请来了……"她掩饰不住的惊喜，"如果秦爷可以给我方便，让我有机会接触照南将军，我会非常愉快和感谢您的招待，也非常愿意给您应得的酬劳。"

秦鲲客气地拒绝了所谓的酬劳，说他愿意成人之美。

说话间，他们走入了槟榔丛中。从脚下蜿蜒的木板长廊望过去，可以看到游泳池的中心圆木上禅坐着一个人。

他脊背挺直，面孔被月色笼罩，显露出模糊的痕迹。水光流转，荡漾着无数的波纹。静夜之际，那人忽然闻风抬头，从大片的水光中徐徐看过来。冷而尖锐，如雪狼在夜月山下啸立。

俞晚当即向秦鲲表示，她想要和照南将军单独聊一会儿，言语之间毫不掩藏对照南的青睐。秦鲲全做理解，还特地撤去了附近巡逻的护卫，以慰藉她的遗憾和多日未见的相思。

高高低低的槟榔树丛中，在众人离去后只余下一地的冰凉月色。照南从池中爬上来，坐在廊下的亭子中。他身边有早已准备好的干毛巾和热水和一个女郎。

女郎的表情告诉他，她不愿意给这个忽然到来的女人方便，可是被照南拒绝了。很快,漂亮妖娆的女郎也跟着护卫,无声无息地消失在这片槟榔丛。

俞晚怔愣地站在离他几步远的地方,脸颊开始无故地发热,眼睛也不知道该往哪里放。她不太能够直视这样的他,雪色长衫紧贴在身上,露出精壮的上身。头发很短,沾满了水珠,他好像刚刚从熟睡中苏醒,面庞上还挂着一丝说不清的迷乱,尤其是刚刚那个湿身的女郎还紧贴着他的身体不肯放手。

直到他盘腿坐在蒲团上开始擦脸上和头发上的水珠,俞晚才慢吞吞地挪过去。看了一眼他的腿,用来固定的木板被拿掉了,现在是被很细的棍子捆在两侧。

"你的腿现在康复了吗?"

他眯着眼睛,动作很慢地擦拭着脖子上的水珠,小声道:"差不多康复了,可以行动自如。"

"秦鲲知道吗?"

"不太清楚,他的私人医生以前受过南风军的恩惠。"他面无表情地说完,目光转移到她身上。

俞晚觉得有些冷:"你在这里还好吗?我是说,秦鲲真的用待客的礼节对你?"她调整了下姿势,让自己背对着风。

照南看了她一会儿,然后往她身侧移动了半寸,彻底地挡住槟榔树丛的缺口。此刻他们靠得很近,从某个角度看来非常亲密。他没有感觉到异样,回答她刚刚的问题:"除了被限制住了自由,其他都很好。"

"为什么?"

"有三个原因。"他眼睛深得让人看不透,声音也是低哑。

"第一,他忌惮南风军真正的实力,不敢轻易对我动手;第二,他需要用我做诱饵引你出来;第三,还有一股势力突然出现在老挝,最近频繁活动在他的地盘，我猜他想用南风军做幌子，掣肘这股势力。"

俞晚惊呆了："怎么还有一股势力？"

"我被带回来的那一天，秦鲲隐藏在缅甸山区的好几个据点都被端了。秦鲲暗中向我打探过，我猜测有另外一股势力介入其中。"

"会是谁呢？"

"缅甸有一些势力庞大的民族民主同盟军，他们有自主管辖的领地。如果有人在他们的领地进行非法的走私活动，他们不可能袖手旁观。"他想了很久，做过很多假设，唯一能够确定的就是缅甸军方知道了秦鲲和总书记在山区的一些行动。

"也就是说，之前暗影军和南风军在山区发生冲突，可能引起了这股势力的注意？他们怀疑南风军也参与走私从中捞取利益，所以一路跟着你追查下来，然后查到秦鲲头上？"

"应该是，在缅甸当地有一些势力一直想要分割南风军。"

俞晚想笑："照南将军不用谦虚，我看这些势力仅仅只是忌惮你，说是分割南风军，倒不如说想要你的性命。有任何关于你的风吹草动，都会吸引到他们，不惜大动干戈从缅甸离境来到会晒。"她的脸持续地热着，头脑却已经清醒，"你总是让人无法忽视和回避。"

照南看着她："你在暗示什么？"

"刚刚那个女郎，看得出来，她很想和你共度良宵。"

"我不知道她什么时候出现在这里。"他有些哭笑不得。

"这不重要，她对你很有兴趣。"

照南沉默了，长久地注视着她，从泛着凉意的水汽中恍惚间侦破了什么，肯定地告诉她答案："我对她没有兴趣。"

俞晚"哦"了声，脸颊的热度又忽然高起来。

夜深人静，风越发大了。照南坐在木板上看不出任何的情绪，俞晚冷不丁打了个寒战，询问式地看着他："你不冷吗？需要进屋吗？"

"不用。"他回绝了，"小四和徐六呢？"

"我们从湄公河来到这里，除了赵叔和二娘，所有人都被阻隔在了河岸，秦鲲认为这才是他诚心而至的生意之道。"她觉得讽刺，"扛着枪的都是他的人，却总能这么堂而皇之地为自己开脱。"

"二娘也来了？"

"是的。"她也觉得有些奇怪，回忆起二娘当时的模样，不禁揣测，"这不会是秦鲲第一次带二娘来到这里吧？"

"这么多年的确还是第一次。秦鲲一向藏身隐秘，对任何人都戒备之深，寻常情况绝对不会带任何人回到这里。"他放下搭在肩上的毛巾，神情变得微妙。

俞晚也猜测到什么："他早就察觉了二娘的真实身份，把她留在身边，是为了掣肘你？"

这么多年的逢场作戏，临到此刻却显露出可怖的模样。湄公河传来传去的香艳过往，总归还是被秦鲲玩弄在掌心深处了。

她忍不住感慨："难怪二娘会露出那样的表情。看来他是打算把我们都引到此处，找准时机一网打尽了？"

"总书记一旦落网，他必然会有所行动。"

俞晚突然觉得很悲哀："与将军认识不久，却好像经历了许多个生死一线的时刻。"

水光泛起微澜，他灼灼目光顷刻间变冷，只道："我以为你早该习惯这样的时刻。"

脱口而出的话没有经过任何思量，只是一瞬间，照南便后悔了。

"我的意思是，你经历过之前的暗杀和湄公河逃亡，应该已经习惯这样的时刻。"他又淡淡改口。

是吗？俞晚看着他，却想起了一些旧事。

十几年前她被送到德国，那时年纪还小，因为水土不服、思念家乡等很多个原因，致使她对父母极端埋怨，很长一段时间，无论她的导师怎么引导和教育，效果总是平平。

十五岁时，父亲给她制定了一个训练计划，让她严格按照上面的时间表执行，一个月后将她送入了孤岛参与生存考验项目。

"和我一同前去的还有两三个少年，年纪都与我相仿。我们在海上漂泊，在孤岛拼命求生，到最后只有我一个人活了下来。"尽管她非常不愿意承认是那份训练计划救了她的性命，但却是不争的事实。

"在孤岛的那些日子没有热饭汤水，充饥的食物少得可怜，还要时时面临同伴的争抢。我们从最初的团结到后来的分崩离析，只短短经历了几天。后来我就经常想，生命怎么能够这么脆弱呢？人与人之间的感情怎么可以这么利益化……"

导师说，这就是竞技场，也是未来的生活。

"一直到那时我才清醒过来，原来背井离乡来到这里接受学习和训练就是为了能在这种竞技场上活下去。我活着，仅仅只是为了有接受残酷事实的能力，仅仅只是在学着让自己变得冷漠而顽强。"

慢慢地，她开始愿意接受训练，也尝试过很多次独自一人的生存考验。但她一直都有个底线，从不杀人。

"我不杀人，人却要杀我。许多个濒临死亡的时刻，到最后都能化险为夷，我也不知道这是为什么。"最初她竟然单纯地认为是她运气好，后来经历了一次又一次残忍的场景后，她才意识到没有所谓的幸运。

一直以来她能或者，都是因为有人在保护她。

能够活下来的才有资格经历更残酷的考验，她将来要接手家族，要深入崇山峻岭，必然需要百折不挠。

有个男人是这里所有大大小小数百个生存考验的纪录保持者，他个人单项的考验刷新了历史纪录，并且无法逾越。

导师毫不保留地在她面前夸赞那个男人，他的团队曾多次在考验中创下奇迹。

她觉得好奇，问过许多有关那个男人的事情，最后得到的信息是——一个很年轻的东南亚男人，非常能打，来自边境，性格沉默寡言，只有单音节的名字"zeng"，他在所有经历生存考验的同伴眼中，都是地狱一般的存在。

许许多多的溢美之词在圈内疯传，最终筛选而出与他最为匹配的词汇，只有两个字：末日。

少年时期的女孩，所有美好的幻想都离不开这个男人，她也是。

她看着照南，口吻亲切地说："我十五岁左右开始做一些极限挑战的项目，时间不是特别长，两年左右。在这两年里，一直有人在保护我。我无数次幻想过那个人的样子，我把他当作我的天神。可导师却告诉我，从来没有这个人的存在。"

照南的目光闪烁了一阵，从她面孔上离开。

俞晚的声音变得低迷、悲伤，充满遗憾："最后因为一次意外，我回到云南，开始着手家中的生意。慢慢地，有很多习惯性的东西都被淡忘了。"

可唯一不曾淡去的，就是对那个男人的幻想。

她想象过那个男人的面孔，无数的影子叠加，深深浅浅萦绕在她的幻想中，最后浮现出面前这个男人的脸庞。

她的眼睛变得很亮，想要看透面前这个男人——这个习惯以伪装的皮囊示人的男人，将冷漠当作了毕生的杀人武器的男人，轻声说道："快要忘记我曾经差点死在那里,一座黑乎乎的海岛上。"

那次意外让她在模糊的意识中,确切地看到一个男人的背影。可惜不等她看清他的面孔,她便在海上失去了意识,醒来后却出现在自己久违的房间里。

柔软的大床散发着女孩闺房独有的香气,让她恍惚错愕。她问过很多人都没有结果,最后只能将这小小心思死埋在心底。

……

照南的表情有些僵硬住了,在听她诉说这个故事的时间里,变得莫名烦躁起来。

俞晚还在表达着她的想法,或者试探。

"来到这个地方之前,我始终都和自己说,我只是一个长在深宅内院的小女子,曾经出国念书,修养非凡,见识了得,感情史一片空白,没有过情人,没有拿过枪,没有杀过人。背景干净,仅此而已。"她的目光灼热着,捕捉到身边这个男人的烦躁和压抑,声音更低,"我不会告诉任何人,我曾对一个素未谋面的男人朝思暮想,真切地动过心。在德国的那些年,在导师告诉我并没有这么一个人存在的那些年,我爱上一个没有事实作为依据,把我搞得快发疯的男人。他可能只是我在高强压的训练下,幻想过的一个影子。"

现在,看着面前这个男人,因为他刚刚说过的话,让很多东西从她身体很深的地方苏醒过来。面孔、印象、概念性猜测,统统如潮水一般涌过来。

一刹那,她快要不能呼吸了。

照南却忽然站起来,白衫已被风吹干了,他却开始觉得冷。他转移开自己的目光,轻声与她说:"夜色深了,山里虫子多,晚上睡觉记得关上窗子。"

面前的这个女人有很多面孔，算计人时、和人谈生意时、与人周旋时又或者带着亲近与人示好时，都有不同的演绎。因为她的虚伪，他时刻都清醒着。

可是当她变得真实而富有感情时，他发现自己无从应对，慌乱而离谱，最终只能选择狼狈而逃。

……

俞晚的视线垂下来，看到散落在一旁的毛巾，皱巴巴的一团。木板上有一摊水渍，是他刚刚坐着的位置，直对风口。

他又一次逃避了她的试探，之前给她的答案是，没有去过云南。

秦鲲的后花园里养了几只白孔雀，毛色很纯正，通体雪白无瑕，眼睛呈淡红色。远远望着就像是一位端庄的少女，穿着雪白高贵的婚纱。因其品种少见而被过分地呵护，这些白孔雀性情高傲，极少开屏，脾气还大得惊人。

俞晚和云二娘在栅栏外用稻米喂它们，两个人嬉闹了半天，想尽办法哄它们开屏，却连让它们走近前来都没办到。

"这么多年，当真还是第一次来到他家中，那日在大艇中听见他这么说，真是受宠若惊。"

云二娘拾了把玉米颗粒撒入栅栏里，一边和俞晚说起话来："回想起这些日子种种，怕是这一生要走到尽头了。"她言语间皆是讽刺深意，叫人突然难过起来。

俞晚安慰她："二娘正值青葱年华最好的时候，还有很长一段路要走。"

"你不用安慰我。秦鲲待我如何，我心里都明白，要说真的一点情分都没有，那是骗人的，可要说有多么深的情分，我也不信。他让我来这里，不就是拿我当棋子要挟照南吗？"她微微长叹了一声，"这些年作为他的信使，作为他交易掩人耳目的枕边人，的确知道一些事情，所以，无论如何他都不会放过我。"

秦鲲这个男人，她看过太多个面目，却从来不曾笃定过他的感情，所以她不愿意赌。

"本来对我而言，一生渡河最是欢娱，只可惜在太早的时候就喜欢上那个冤家，后来的一些事情，便由不得我掌控了。"

不知道出于什么原因，云二娘忽然对面前这个女人坦诚，想要倾诉一些事情。

"你有没有听说过他们兄弟之间的事情？"

"当日我们被困浅滩，曾经遭到大蝴蝶的袭击，过程中他和我提起小五和野人山。"如今他出现在这个地方，也是为了给这个兄弟报仇。

"小五？"云二娘似乎有些惊讶，一瞬之后又恢复平静，想到一些事情便觉得顺理成章了。她眼中笑意很淡，"过去我提过很多次要去秦鲲身边潜伏，他都没有答应，可却在小五去世后，终究答应了我的提议。因为他一直都把小四、小五他们当作自己的亲人，非常亲的亲人。"

俞晚看栅栏里的白孔雀，因为失去了她们的关注，竟然慢悠悠地晃到了她们面前，可此刻她却完全失去了逗弄它们的兴致。

"他其实是个挺固执的人，特别固执，而且听不进去人的劝。"这让她想起一段往事，对她而言有些难以启齿的往事，让她一直深陷其中，耿耿于怀。

"他还有个大哥，最初的时候只有我们三个人。大哥年纪长我许多，而我比他还大个两岁，我们都是孤儿，都是大哥养育大的。他小时候经常生病，总是大哥背着他满山跑，找药草给他吃。可能是因从小就朝夕相处着，大哥对我爱情多少也有些，可我觉得还是亲情多一些。多少年的守护和陪伴，一直都是我们几个人……"

她的目光变得莹润起来："这中间他离开过几年，但是不影响我们之间的情谊。他回来后，相继救了小四、小五和徐六，慢慢地壮大了南风军。本来一切都很好，我们三个相依为命，是世上最亲的人。可就在一次行动中，我被几个臭男人抓了过去，他们用我要挟他，他被按在地上不敢反抗。"

俞晚能够想象出当时的画面，好像也能够感受照南的心情。

"当时他哭红了眼，死死地瞪着眼睛。那一刻我以为只要度过这一次灾难，日后他便会护着我一生一世了，我愿意为他去死。可就在那些男人爬上我身体的时候，大哥来了。大哥带了十几个兄弟闯进贼窝，将我和他护在胸前……俞晚，你能想象我当时的心情吗？我竟然有一瞬间，非常埋怨大哥的到来，我竟然会觉得大哥的到来坏了我的好事。

"那夜的场景让我终生难忘，大哥死死地护着我们，为我们挡了十几枪，换了我和他的性命。一整夜都能闻到冲天的血腥气，却不敢轻举妄动，直到早晨从大哥身下爬出来。"

整个世界都仿佛坍塌了，双目所见尸横遍野。

"后来有很长一段时间，他都不会轻易开枪，一听到枪声就会特别沉默。而我所有的幻想都在大哥去世后成为泡影。"二娘苦涩地笑着，眼泪不停地往下掉，"为了得到他的感情，不惜拿自己的身体做赌注，甚至怀揣过那样糟糕的埋怨。我那样深地辜负了大哥，辜负他多年的养育恩情。"

这么些年，只要一想到当夜的场景，她都特别讨厌自己，怎么可以自私成那样呢？

"真的太自私了，我逼着自己不去回忆在他离开的那几年，大哥对我无微不至的关怀，我让自己完全看不到大哥对我的好，故意对大哥视若无睹。对我那么好，那么好的一个人，在他为我豁出去命的时刻，我竟然还在埋怨他。"

那么简单朴实的人，从自己还是个孩子时，就在保护着她，直到长成顶天立地的男人，依旧在拼命地保护着她，用着最原始、最简单的方式。

俞晚却觉得震撼，也很敬佩她的坦诚。这世上女子，若为男人沦为毒蝎，便不是道理可以解释的。如若爱，天诛地灭也愿意。如若不爱，当真是卑微到尘埃里，也吝啬自己的一丝温柔。

"很多年，一直都觉得自己对不起大哥，也很对不起他，而他也觉得对不起我。他应该是认为大哥一直喜欢我，所以这些年刻意地和我保持距离，让我们之间越来越疏远。"她看着俞晚，满怀复杂的情绪，这其中有羡慕，有感激，有遗憾。

照南这个人可以为了兄弟去死，却绝对不会轻易地把自己的性命交出去。

可是俞晚却曾经多次将他的命都握在了手心里，他对她是完完全全的信任。这对一个行走在山区多年的独立军首领而言，绝对是高出性命的交付。

"俞晚，我一直都以为他不爱我，是因为大哥。"声音哽咽着，云二娘破涕为笑，令她身陷囹圄多年的感情谜团终于解开，"现在才发现不是的。爱情这回事，对他而言更简单些，不爱就是不爱，没有那么多弯弯绕绕。爱就是爱，不管她是谁，是佛陀，是恶鬼，他都会爱。"

云二娘离开后，俞晚一个人在树丛里走了会儿，然后坐在槟榔树下的折叠躺椅上想一些事情。从她的角度，可以看到不远处的小洋楼二层两截修长的身影，似乎正相谈甚欢。

而其中一个应该是察觉到她的目光，悄然地转头看过来。四目交接即在电光石火间，他随即转过头去，当一切都未曾发生过。

俞晚却无法平复此刻的心情。

有些人藏着掖着不愿意让你看清时，你即便掏空了心思，也不能得见他的一分一毫。从皮囊到骨血，寸寸都难以剥离。可若是他愿意让你看见，哪怕只有一眨眼的温柔水光，都足以捣毁长城，让你溃不成军。

尤其是像他这样心冷面硬的男人，五官立体，轮廓深邃，最重要有情有义。爱上他真的太容易，可要不要他，却比死还难。

日头渐高，花园里换了一波巡视的护卫。她继续坐着等了会儿，看到一个护卫朝她走过来，后面还跟着一个仆人，端着盘子。

走近了，她才看到盘子里的东西是湿毛巾和精油。护卫把精油递给她，恭身说道："陆小姐，这是我家主子吩咐的，涂些精油有防晒效果。"

"是吗？那替我向你家主子传达我的谢意。"她拿过湿毛巾擦了擦脸，又放回盘子里。

小仆人瞥见护卫闪烁的目光，很识趣地退远了一些。护卫这才上前一步，低声和她说起话来，一边拧开了精油的瓶盖。

"为什么会选择沐舜？"

俞晚将精油倒了些在掌心里，轻轻揉搓了两下，涂在手臂上："沐舜是唯一可以一举拿下总书记的人，过去有十年之久，他的母亲都被总书记拘禁着囚在一个地方，受尽屈辱。沐舜对这个只有着血缘关系却没有一点父子情分的总书记深恶痛绝，必然一心想要他死。"

她从余光中瞥见小仆人正专注地看着槟榔树，意识到她根本对他们之间的谈话毫无兴趣，索性打趣起面前这个护卫。

"这些年你把收集到的消息陆续传回云南，大和尚，不会连你自己也忘了吧？"

从在琼少的竹楼里第一次看见他,他用掸邦口音说她是荒谬的大小姐时,她就已经笃定他是父亲安放在金三角的卧底。

有着多重身份,伪装能力一绝的大和尚怪七,在远商会给她带来浴佛节放灯消息的玉面僧人,后来在湄公河的大艇上,又与秦鲲一起出现的护卫。

他似乎对所有的身份都能信手拈来,父亲说他们都是他竭尽全力、用尽心思培养了十年的人才。除了怪七之外,在金三角还有三个卧底。他们穷凶极恶,却又慈悲善良。

纵然面前这个大和尚看起来脾气大得惊人,却是彻彻底底的佛教信徒。他的每次出现都给她带来致命的转机,真是让人又爱又恨。

怪七扭捏地瞪了她一眼,又问:"为什么把那批货都留给沐舜?"

"我对烟膏这种东西没什么兴趣,也不希望它传到云南去。"她擦完手臂,又抹了些精油擦在脚背上。

怪七慢悠悠地将瓶盖又转起来,看了眼四处的情况,很快结束了这场谈话:"明天晚上考察团的人会到达会晒,秦鲲一定会想尽办法从他们手中拿回那批货,有什么需要我做的?"他收回精油,转手递给不远处的小仆人。

俞晚光明正大地和他说:"秦爷和我透露过,他应该是想要邀请考察团的人回家中做客的,那里面有我的老朋友,他喜欢我穿旗袍的样子,你和秦爷说让我在会晒的仆人将旗袍送来。"她嫣然一笑,指了指那精油遗憾地表达,"这精油挺好,只是还少了点火候,或许可以和秦爷提一提,还是印度的精油最好。"

她刻意咬着"火候"两字,怪七心领神会。

"属下会将陆小姐的要求传到的。"

很快后花园又只剩下她一人。俞晚又看了眼小洋楼的二层依旧相谈甚欢的两人，有些想笑，搞不明白一条毒蛇和一匹野狼有什么好聊的。

接下来的几天，俞晚在秦鲲的豪宅里享受一切最优的待遇，与他谈茶叶的生意，和他分享在德国的学习经历，后来她发现秦鲲是一个很博学的商人。所谓时势造就英雄，倘若不是在金三角地区，他或许也能成为一个谦逊有礼的商儒，温润如玉，骨子里有些文人惯有的高傲。可倘若真离开了这金三角地区，想必他也决计成不了如今这样富可敌国的豪商政客。

时局左右着站在高处的人，决定了他是成为圣人还是贼寇。

很显然，他走了一条黑不见底的道路。

秦鲲见俞晚极为喜欢喝椰子汁，就吩咐仆人抬了一桶沉在天井里，晚上再拿出来，放在她住处的走廊上。

复合式的二层小楼，与对面的竹楼环抱而视。左右以楼梯相连接，共用底下一个庭院。

入夜里，俞晚辗转难眠之际，听到门外有一些响动。犹豫了会儿，她从床上爬起来，推门走出去。只见淡月半明的廊下，有个仆人正抱着竹筒装她门前凉浸浸的椰子汁。

仆人似乎也意识到，慢慢地转过头来，甫然见到一个人站在身后，吓了一跳，忍不住惊呼了声，连忙跪在地上向她求饶："这位夫人，我只是……只是想弄点椰汁给我阿姆喝，她……她最近生病了，总说嘴巴里苦。我……我知道客人的椰子汁，一定是这里最好……最甜的。"

俞晚看着她，没有说话。

夜色已深了，这个时间突然出现在她的房间外，如果说她自己贪嘴，想偷来尝一尝倒还可信。可她明明慌乱，解释却条理清晰、有根有据的，像是有备而来。

"秦爷不喜欢身份背景太复杂的仆人,所以这里的伺候的多半都是孤儿,没有亲人。"

仆人微蹙了蹙眉,赶紧将头埋低了,支支吾吾道:"我阿姆是、是秦爷家的老人。"她捧着手里的竹筒,万分可怜地说,"阿姆病得很严重,她、她想要喝椰汁,求你不要、不要告诉秦爷。"

"够了。"俞晚打断她,不想继续拆穿她的谎言,"你走吧。"

仆人显然镇住了,半晌后抱着竹筒离开,没有一会儿便消失在楼中。俞晚在原地站了会儿,看着桶里的椰奶,纯白黏稠泛着凉意,密密麻麻透入皮肤里。她冷不丁地打了个寒战,才发现自己竟然赤脚走了出来。

想不出这个仆人的突然出现,怪异的举动有什么目的。

她往屋内走去,穿门而过的刹那突然停住了。反光的玻璃门在月色下变成一面镜子,镜子里恍惚闪过一个人的身影。那身影敏捷迅疾地闪烁了下,很快消失无踪。

她几乎没有任何犹豫,半合上门,连鞋也顾不上穿,就这么离开房间往走廊尽头走去。从拐角处下楼到了院子里,她再度上楼往对面的楼上走去。这一整个过程中,她尽量让自己走在暗光处不被任何人察觉,直到忽然便听见脚步声。

非常轻的脚步声从她刚刚离开的院子里响起。

她急促地呼吸着,难以平复此刻紧张的心情,只能越走越快。当她走到二层飞快地在走廊中穿行时,那些脚步声与她交错着往相反的方向,到了她之前的小楼二层。

那层楼只住了她一人。

而此刻,她在的这层楼,只住了照南一人。

这个男人在刚刚她返身回屋的刹那,无声无息地对她发出了信号,让她猛地惊醒。那个仆人的突然出现,或许仅仅是在试探她的存在。

……

脚步声越来越密集，她的呼吸也越来越急促，正当她走到乳白色椰奶晃动的月光深处，一只手将她飞快地拉进屋内。随即，她撞进一个黑黢黢的胸膛里，感受到他坚实而剧烈的心跳。

他的声音就在她的耳边："听我说，如果他们进来，不要犹豫，全部杀光。"他将枪塞到她手中，静谧的瞳孔变作深山密林里唯一明亮的蛇眼，彻底地笼罩住她。

十几个黑影停在她屋子门口，片刻犹豫后冲入了屋内，却没有发现人影，又再度在门口集合。他们沿着走廊静悄悄地走着，下了楼梯，又再度上楼，往照南的住处包围过来。

静夜里，照南没有说话，也没有眼神的交流。可俞晚分明感觉到一股浓烈的杀气即要冲破屋顶，让人头皮发麻，浑身冰凉，感到惧怕。

她真的庆幸，此刻这个男人的枪口不是对着她。

脚步声越来越近，离他们大概只有几步之远忽然停住了。她看到倒映在窗户上的身影，黑压压的一片，遮住了房间里最后的一丝月光。

这个夜晚在此刻充满无声的硝烟气息，整个小楼二层杀气腾然而上，令人丧胆，急于弃逃。

某一个时刻，他的眼神与她交接着。那寂静深沉的瞳孔里却干净得只有安抚，让她震惊，让她颤抖。

她手足无措，只能紧紧地握住枪，手指碰触到扳机。

可是，仅仅只是僵持了几分钟，敌人就从他们门口穿过，迅速地下楼离去了。脚步声越来越远，这栋复合式的二层小楼最后又恢复了深夜的宁静。

除了她从自己房间来到了照南的房间，其他一切都没有变化过。

俞晚浑身瘫软地滑坐在地上，手脚都冷冰冰的。照南还是站在门口，没有说话，直到笃定今夜不会再有人来，才缓慢地移动了下步子，卸下戒备。

"谢谢你，又救了我一命。"

如果不是他在这里对她招手，她可能已经死在那些杀手的枪下。他已经救过她许多次，几乎让她无以为报。

"不必。"

是不必客气，还是不必在意？她有些神思不属。

到底是谁在会晒还能有谁可以闯入秦鲲的家，能够悄无声息地避开那些护卫，目的只是为了来刺杀自己？总书记如今被拘，难道是他派来的？为了给我致命一击？可是为什么却没有闯进这里？忌惮照南？他此刻应该只是想临死前再拉个垫背的，为什么却在门口犹豫了……

俞晚凝眉想着，她的手碰到旁边一个冰凉的东西，吓得她手一缩，定睛一看才发现原来是枪。

这一夜，她是真的害怕了，太久没有面临过这样惊心动魄的时刻。

除了总书记还能有谁，秦鲲？可是如果他想对动手，根本不需要这样大张旗鼓，难道是还有其他的目的？俞晚强迫自己镇定下来，仔细地回想这最近的种种。

不，不是秦鲲，考察团的人明天就来了，他还需要利用自己的关系亲近那些人，方便抢回那批货。秦鲲不会就这么善罢甘休，但也不用这么迫不及待地解决掉自己。

俞晚缓慢地呼了一口气，一时间也理不清头绪，只觉得刚刚那一瞬间，让她回到了在孤岛求生存的时刻，每一个瞬间都在提心吊胆。

可是，又有些不一样。

以前自己总是孤身一人，现在却有他挡在面前。她甚至觉得，即便那些人冲了进来，也根本不需要她开枪。

照南的小楼后面是山崖，从阳台处往下看，整个山林尽收眼底。如今夜风忽大，吹起了垂在地板上的白色绸缦，从阳台往屋内都飘荡起来，有些缭乱花眼。她却是认真地看着，看着那细沙一样柔软的绸缦，在月色中胡乱飞舞着，最后铺陈在他的大床上。

洁白整齐的床褥显得有些凌乱，有男人独特的气息在深夜中窜入她皮肤的毛孔。整个后背都凉了，脸却突然热起来。

俞晚一转头，就看见不知道什么时候走过来的照南。此刻就坐在她身边，离她只有方寸之距。

"我认为……"照南没想到她会突然转头，话没说完就见她的长发被风吹起，每一个微小的动作都在此刻被放大，她长发她的面孔，细致到让他惊恐。

然后，他的鼻尖也开始冒汗。有些无从压抑的喘息声，从喉咙眼喷薄而出。

俞晚的目光在这一刻凝结，她看见他的喉结在明亮的水光里滑动了一下，本能的反应是一阵战栗爬上了脊背。

安静的夜晚，才刚刚经历过一场胆战心惊的突然袭击，彼此头脑都有些热。

照南完全是被美色所惑，有着十一分的清醒，却不愿面对。此时此刻，他的眼中只有她，穿着短布衫露出纤细腰身的女子，面孔白皙，眼睛明亮。看着你时，只能让你目不斜视。

他用手挠了挠有些细痒的鼻尖，感觉到手掌都湿漉漉的。与她的目光相接，迎合她每一个微小的表情，或是暗示，或是情不自禁。

碰触到手臂的瞬间，照南感觉到一阵异样的柔软。他重重地喘息一声，调整着姿势握住她的手，十指交缠之际，再难以自持。迎着馨香搂住了她的腰，吻住她的唇。大手缓慢地摩挲在她光滑的皮肤上，意识彻底地迷乱。

只有一个想法，想要她。

白色绸缦铺满了床，他将她拦腰抱起，快步走到床边。

俞晚落下来的那一刻，感觉到风口的冷。绸缦缠在他们之间晃过手臂和脸颊，全是冷的感觉。

因为这样明显的冷，他的动作凝滞住了。片刻后，他抽身离去，目光在屋内逡巡，直到看见阳台上的长榻。

照南将身下的被子抽出来盖在她身上，不敢看再她："今夜你睡在这里。"说完他往长榻走去，关上窗将绸缦整理好，拉开来挡住她和自己。

像是无法逾越的鸿沟，就这么挡住了一切。

不知过去多久，他才轻声地说了句："对不起。"若有似无，宛若呓语。

俞晚没有回应。

那样多的瞬间，想到的全是他的面孔，阴冷时如坠地狱，卸下防备时又恍若末日。此时此刻才能切身体会二娘的感受，爱上这么一个男人，是不是太容易？


俞晚一整夜都难以入睡，直到早晨的光亮起来，才稍稍有了点困意。

没有一会儿，她听见屋外的说话声醒过来，随即从声音中辨别出来是赵叔。

说话的声音很低，继续了一会儿便停住了。

接着，就见照南推开门，看见她已经醒来，便招呼赵叔进来。俞晚对上到他的眼睛，深邃而宁静，带着随时作战的冷和尖锐，和过去很多时候都一样，昨夜的一切似乎不曾发生。

俞晚低下头整理了下衣服，走下床和赵叔说起话来。

"昨天夜里那些杀手应该是从后山攀上来的，不然不可能避开秦鲲放在山林里的哨子。"

此处背山建宅，后山地势险峻，依靠悬崖口，如要攀爬而上非常艰难，几乎九死一生。除了当初他们走上来的那条路，没有第二条路。所以，秦鲲才能放心把自己的老巢建在此处。

赵叔的猜测却让俞晚有些惶恐，如果真的是这样，那么那些杀手必然经历过非常人的训练，可以从悬崖峭壁上夜行于此。

想要杀她的人，究竟是谁？

赵叔停顿了下，看了眼窗外又接道："不仅如此，他们离开时我跟随到后山时，发现秦鲲的护卫被惊动了。一整支队伍追下山去，却杳无音讯。直到早上才传来消息，他们都死在了山脚下，一个都没有生还。"

屋内一阵沉默，谁都没有说话，俞晚已经猜不到来人是谁。

赵叔看他们两人神色都有些凝重，赶紧交代了下要紧的事情，给她带来确切的消息。

"昨天小厨房的人下山去采买招待考察团的食材，秦鲲吩咐了仆人去通知旗袍的事情，确定麦启尔今天傍晚会将旗袍送到，晚上秦鲲会在后花园宴请考察团的官员。"

"小厨房的人？有没有护卫一起下山？"

"有的，前不久几个厨娘下山买办货物时偷龙转凤，买了劣质货品回来，惹得秦鲲一阵暴怒，以后每次买办便都有护卫跟随监督了。"

"好。"

在赵叔离开之后很久，俞晚都表现得很愉悦的样子。照南打量着她，发现面前这个女人，在白日里看起来永远都是那么无懈可击的样子。似乎只有在夜里，才能让他察觉到那么一丝丝脆弱和柔软。

他有时候甚至不敢去想，如果与她交往被她视作猎物，下场该有多惨烈？一不小心她朝你伸出的橄榄枝就会变成深不见底的枪口。

"你是打算在今天晚上动手吗？"

俞晚微笑着看他："为什么会这么说？"

"你每次一有计划安排，就特别兴奋。"

在琼少家中是这样，在寺院也是这样，她每次一兴奋就会特别冷静和理智，最终她得到了琼少的信任、沐舜的人情和闽樵的退后。

照南有时候也会想，从自己身上她能得到什么。

"不知道将军有没有听说过三十六计中的声东击西？"以假动作欺敌，掩护主力在第一时间击其要害，声言出东，其实击西，出其不意，使敌人产生错觉。

"声东击西，假装攻击总书记，为了得到什么？"照南揣测着，"逼秦鲲露脸，还是……"

"是为了得到更多的东西。比如：卸掉他的手臂，抢走他的货，又比如……"她走近他的身边，声音微弱到尘埃中，每个字眼都让他感到心惊，"救你。"

他把命交给她，那一刻她只有这样简单的想法——救他，不论用怎样的方法。

照南说不出话来，目光沉沉地笼罩着她。

"秦鲲这个人最大的弱点就是疑心重，太过刚愎自用，所以他是没有办法相信身边任何一个人的。"她转开视线看向窗外，"如果他是烽火台，总书记这些支撑着他的人就是城墙砖瓦。对付他最好的办法就是击垮这些坚不可摧的城墙,这样他就会发现,那些砖瓦都是不堪一击的。慢慢地,他会怀疑所有人,会认为这个半山腰的豪宅里暗藏玄机,有太多内鬼,最终会怀疑自己,这就是攻心术。"

照南有些笑意,很不明显:"你在德国学习的东西应该很多,陆俞家族对你的培养真是尽心尽力。"

"我父亲对我期望很大,所以我不能辜负他的悉心教导。"

她似乎有些不快,也发觉自己对面前这个男人的态度有些别扭,从来没有过这样的时刻,她被一个男人左右着情绪。不敢看他的眼睛,不敢揣测他的心理,却还是忍不住被吸引。

"将军,我曾经说过要在谈判桌上扭断秦鲲的脖子。你觉得还会有比今天这个考察团官员都在场,更好的谈判时机吗?"她很快说完,潦草地结束了早晨这场谈话。

她觉得很累,需要回到自己的房间冷静一下,可却猝不及防地被他拉住了手。常年握枪的手,指腹粗粝,美感全无。

"杀人的事情让我来做。"他从腰间掏出一把袖珍枪塞到她手中,走近一步搂住她的腰。这个时候,是一个男人想要讨好一个女人的时候。他眉目硬朗,生出柔软,"你只需要,好好地保护自己。"

俞晚拿着枪,忽然笑起来。勃宁枪袖珍玲珑,觉得这真是为自己量身打造的一把好枪。

"你到底有几把枪?"她眯着眼睛问。

照南松开手:"你无法想象。"他的眼睫毛垂下来,浓密的光锁住她,"俞晚,你的性命我来负责,我的命在你手中。"

打开门,陆俞晚一直往走廊的尽头走过去,下了楼梯到院子里,又上楼到对面的走廊,她飞快地走着,走到椰奶晃在日光中的房间门口,推开门走进去,关上门,深呼吸,挡住对面那抹灼热的视线,她都在不停地重复那两句话。

自己的性命他来负责，他的命却在自己手中……

飘窗外白色的绸缦荡在风中，风声猎猎作响，似乎要被整座山林吞噬。

她难以回想，只能问自己，此时此刻清醒的自己：俞晚，你心动了，是不是？

## 第五章
## 声东击西

麦启尔在湄公河沿岸的某座寺院门口,和僧人礼拜了半个小时,然后有人按照约定的时间出现在此处,拿走了他怀中的旗袍。

他追着那个人在树林里跑,身上的香豆不停地掉下来。一直到那人坐上车被载进深山中,眼见着越走越远,他才放弃了追逐的念头。无精打采地往回走去,一路上寻找着香豆的痕迹又回到寺院门口。

他看见刚刚那些僧人还在礼拜,便又挪着步子走过去。

夕阳西斜,黄昏日落,寺院里人流渐散,香火却还旺盛着。麦启尔跪坐在蒲团上,朝正对面的佛像礼拜。相继有人转经从他身旁走过,很快寺门便冷却了,可他身边的僧人却还是保持着最初禅坐的姿态。

他不禁问道:"今夜吹什么风?"

那僧人身披红色袈裟,内套黄色长衫,闻言静等了片刻才缓缓应道:"西风。"

麦启尔察觉到僧人刚刚沉默的一段时间,应该是在感受风向,他钦佩这些常年在山中行走的人,闭目侧耳便能够捕捉风向和天气变化。

"在白塔顶上可以看到山上的风景吗?"他又慢慢问道。

这时僧人抬起头来,顺着他的视线望向寺院后的白塔。那是湄公河沿岸最高的一座白塔,从此处望去,那顶峰仿佛伫立在云端。

"可以看到。"僧人说完，双手合十转过脸来，"施主要上山看风景吗？"

"不、不了。"说话间，远处有几辆车驶过来。速度极快，掀起了一阵黄土灰尘。前后有四辆车，很快从寺院旁边的小道上穿行而过，深入树林里。

寺院中最后剩下的几个信徒，也都走光了。

这一日莫名惊惶，有信徒在离开前和他们说话，好心劝他们快点离开。麦启尔问："为什么？"

那信徒惴惴不安地瞅着车子行驶后留下的车辙，似乎能嗅到腾起的黄土中不寻常的味道，摇头说道："这山上从来没这么热闹过，一热闹，肯定要出事。"

……

很久之后，麦启尔看着身旁的僧人，默默地又重复了句："不、不上山。"说罢，又笑嘻嘻地问，"我听说后山会有野猪出没，不如和我一起去打些野味，解解馋？"

那僧人拨开头上的红色布巾，露出他全部的面孔。明朗双目，清爽笑意，正是南风军副将小四。

"好啊，好久没吃肉了。"他笑道。

紧接着，他身侧一排僧人都陆陆续续站起来，掀开了红布巾，露出他们本来的面容。

那一个个都是南风军隐藏在山区中的烈性男儿，性情如血，似从地狱之门而来。他们咧着嘴，齐齐低声说道："好久没吃肉了。"

麦启尔忽然有些不敢想象，今夜后山将会是怎样一场屠杀盛宴。

秦鲲在后花园宴请考察团的官员，天刚黑，花园里就已经灯火辉煌。

觥筹交错，好不欢乐。俞晚住的小楼被茂密的槟榔树丛挡着，仍旧能清晰地听到那声声鼓乐。

她估计了下时间，确定大部分人都出现在花园里时，才和赵叔下了楼。

"待会儿一混乱起来，你就趁机离开，从后山走，麦启尔这个时间应该已经在那里接应了。"他们走在槟榔丛里，很安静。她小声地嘱咐赵叔，"赵叔，你一定要提前撤退。"

赵叔点点头，还是对她的计划有些担心："万一你们……"

"嘘！"俞晚听见了脚步声，用手指压住唇，示意赵叔某个方向。两个人对视后，正要往那个方向靠过去，树丛里的人却堂而皇之地走出来。没有一丝刻意隐藏和回避，踩在树叶上的声音很明显是在提醒她。

俞晚看见对方一身笔挺西装，在樟树下长身而立，保持着距离没有再靠近。

赵叔得到示意，起先离开，林子里便只剩下他们两个人。

俞晚在月华树影下看他，整张脸都被隐没在暗处，看不分明，却依稀能辨出轮廓。她走近了，才发现这西装与他有些不合身，紧绷在肩膀两处，衣服下摆也有些短了，整个缩手缩脚的样子，好像施展不开。不过这样一来，倒显得他异常魁梧精壮。

她禁不住想笑："将军这样子，待会儿可方便动手？"

照南瞥了眼自己的衣服，显得不甚在意："杀人这种事情，对我而言，不太会受到其他东西的影响。"

俞晚若无其事地点点头，又问："外面热闹很久了，将军怎么也才出来？女人需要打扮折腾，总要耗些时间，姗姗来迟也不会被责怪，可男人……"

照南这才注意到她穿的是旗袍，纯白色的底料金底双边，上面用蓝线绣着几只翱翔的凤凰，袖口和襟口都是蓝白色的绣字。仔细看，可以辨认出来那是陆俞家独特的印章。

衣服裙摆开衩到大腿根部，若有若无地遮住她白皙修长的腿，细腰窄身，不盈一握。

他默默地解释道："我在等你。"

"等我？为什么？"

"枪呢？"他离开小楼时发现她房间的灯还亮着，走到槟榔丛里忽然想确定一下，担心她会忘记带枪。只是还没来得及折回，便看见她走下来。

"就是为了确认我有没有带枪，所以等在这里？"俞晚眯着眼想笑，认真地告诉他，"我有身为女人的优势，枪藏在哪里，不能告诉你。"

他下意识地"嗯"了声，目光却不由自主地转移到她胸口。那里圆润耸立，毫不突兀。片刻后，他很节制地让自己移开了目光，不再看下去。

他最终还是转过脸对她说："这些优势在杀手面前不堪一击，所以跟紧我。"

俞晚一脸震惊地瞪着他，刚刚他所有的目光都表露无遗，那样直率而坦诚，让她哭笑不得。怎么能够像看待一个物品般，用那种毫不受用的目光打量她的胸部？

俞晚和照南一起到场，甫然出现便成为全场的焦点，她一身旗袍更是艳冠满场。

考察团的官员中有一个人的目光时刻追随着她，远远地朝她挥手，又跑来抱着她连声说道："天！我的大小姐，你太美了。"他说的中文有些拗口。

俞晚推不开他，只好大方地任由他抱着，小声说："我会告诉你的妻子，你对异乡的女人太过热情。"

他瞪她："我在云南错过了你！"

不知道他的中文老师是谁，应该会觉得非常辛苦，收了这么一个语言构架复杂的学生。他很喜欢用英语的表达口吻来说中国话，结果不言而喻总是让太多人误会。不过今夜，她需要这样的误会。

于是她好言好语和他说："西蒙，我在这里，你没有错过我。前些日子在云南，我不知道你来过。"

"你的管家没有告诉你吗？我在云南停留了好几天，一直没等到你。俞晚，小七听说这次的行程里能够见到你，特别高兴。"

小七是他的妻子，也是她的同学，是她在德国最好的朋友，她们亲如姐妹。

"有机会带小七来我家乡。"他们旁若无人地交谈了一会儿，全程举止亲密。西蒙抱着她很久才放手，别人不能理解，自然会以为他们之间有些什么，不过也只有他们自己知道这样的原因。

那年，她从德国离开得非常突兀，小七和西蒙包括很多同学都以为，她死在了孤岛。其实，她是真的差点死在那次生存考验中，不过后来有人救了她，将她带回云南。

没有人愿意和她提起那一次经历，没有人告诉她在失去意识后究竟发生了什么。她甚至为此重返德国，却依旧一无所获。大家都对此事保持缄默，她没有得到一丝一毫有用的消息，关于救她的那个男人。

那个年纪的她幻想过很多次，救她的男人就是"末日"。哪怕后来回到云南，心无旁骛地学习一些家族的事务，她还是没有忘记那个男人。

她常常会梦到那个男人，无数次勾勒着他的模样。

目光在人群中逡巡，那个满足了她对"末日"所有幻想的男人，此刻正被几个穿着草裙的女人包围着，强拉硬扯到篝火中心。领舞的女子身着一袭孔雀彩衣，含羞带媚地贴着他的身体舞动着。他身边的少女拿下头上的花圈想要戴在他头上，他却铁青着一张脸躲闪了过去。

这一个瞬间，他看不到领舞女子对他的爱慕和小心翼翼，也看不到卖力讨好他的少女，他的眼中看到的只有她。

他的目光，习惯了捕捉她每个瞬间。

俞晚高兴地笑起来，因为他炙热的目光而非常愉快。

西蒙为她介绍考察团其余几个官员，其中最年长的已经快有五十岁，最年轻的比她还小两岁，还有一个三十岁左右的女人，面目严肃不苟言笑。他们一行四人从中国边境而来，本来打算绕过老挝直接前往泰国，却在半途上突然听说总书记这件事。

外交无小事，只要涉及了洋人便不好处理。

西蒙私下和她说："如果来邀请我们的人没有报出你的名字，我们一定不可能出现在这里。俞晚，我来这里只是为了你，其他的不要令我为难，可以吗？"

"西蒙，我怎么可能为难你？只是待会儿我要和那个人做笔生意，希望你能做个见证。"

西蒙看向她暗示的人，不正是今晚的东道主秦爷？在进入老挝时，他听到有人提起过这个名字。

"他们都和我说，这个人的存在代表了整个老挝。俞晚，你的神情告诉我这并不是简单的生意，我很担心你。"

"西蒙，相信我。"她安慰地拍了拍他的肩膀，顺势将他引荐给正迎面走来的秦鲲，"秦爷，我来给你介绍下，这是我在德国念书时最好的朋友西蒙，现任联合国考察团记录员。"她一一介绍后，秦鲲和他们交流了几句，打的官腔，说的表面话。

这其间，云二娘拉着俞晚的手由衷赞道："真的太美了，俞晚，你让同为女人的我感到气馁。"

俞晚顺着她的动作挽住她的手臂,假装和她咬耳朵说着闺房话:"这几天秦鲲在你身边寸步不离,我也不好提前通知你,待会儿跟着赵叔找准时机离开这里。"

云二娘蹙眉,担忧地看向不远处的照南:"他怎么办?你怎么办?"

"二娘,听我说,我会让他安全地离开这里。你一定要相信我。"为了避免让秦鲲察觉,她很快恢复寒暄的模样,不停地夸赞二娘风情万种,湄公河上下绝无第二。

西蒙听见了追着她的话说:"各有千秋。"

俞晚没忍住,"扑哧"一声笑了,连带着在场的几人都笑起来。此刻气氛和谐,有仆人为他们送上酒水。俞晚拿了杯椰汁,就势和秦鲲切入今晚的正题。

"刚刚我的这位朋友和我说,总书记手里有一份名单,记录了这些年来在烟膏交易中的受益人。这份名单中涉及许多身份隐秘的政客,总书记对此供认不讳,已经得到那些洋人的确认。"她不紧不慢地吸了口椰汁,视线半下垂着,在花园里四处乱看,然后瞥见刚刚给她送椰奶的仆人。

不正是大和尚吗?

秦鲲沉默了一阵,半信半疑地看着她:"这份名单如今在谁手中?"

"联合国考察团并不会介入会晒当地的事情,他们只负责那几个洋人。所以,我朋友说这份名单会由审计厅走正常程序,往上递交。"她的目光有些漫不经心地追随着怪七的身影,看到他走进了槟榔树丛中,便又缓慢接道,"不知道秦爷和审计厅的厅长有无交情?"

"陆小姐何出此言?"

"秦爷应该清楚,俞晚来到这里一心只想做正当生意。前不久刚和琮门签订了合约,总担心会有变故,想找厅长打听打听,也好安心。"

秦鲲听到此处似乎缓了一口气,淡淡说道:"我与审计厅长稍有交情,既然陆小姐担心,秦某愿效这犬马之劳。"

从秦鲲的话中听来,那厅长与他交情匪浅。从总书记出事到被带入厅里审查这么久,事态却一直在往更恶劣的方向发展着,想必他和厅长在这件事上也是袖手旁观。

为什么呢?是因为不确定那批货到底会不会由考察团接手,所以一直按兵不动?

俞晚接道:"如此俞晚不胜感激。听说昨天夜里有人闯入秦宅,秦爷可调查出来是何许人?"她是真的心有余悸,"听说前去追踪的护卫都被杀害了?什么人这么厉害,能在会晒公然对秦爷的人动手?"

秦鲲解释:"如今这世道四处都是游军,人心险恶,一时间也难以排查。不过陆小姐不用担心,秦某向你保证,这样的事情不会再发生。"

俞晚点点头,拍着胸口轻声说:"秦爷觉得那伙人是游军?这山里地势复杂,我看那伙人对秦爷家中的环境也较为熟悉,还以为是自己人做的呢。"

"陆小姐这么说,是有怀疑的对象?"

"也不是,只是前不久听说总书记和缅甸的游军势力有过频繁接触,似乎和对方达成了什么协议。"

西蒙恰好走过来,听到这句话有些恍然大悟:"你这么一说我想起来了,先前从缅甸大其力经过时,有军方的人提到过总书记。总书记曾在老挝和缅甸的交界处,和游军势力进行过几次活动。不知道和这次的事情有没有关系,还需要进一步的核实。"

这些都是事实,只不过现在被她打乱了顺序一顿胡编乱凑,却让秦鲲生疑。

暗影军和南风军在缅甸山区起冲突时，正值缅甸各大游军势力分裂之际，在边境处确实有过几次活动。只是谁都不清楚当时到底有几股势力介入到其中，缅甸军方确实怀疑过总书记，恰好借着此次烟膏事件被放大，总书记又身处牢中，那么孰是孰非还不就由着外边的人说了算。

想到此处，她微微抬头朝照南看过去。四目交接的刹那，她耳根忽然热了。

秦鲲脸色变得有些难看，正好到了开席的时间，他们便一起往饭桌上转移。就在游泳池旁的长桌上，早已有美娇娘布置好，桌上皆是会晒本地的美食。考察团官员对此赞不绝口，秦鲲却若有所思。

大概半小时后，秦鲲的贴身护卫跑进来，俯在他耳边说了些什么，他握着刀叉的手不由得一顿，将视线转向俞晚。犹豫再三，他还是压低了声音与她交谈起来。

"刚刚我的护卫和我说，总书记名下有一支暗影军曾经在缅甸山区和南风军起了冲突，引起当地军方的注意。这几个月来，缅甸军方势力怀疑总书记在他们国家境内进行非法交易，曾在边境与其对质，没想到他竟然将所有非法入境和交易的罪名都栽赃给了我。"

难怪早前他就发现有一股游军势力突然介入了冲突事件，原来总书记真的出卖了他！好个老狐狸，不声不响地在他身后捅了这么大个窟窿，现在还将这件事闹得满城风雨，连老挝高层都知道了。

俞晚装作没有听见的样子，漫不经心地和身边的仆人说："我想要凉一些的椰奶，可以吗？"这是个年纪不大的少年，在与她的视线交接后，露出了羞涩的表情。

他低着头："天井里还有一些，请小姐稍等。"

俞晚点点头，笑着说："谢谢。"那少年仆人离去后，她才恍若刚察觉般，询问式地看向秦鲲，"不好意思，刚刚有些走神，秦爷在和我说话吗？"

"陆小姐，听说你和沐舜局长有些交情？"

"这是听谁说的？"她佯装惊讶。西蒙热情地给她张罗着餐桌上的美食，将芭蕉包饭铺在她面前。考察团几人用英语低声打趣他对这个东方女人的殷勤，他说他们是很好的朋友。

他们各自说着话也不影响，只有照南从头开始就一直很沉默。

秦鲲显得有些着急上火："总书记经不住高压审讯供出的那份名单中牵连到许多无辜政客，有审计厅长，也有我。恐怕过不了多久，沐舜局长就会带入冲上山将我拘捕入狱。"

"哦？是吗？"俞晚很平静地应了声。

秦鲲皱着眉不可置信地打量她："陆小姐早就知道？"

"也是刚刚才知道而已。"在晚饭开席之前，怪七给她送来椰奶的时候，她刚刚知道了这个对秦鲲非常不利的消息。

其实这是个盟约，那个年少有为的安全局局长曾经给过她承诺，绝不轻易放过任何一个人。

"可陆小姐的表情告诉我，你一点也不意外。"秦鲲退无可退，在总书记背叛他之后，审计厅长无法自保之后，如今前有南风军挡道，后有缅甸军方介入，眼前还有布局的人和考察团观望着，他唯一的办法就是放低姿态，向面前这个女人服软，"陆小姐不用隐瞒我，秦某只是想和沐舜局长交个朋友。"

"朋友？"她吃了一口芭蕉饭，青绿色的叶子裹着甜糯的米饭香气四溢，令她不自觉地又多吃了两口，直到察觉到一抹沉沉目光。

她看过去时，照南已经将她面前的芭蕉饭拿到了一边，换了他自己的递过来，轻声说："我挑了里面的骨刺。"这样直白的关心，让这张长桌上所有人都好奇地看向他，而后者却又自顾自地低下头来。

俞晚挑一挑眉，表示对他的服务非常受用。一边朝着秦鲲贴近了些，小声说："恐怕秦爷想结交沐舜是假，为那名单和货才是真吧？"她不想再和他虚以为蛇，干脆敞开了说，"俞晚是商人，最重信诺，秦爷想要那名单可以，拿另外一份名单来换。"

彼此都是聪明人，秦鲲强撑着温和笑意，咬牙切齿地问她："什么名单？"

"秦爷在老挝乃至于整个金三角地区，经销货物的渠道和商家名字。"

"你！狮子大开口！"

俞晚也不着急，慢悠悠地移回原位，轻声说道："有的人都火烧眉毛了，小命能不能保住尚不清楚，却还惦记着枕边黄金。"

"你以为单凭那份名单就能处置我？"

"自然不能仅仅凭着一份名单就让鼎鼎大名的秦爷倒台，只是有了这份名单，有了总书记和缅甸军方的供词，怕是秦爷几个月都没办法动弹和活动了。"

缅甸地方非常厌恶走私的行为，在很多游军势力中，表面上解决不了的事情他们都会选择用暗杀行动来为此画上句号。况且秦鲲的恶名早已令缅甸军方厌恶，一直苦于抓不到他的把柄，现在有了这名单，再联合此事中一些涉案人的背景，由沐舜亲自执行，联合国考察团把关，杀不掉他还怕连他的老窝也端不掉吗？

俞晚非常清楚，秦鲲现在已经是这热锅上的蚂蚁，因为他无法想象将会有多少人背叛他。

"陆小姐，我真是低估了你。"

"秦爷，和我相处久了便能知道我的手段，我一直都很信奉三十六计。"

所谓声东击西，此刻才是最好的演绎。

她和照南包括考察团的人都在这里，这才能让秦鲲的精力和部署也全部放在这里，否则，沐舜又怎么可能这么果断地行事？

西蒙几人似乎也察觉到他们这边的气氛有些相持不下，非常友好地保持了沉默。考察团人员都放下了刀叉，安静地以一种询问关心的姿态看向秦鲲。只有照南旁若无人地切割着牛排，缓慢地咀嚼着。

这让她想起初次见面的场景。

有些人出身于荒野，表面看起来只是山林莽夫，却拥有非常好的修养。优雅矜贵，丝毫不比这豪宅中的大财主差上一分一毫。

一时间，后花园彻底地安静了。为俞晚捞上来椰奶的小仆人，刚送过来便看见这样的场景，踟蹰不敢上前，紧张地提着玻璃杯站在不远处。

秦鲲面目狰狞已全然变了模样，极力压制着声音，用当地方言呵斥道："你就不怕我让你们一个都离开不了这里？"他挥挥手，有早已准备好的护卫扛着枪从暗处走出来。

考察团官员察觉到不对，纷纷拔枪相对。仆人们吓得四处逃窜，凉浸浸的椰奶被摔在地上，乳白的浆汁溅到俞晚裙摆上，整个场面当即乱成一团。

"陆俞晚，我秦鲲在这片土地开始扎根杀人时，你还没有出生呢！"

俞晚无动于衷，继续拨动着芭蕉，视线与对面的男人交接着，有种水乳交融的暧昧："杀了我们你也逃不掉，暗杀考察团官员可是大罪。"

他狂放大笑，视线在她和照南之间来回扫视，冷哼道："我会把这罪名全推到南风军身上，考察官员力敌不及，被南风首领一一射杀。"他又转向照南，满眼邪佞笑意，"到时候想必有很多势力，都不想给南风军活路。"

照南放下刀叉，缓慢地擦拭着手。将所有柔软和纵容藏尽，就这么看过来的刹那，杀气已然腾起。只需要一眼，腥风血雨狂卷而来。

"是吗？秦爷可能是安逸太久了，未曾领教过南风军首领的速度。"说话间银光一闪，几乎没有人看清他的动作，盘子里的刀已经朝着秦鲲飞了过去。一瞬间，枪声林立。

照南的动作快地惊人，眨眼的工夫枪已转入手掌中，他提枪追随着那把刀一块掠向秦鲲。

后花园彻底乱了，一片枪声中，怪七扛着枪冲出来，掩护着赵叔等人往后山退去。

俞晚边撤退边撕开裙摆，从大腿根部掏出枪来，集中火力将敌方引向一边。他们这边的人都在怪七的引导下，往悬崖口的方向撤退，秦鲲那边的人则都开始藏入槟榔树丛中，以极佳的地势做着掩护。

混乱中她开始撕襟口的衣服，将右偏襟的纽扣扯下来，费力地从隔层里面拿出唯一一枚触发器。随着她的动作，真个衣襟口全都敞开了，露出了雪白的肌肤。西蒙拣着空开始扒自己的衣服，还没脱下来，一件黑色的西装已经套在俞晚身上。

她抬起头看着照南，一阵打量后惊声道："二娘呢？"

"二娘没能过来，她……"有些欲言又止。俞晚没有来得及深问，一轮交火已经结束，他们全退到了山口，有两个考察团官员受了轻伤。

秦鲲的声音从槟榔树丛后面传过来："陆俞晚，我劝你们赶紧投降吧，悬崖口地势险峻，你们跑不掉的！"

俞晚没有说话，转头询问照南："二娘被秦鲲挟制住了吗？"从他们这个位置无法看到秦鲲藏在哪里，更不用说云二娘。

照南沉默了一阵，随即怪七暴怒道："我们时间不多了！"

秦鲲的人马越来越多，从四面八方往槟榔丛包围过来，他们只有区区几人，其中还有人受了伤。这个时候，她必须要快点做决定。俞晚剧烈地喘息着，在混乱中找到他的手紧紧握住："二娘还在里面，如果你不愿意……我们可以尝试着突围。"

那么，之前所有的安排都会报废，他们这些人的性命还有可能全部葬送。但是那一刻，她只能想到这样的办法。

照南看着她，眼睛里有很多东西，深沉的黑裹住一片亮晶晶的色彩。应该是因为她的话，让他原本泯灭的眼底浮现出希望。所有的目光都在此刻转移到他们之间，等待着下一步的行动指示。

可就在这时，离他们不是很远的丛林里传出来一声女人的尖叫，充满苦楚和悲戚："照南，不用管我，为小五报仇！"

紧接着是秦鲲的暴怒声，枪声再度响起。

那一瞬间，她终于看清照南眼中亮晶晶的东西，是眼泪。

他忽然从她手中抢过触发器，将开关启动，大喊道："所有人都趴下！"话音甫落，所有人都被一波巨大的热浪冲翻在地上。

火光冲天，原本还茂密繁杂的槟榔树丛顷刻间就被炸翻了，火势沿着游泳池一边极速地蔓延开来。紧连着槟榔树丛的两排小楼，很快也被火光吞没了。

借着小厨房买办食材下山，怪七运回了这些炸药和汽油，在刚刚她和秦鲲谈判的时间里，悄悄地将炸药埋入了槟榔树丛中。而唯一的触发器，就藏在她的纽扣里。

很长一段时间，照南迟迟没有起身，看着那团火神情有些悲痛，冰冷的双眸最后被黑暗笼罩，无法再让人看清。

俞晚知道是因为云二娘，这个性情刚烈的女子，应该是与秦鲲共葬火海中了。

忽然想起前几日与她一起喂白孔雀，当时她还开玩笑说此生要走到尽头了。原来在那样早的时刻,她就已经打算用自己的命来换他的命……她是真的爱着照南,用很多年相依为命的坚守爱着他。

眼眶有些难以隐忍的热,她拉了拉照南,小声说着:"我们该走了,秦鲲的人会追过来的。"

他仿佛没有听见,将脸深埋在土中,双肩不可自抑地颤抖。

俞晚轻声叫着他的名字,一遍又一遍,他忽然抬起脸紧紧地抱住她。无从发泄的痛苦和悲伤,从内心深处涌出来。他是一个铁骨铮铮的男人,却让他此生最亲的人死在那场大火里。

是他亲手送她去死的。

槟榔树丛里一时寂静无声,过了很久才又传来叫骂声、脚步声……有人朝着他们追过来,他们便顺着早已准备好的长绳,从悬崖壁上往山中撤退。到了树林里,秦鲲的人还一波又一波地从侧面包围而来,他们的火力已经不够。

所幸后山里养了几只大象,在听到枪声后慌乱地逃窜起来,甚至还对秦鲲的护卫发起了攻击,这使得俞晚他们有了喘息的时间。

几人在林中小道上穿梭,没一会儿就遇见了守在后山的南风军。他们手握长枪,个个皆似地狱饿鬼,对追兵赶尽杀绝。

很深的夜,一时动如雷霆,一时又静似哀亡。

三个月前,俞晚来到会晒。

在短短一个多月内,她相继和琮少、闽樵这两个当地最大的木材供应商周旋在一起。后来,经过一些事情又相继得到他们的承诺。

在远商会相助于沐舜认亲,又在烟膏交易那件事上给了他翻身的机会,让他平步青云。这个年纪轻轻就已经位居高位的局长,答应她在未来很长一段时间内,都会和陆俞家族保持友好的往来关系。

在半山腰的豪宅上,她用许多个人的生死存亡豪赌,彻底地掀翻了秦鲲的老巢,凭借着一份私隐的名单撬开了一些人的嘴巴,拿到了秦鲲在金三角地区设下的很多个据点信息,那即将成为陆俞家族在此处的商道。

对她而言一切都那么顺其自然,那么理直气壮。可是,西蒙在知道这一切真相后,却有些责怪她,怪她不曾提前知会,置亲友性命于不顾,怪她过分残忍。他认为,如果她能够信任他们,说不定那个湄公河的女人就不用死。

"在德国的那些年,所有同学都不知道我去那里真正的目的,也不知道我为了家族拿出了什么。"跪坐在蒲团上,她澄净瞳孔映入了佛像金身,每一个叩拜都是那么虔诚,"云南解放那年,多少人在沸腾的街道上哭断肝肠,为这没有炮火连天的日子而高兴。可后来的十年,内乱依旧没有停止,风雨飘摇的局势让多少人惶惶不安,夜不能寐。这样的日子真还得过多久我不知道,我只知道陆俞家族,在中国动荡了近四百年的历史中,早已经历过比炮火更可怕的事情。多少年岿然不动,不只是因为家族根基坚固,还因为许多人都曾为此送命。这个家族有属于它的野心,同时也有支撑着这份野心的使命。"

如她——陆俞家嫡传子孙,可在被送往德国的那日起,她便和所有人的结果一样,活着只是为了死。为了在这动荡不安的乱世里,维系家族兴旺而英勇献身。

曾经她也会疑问,那么大的家族,钱财几辈子都花不完,为什么还要这样?不惜让许多子孙去送命。

直到父亲总拿老祖宗的照片,黑白底色的照片,能让人看透许多过往,属于老祖宗的那一个时代已经远去,如同盖房子一般,他们打了扎实的根基,更建筑了高楼。而属于他们的时代才刚刚开始,就是为这高楼在风霜雨雪的扑打下,依旧矗立在时势的尖端。

她不曾接近野心顶端,却有身为家族一员的沉重使命。

俞晚磕好了头,双手交叠在一起,望向身边这个僧人。

换下护卫的衣服,卸下枪,脱去伪装重归寺院,他只是一个诚心向佛的出家人。同时,他还是蛰伏在这片山区十年之久的卧底。

他们用命换来了很多消息,换得她如今为家族争取利益的时机。

这个大和尚脾气很大,可在寺院中却异常安静。从她出现到此刻一句话也没有说过,转着佛珠轻声念经,面目白皙,心如明镜。

他无纵无往的样子,让她想起一个男人。

那个男人曾经和她说,有些残忍的事必须要去做,他做了或许金三角会多活两个人,若是旁人做了,那么可能连云南都要多死上两个人。

以杀止杀。

他们这些人的存在都是为了日后更少人的牺牲,所以,只有身在这片土地、那些家族培养了十年的卧底,才能够与她感同身受。

怪七徐徐睁开眼睛看向她:"杀戮起始和终结都有迹可循,没有地狱,则无太平。你来找我只是为了说这些?"

"不是,有几个问题。"

大和尚有些不耐烦了。她很会看人脸色,及时地转移了话题:"父亲说,在这里共有四个卧底,除了你,还有哪些人?"

怪七放下佛珠,拎着红色袈裟的衣摆,调整了下姿势正面对着她:"陆小姐,你应该很清楚这是机密。我们各司其职,互不影响。"

他们彼此知道对方的真实身份,彼此配合,如果需要成为表面上的敌人,那也只会演好本职的身份。这是固守了十年的模式,这样保密是为了防止一窝端这种事件发生,全为同伴安全考虑。

俞晚打量他的脸色，平静双目中透露出严肃。知道刚刚那个问题不好商量，索性作罢。

"第二个问题，你真正的名字。"

"卡黎。"

这个时间寺院的信徒都已经入睡了，油灯将尽。卡黎从垫子上爬起来，在墙角翻出他的包裹，找了个角落躺下来。他声音很轻，没有感情："我要睡了。"

俞晚点点头，把蒲团收到一旁去。从他面前经过时，犹豫再三还是问道："照南，他是吗？"

是卧底吗？

卡黎本来已经闭上眼睛，听她这么一问却忽然睁开来，似笑非笑地睨着她。

"我知道这个问题有些可笑。"

那个男人是缅甸山区联合纵队中势力最强的一支军队的首领，他杀人无数，更是在初次见面时就扼住了她的喉咙。虽然，虽然后来有很多事情让她恍惚，让她错觉他的出现实则是对她的救赎，不停地让她明白属于金三角的规则，为她规避着危险，把枪交给她，把命也交给她。

……

她舔了舔唇尝试着说："我只是想确定，毕竟……"

"不是。"卡黎打断了她，又重复了一遍，"他不是。"

俞晚有些讶然，一时间不知道该做什么反应。隔壁的屋子里忽然亮起了灯，又传出来木鱼敲打的声音。

安静而惊悚。

她该离开了，只是依旧不甘心。她拉着显然已经快要愤怒的卡黎追着问了句："目前出现过几个？我是说除了你，还有人出现了吗？"

卡黎从她手中硬扯出袈裟，翻身对着墙角，用沉默结束了这次谈话。

俞晚讷讷地松了手，朝外面走去。

金身大佛通体明亮深邃，她双手合十拜了拜，提着裙摆跨出去。关上门的时候听见他的回答，说的是还有一个。

还有一个卧底已经出现了，包括他已经有两个人，在围杀秦鲲这件事情里给了她帮助。

俞晚没有出声，把两扇门都合上开始往回走。天井边一片明亮，她沉默着站了一会儿。秦水等在寺院门口，见她出来搓着手说："这五月天的夜还有点小凉，小姐，天都快亮了。"

"天快亮了？"

"嗯。"

"天是快亮了……"

"嗯？"

秦水断断续续地说着话，她沉默地听着，偶尔回应一两个字。大多数时候都是他在说，她仔细听着，却又很认真地想着另外一件事。刚刚卡黎说，还有一个人。

还有一个人已经出现了，却不是他，不是照南。

在琮少家中的酒窖里，俞晚挖了两坛糯米酒出来，双手提着去找照南。之前在出发去远商会的早晨，她曾经邀请他此事了了便一同喝酒。

"小四和徐六回来了吗？"她在河边找到照南，这个男人已经沉默地坐在这里好几天。

他缓慢地摇了摇头。

那天他们从山下离开后，小四和徐六上山找过二娘，只可惜那场大火将秦鲲的豪宅烧得七七八八，所有人都已面目全非。

俞晚在他身边坐下来，尝试着说："二娘脖子上佩戴了金饰，手臂上也有宝石，火是烧不尽的。如果没有找到，或许二娘还活着。"

照南从水光倒影中转过脸来，面目深邃，没有什么表情，忽然拿起她身边的酒胡乱地往嘴里倒。

这几年，有很多兄弟相继离他而去。

小五死在野人山时，他曾发誓再也不会让一个至亲之人为他送命，可是他食言了。这一次是亲如长姐的云二娘，是在大哥去世后他此生最愧对的人。

无法诉说，不擅排解，他只能灌酒。火舌中烧，滚烫的酒水滑入嗓子里，心是闭塞的，眼眶是模糊的，却没有一滴泪。

他也希望，希望有奇迹。

河边风凉，月色清明，他们两人无话可说，就这么一口一口地灌着酒，米酒香甜可口，度数却不低。等到坛子见了底，两个人差不多都醉了，彼此靠在一起。他双手捧着她的脸，摸索和寻找着什么，出于对温暖的渴望，出于对她的眷恋。他找到她的唇，吮吸着她舌尖的酒香，有些清凉，这让他更深入进去，寻找着她的舌头，交缠在一起。

头脑很热，俞晚迎合着他动作，抱住他的头，手指碰到他的耳朵，有些热。

远远地，传来芦笙乐曲，曲声清灵，带着动人的传唱，却莫名地让人悲从中来。照南忽然抽离，有些迷惘而歉疚地看着她。

他的表情告诉她，刚刚只是在酒劲的催使下，让他失去理智的产物。俞晚假装什么都没发生过，轻轻地摇了摇头，抱着膝盖，把头埋在里面，回避了他的目光。

她的视线荡在水光里，有许多星星，亮闪闪的星星晃在明媚的夜色中。乐声徐徐渐缓，到最后悲鸣万状。

不知道什么时候，照南走进了河里，脚步踉踉跄跄显然没了意识。她摇了摇头，有些清醒过来，忙追着他跑过去。

照南却恍若未闻，继续往河中央走去。水没及膝盖，凉得人浑身发抖。俞晚一路小跑着，水花溅了满身，她却顾不上，直到拦住他，阻止他继续往河水深处走去。两个人的动作都很大，借着酒劲像较量一样互相拉扯着，只是在看见他的眼睛时，俞晚突然间哽咽住了。

两个人就这么僵持在河水里互相对望着，酒气散尽，她慢慢酸红了眼，轻声说："照南，我求你，不要这样。"

"对不起，俞晚。"应该是为刚刚的事。

俞晚摇头，努力地笑道："没事，没关系。"

"二娘是我最亲的人……"他呢喃着又说了句，表情有些木讷，视线找不到焦点。

下一刻，照南猛地一跪，整张脸都埋入水中。这些年对云二娘的愧疚，对失去至亲的痛悔，全部在酒后软了心房，卸下防备。

他只有这一句话。

二娘是他最亲的人。

忽然之间俞晚清醒如钟，复杂的情绪往上涌。她努力平复着呼吸，转头往回走去。身上的衣服都湿了，凉飕飕地沁入心扉。她爬上了岸，看见倒在地上的两个空坛子，一刹那非常后悔。

她真的做错了，选错了方式。她的局逼着他杀害了至亲，将他们都困入囚牢中。

如果二娘没有死，并没有死在那场大火中该有多好？这样，这样她才能理直气壮地去喜欢这个男人啊……

小小的斜坡上全是倒嵌着的树枝，俞晚走得慢，却不认真，还在分心听着后边的动静。

没有了水花的声音，他是否已经清醒？

脚下却不经意地被绊住，斜叉刺入裤管里，粘着血肉。她并不觉得疼，却还是忍不住停下脚步，只是想回头看，想确认他的情况。

半山坡的月色中，河面似棉白绸缎涤荡在淡淡的、朦胧的青山中，她的眼里最终只剩下一道黑而长的倒影。倒影中的人站在河中央，眉目深邃，孤冷如霜。他孑然一身，似在这里站了千年。

俞晚张了张嘴，许多话都说不出来。

后来不知道是怎么想的，她忽然笑着问他："酒这么快就喝完了，将军是否尽兴？我回去再提两坛来？"

他目不转睛地看着她。

夜色越来越深，风越来越冷，青山黑影仿若世间鬼魅蓦然间闯入心口，她全身的血液都仿佛凝结住了。

他说："带你去划船，好不好？"

他们在水椰树丛间划着小船，伴着船身低低浅浅地摇晃着。照南已经收起全部的情绪，像没事人一样。他们说了会儿话，有关这次在秦鲲家中行动的细节。

"如果不是恰好出了烟膏交易这件事，缅甸军方的人又频频施加压力，我想沐舜应该不会这么快就对总书记动手。说到底，还是秦鲲疑心病太重，又太刚愎自用，否则这么多巧合都在同一时间出现，他又怎么会察觉不到。"

大烟交易会、考察团的突然来访、缅甸军方的介入和总书记的临阵倒戈……太多人为的巧合，铸就了这件事的速成。

糯米酒的后劲再度袭上来，俞晚觉得脑子里很沉，话说得越来越慢，字也越来越少。

"我唯一算漏的就是二娘,对不起……对不起。"她支支吾吾地重复着,已经快要失去思考的能力。

照南摇着船橹,声音很低:"不是你的原因,是她不愿意走。"

"嗯?"

"那天在撤退到山口前,我曾经有机会杀了秦鲲,不过二娘替他挡了一枪。"那时候她说了一些话,让他毫无头绪,也就这样失去了杀秦鲲的先机。

"二娘对秦鲲有情分,所以她不愿意和你走,可是她又觉得这样对不起小五,所以才……"俞晚被晃得有些难受,话未说完便伏在船头一阵干呕。

照南随即将船停下来,从船尾走过来。

河面上浮起一团团的雾气,带着刺骨的凉,起初俞晚直觉得冷,等到船身稳当当不再晃动了,她的意识也跟着沉下去。

迷迷糊糊中,她看见从船尾走来的人变成了许多个影子,等到那影子靠近了,有温热的气息洒在她的脖子里,她的手不自觉地挥动着,然后被影子握住。

他握着她的手很久很久,然后缓慢地从她的手指间穿过,漫长的十指相缠的感觉,引起她心口一阵战栗。


"我去附近的农舍找件干净的衣裳,你在这里不要走。"

她温温沉沉的声音,却没能听说了什么。在影子转身时,她屈从于简单的意识抓住他的手,对方好像有些无奈,低下头耐心地安抚她。

影子后来还是走了,模糊而久远的影像与此刻真实的场景重叠。

她眯着眼看他的身影越走越远,萧索而凌厉。她张着嘴想叫他,却想不起来他的名字。眼眶忽然很热,她的意识在沉沉浮浮中清明而直接。

这个场景曾经出现过,也是在船上,她失去了气力,意识很薄很浅。有人给她处理伤口,为她穿衣服,喂水给她喝。那个人总是背对着她,身影高大纤长,离她非常遥远。后来那个人走了,就再也没有出现过。

……

俞晚紧皱着眉头,头开始叫嚣地疼痛起来。她换了姿势慢慢地爬到船尾。

船身因为她的动作剧烈地晃动起来,在码头洗衣服的妇人看见这一幕,吓得赶紧放下了衣服,沿着河岸跑过来抓她的手。

"找、找他,我要去找他。"俞晚不断地重复着试图挣开。

说话间影子跑了回来,面孔越来越近,也越来越清晰。

俞晚高兴地去抓他的手:"我见过你!"她激动地表达着这个新发现,"在德国救我的是你!我记得你的背影!"

她反复回忆着那个场景,不停地呢喃:"不会有错,是你,就是你。"望尘莫及的感觉那么相似……她真的快要哭了。

"俞晚,你喝醉了。"影子将找来的衣服披在她身上,虚抱着她。他的声音很沉,带着决绝,"你喝醉了。"

她拼命地摇头,怎么也不肯相信,她努力地让自己看清他的面孔,意识却越来越沉,不管她怎么努力,都再也看不清他的面孔。

突然觉得好难过。

黑暗与幻象纷纷转转中,她听见影子对那个妇人道谢。妇人轻轻笑:"划了一夜船吧?真是浪漫。"

她终于看得累了,嘟囔了两句闭上眼睛。没有听见影子的回答,很久之后他的目光一直没有转移过,灼灼深情地注视着她。

在离开码头时,照南对妇人轻声说:"她是我未来的妻子。"

如果他能够一直活着的话。

五月中旬，联合国考察团一行离开。

西蒙和俞晚赌气了好一阵子，但在离开前终于还是忍不住心软，与她说了许多的话，最后他很是郑重地抓着她的手，低声说："你那年重回德国叫我帮你查的事情，后来我通过很多关系，总算是查到一些。本来不想告诉你了，觉得你应该需要有新的开始。毕竟生存考验这种爱好，我是挺不赞成的，而且都过去这么久了。"

说话间，他能看到不远处的男人，身着军装、浑身上下都充满了禁欲味的、很有民族味道的金三角男人，此刻正在擦枪。

他故作神秘地挑了挑眉："但是俞晚，我觉得你不开心，或许这个消息能让你感到高兴。"

"你知道后来发生了什么？"

"我想你应该比我更清楚，那次的难度太大，只有寥寥几人参加。当时唯一有能力救你的，除了那个第一名的纪录保持者，还能有谁？你消失的那段时间，他也消失了，但到底是不是他，我也不清楚，但我和小七都觉得只有他能做到。"

当时所有知情人都对这件事讳莫如深，让她屡次尝试求问却都无果。父亲给她的唯一解释是，救她的人是他派过去的。

如果按照西蒙的猜测，也就是说在德国救了她的那个男人，是被西方称之为"末日"的男人，同时也是她父亲派过去的？

那么，他存在于生存考验项目组，长久以来接受特殊的训练也是父亲的安排？目的是什么？单纯地保护她，还是为父亲效力？

"西蒙，你知道的，陆俞家能走到今天有时候挺不择手段的。我父亲在这个地方安插了卧底，很长一段时间他们都接受着秘密的训练。现在我怀疑,他们和我同期在德国参加过生存考验,并且救我的那个人就是这其一。"

"什么?"西蒙掩饰不住惊讶地瞪着她,"那你的意思也就是说,救你的人现在也在这里?"

同一时间,他们的目光都不由自主地转向身后不远处正在擦枪的男人。

俞晚冷静地重复道:"那个像地狱一样的男人是陆俞家族的卧底,他在德国孤岛救过我,此刻在这片土地,配合过我的一些行动,他应该已经出现,是余下的卧底之一。"

"亲爱的,听我说,你说的让我难以平静。但是我一向认同于你们女人的第六感,排除掉所有的不可能,你唯一想到的那个可能就是事实真相。"

……

她唯一能够想到的人只有他,只有他一个人。余晖铺满了天际,他依旧坐在大木墩上缓慢地擦拭着手中的枪。轮廓就被镀上金色的阳光,那么深不见底。

她走过去,背靠着他身边的大榆树,眯着眼睛和西蒙挥手。

"那天我喝醉了,有没有说什么?"后来她彻底没了意识,能回忆起来的非常零散而残缺,只记得他为她找来了一件衣服。

"没有。"他回答得很干脆。

俞晚无奈地放下手,强迫自己从刚刚的想象中脱离出来。她冷静地说:"总书记和审计厅长都认罪了,秦鲲这些年私下里的勾当也被揭露,再加上他公然对考察团官员挑衅,这一局不管他有没有死都输定了……"沐舜带人去搜半山腰的那座废宅时,翻出来许多珠宝玉石,其数量惊人,令本地诸多大商都难以望其项背。

不过后来有线人说看见秦鲲从老挝边境离开，在缅甸大其力有过短暂的停留，后面就失去了踪迹。

她其实也没有想过，用一场大火就能结束秦鲲的一切。

"那天夜里来刺杀你的人，查清楚去向了吗？"

"没有。"

卡黎，也就是怪七帮她追踪过一段时间，只能确定那些人并不是会晒当地的势力。她实在想不通，究竟谁这么迫不及待地想要置她于死地，为了什么？

一段时间的沉默后，照南停住擦枪的动作："你有没有想过，你在会晒的这一些动作已经引起别人的恐慌？"

"所以，我需要你。"她狠狠地低下头，试图遮掩一览无遗的心思。

他彻底失去了擦枪的兴致，将枪放回腰间，转过脸看着她。

俞晚不得不解释："我需要南风军的保护。"

他眯着眼睛有一些笑意："你需要南风军的保护，还是我？"说完，将刚刚放好的枪又重新卸下来交回她手中，手指缠住她的手掌心，微微摩挲了下，"只要秦鲲一天没死，这件事就还没完，你的性命我会负责到底。"

他说得慢，每个字眼都很清晰。

天边最后一抹霞光都散尽了，俞晚站在原地看他离开的背影。她跟自己说，记住这句话，记住此刻的心情，记住他刚刚那个小动作，是那么令她愉悦。

日后不管何时回想起来，都要让自己记清楚，此时此刻这个男人对她的保护，没有任何杂质，纯粹得像清晨从东方翻出的鱼肚白。

会是他吗？西方人眼中的"末日"。

## 第六章
## 以逸待劳（上）

那一日的谈话本来只是猜测，却在不久后得到验证。俞晚派去缅甸疏通秦鲲之前留下的一些据点的赵叔，一直没能回来，却传回来一封信和一些首饰。

信中只有两句话：

陆俞晚、照南，我在缅甸等着你们。

这一次，看谁先死。

而那些首饰，是云二娘的……

也就是说，秦鲲和云二娘都还没有死。但是秦鲲反过来要挟他们，并且，还抓住了陆俞家的老管家赵叔。

……

琼少曾经非常费解地疑问过：为什么一定要彻底铲除秦鲲才肯罢休？

俞晚想了很久，最后给琼少的答案是：秦鲲这个人是毒瘤，他操控经济，干预政治，让整个国家如同玩具，被肆意揉捏在手中，是真正的强盗主义。

她一瞬间觉得气馁，哪怕经历过家族飘摇险些衰败的时刻，琼少依旧没能认清当前的局势，只能用一些现实的例子为琼少解释。

一百根檀香木，价值五十万，但是秦鲲从中拿走十万，也就意味着在一次交易中要折损百分之二十的利益。如果一年有三次这样的交易，十年之后会折损掉三百万。这还是折损率不变、物价不变，所有理想状态下的估量。

琮少深深地震撼着，终于从简单的例子中意识到，不只是秦鲲，还有与他勾结的人，从中牟取利益远远不止三百万。

"族民们亲手种植栽培得到的成果，为什么要和这样贪心的人分享？现在早就不是殖民社会了，我们不需要为他们上贡来换取活命的机会。琮少，难道你不想让琮氏成为整个东南亚最大的木材世家吗？"俞晚必须让她未来很长一段时间的合作伙伴切实认识到秦鲲的存在，是怎样的意义。

琮少惊讶地看着她，为她言语间透露出的野心而深深震撼。陆俞家族的确有这样的能力，从来不需要与强盗为伍，共饮杯中酒。

而这野心，是他从不敢想象却迫切渴望的。

"最直白的形容是皮影戏，琮少主有机会可以看看，在边境以及缅甸会经常有这样的演绎，表演的人完全掌控那些皮影的生活形态，皮影最终只能沦为傀儡。老挝的各大商贾或者经济形势就是那些皮影，而秦鲲就是提线操控的人。"这是照南的解释。

他来到这里，也不仅仅只是为了替小五报仇。南风军虽然深入崇山峻岭，却依赖金三角独特地势而生存，任何一方都不能坍塌。

这是个需要抗争的时代，没有杀戮，则无太平。

他们最终决定出发去大其力。

这个地方离会晒很近，都属于金三角地区交通较为发达的城市。唯一的不同是，这里受到掸邦势力管辖。

缅甸联邦势力复杂，这几年一直在经历独立运动，国内形势险峻，以掸邦、邬邦以及缅甸本土联合军队势力为主，还有许多大大小小的游军势力。这里的山区被誉为"黑色走廊"，是南风军发迹之地。

从水路而来只需要两三天，上岸时的渡头正巧通往大其力东区的集市。

卖烟叶和黄豆的商贩搭着铺子卖各色各样的农作物，当地特产的大米和玉米装在竹斗里，用布巾罩着，看起来都很干净。有妇人挽着小竹篮来到他们面前兜售，篮子里是新鲜的瓜果。秦水买了些，和单遥两个人走在后头边吃边聊。在他们前后，还有小四和徐六带着的一些人分散在市集里，不是很抢眼。

俞晚发现这个地方要进行暗杀着实困难，时不时地就会有军队的人出现，那些人单手夹着烟，一边吞云吐雾，一边微微眯起眼，露出了危险的目光。

俞晚从那几个军人面前走过去，看到地上的烟盒，是英国的香烟。她谨慎地打量着其中一名中年军人，发现对方阴鸷而戒备的目光是针对自己身边这个男人的。

"这些军人都认识你，现在是在等待我们？他们一早就知道我们会来这里吗？"

照南"嗯"了声，调整着姿势将她护在安全的一侧，继续往前走："掸邦军队的人常年在市集中活动，眼线分布很广泛，应该是从边境时就注意到我们。"

"可是我看不是像简单地观察或者审视。"她的意思是，如果只是因为外来的人进入了他们管辖的地区，而他们恰好也有合理的怀疑时，是可以上前询问的，可这些掸邦军只是用一种威胁式的目光紧紧追随着他们。

"他们不太想要接近我们，却对我们很戒备和提防，为什么？"

"因为秦鲲。"

她好像忽然间明白了为什么秦鲲会选择来到这个地方。

"在会晒时,你说过秦鲲忌惮你的部分原因是缅甸民族民主同盟军的介入。他们本来应该也是想拔除秦鲲这颗毒瘤,但怀疑秦鲲和南风军有所勾结,所以一直没有行动。难道现在秦鲲是投靠了这股势力,反过来掣肘南风军?"

他们走过拐角,照南回头看了眼那几个在抽烟的军人,过头来将手放在她的肩上,拥住了她,适时地向那些军人展示了他对这个女人的维护。他的声音很低:"我猜那股势力是掸邦军队,他们只是厌恶秦鲲这个大财主,忌惮的还是南风军。"

两边的商店有倾斜出来的挡棚,他们停下来,在路口的小桌旁歇脚,点了凉茶和粽粑。

"两害取其轻,这个道理你应该懂。相比秦鲲,他们更想要我的性命。重点是他们很缺钱,这一点秦鲲完全可以满足他们。"

店里只有几个零星的客人,全由一个小姑娘张罗。她将凉茶送上来时,小鹿般玲珑剔透的眼睛一直灼灼地盯着照南看,没有任何掩饰。可后者却丝毫没有反应,捧着凉茶喝了两大口。

俞晚想笑:"这里的女孩真是热情奔放。"

小姑娘红着脸又送来热乎乎的粽粑,专程递到照南面前。俞晚看到其他几桌客人面前的食物,无一不是又凉又硬,凉茶只有半瓶子高。角落里的客人一直在用方言抱怨着店家的偷工减料,嚷嚷着再也不来光顾。小姑娘却丝毫未察,殷勤地询问照南:"你不尝尝吗?这个很好吃。"

俞晚意味深长地看着他笑起来,补充道:"还特别偏心,特别勇敢。"

照南终于察觉到什么,面无表情地把粽粑推到她面前来,继续刚刚那个话题:"此刻秦鲲是饵,掸邦军用他诱我上钩,而我真上钩了,不知道下一步该做什么。"

"静观其变。"俞晚咬了口粽粑,视线追随着刚刚那个小姑娘,见她进了屋里,很快又出来。换了件粉色的衣裳,长长的头发编成了麻花辫。头发乌黑发亮,不知道抹了什么,总之让人眼前一亮。

小姑娘又不经意地晃到他们面前来,偷偷地打量着他,浑身都是花的香气。俞晚想到过去可能也有很多女孩,只是因为他的面孔就对他钟情,变着花样想要讨好他,而他是不是一直都这么无动于衷?

"将军,有个令我很好奇的问题,小四和徐六跟着你这么多年,一直都没有成家吗?"

照南很显然一震,没想到她会问这个,有些尴尬地说:"没有。"

"他们都没提过吗?"

"没有。"

俞晚惊讶地看对面的街头正在捧着大碗灌凉茶的小四,有些说不出话来。这些日子以来,一直都以为只是因为他性子冷,才没有考虑男女之事,没想到他底下的人也一个个都是木鱼脑袋。

她捧着脸看这个美丽的姑娘,面容娇俏,可爱得像一朵小雏菊。于是她向她招手,对照南快速地说道:"我替小四牵个红绳,好不好?"

他没有来得及回应,美丽的姑娘已高兴地跑到他们面前来。俞晚指着面前的粽粑说:"麻烦你替我送一份给对面那个大男孩,对,就是那个正朝我们看过来的。"

小姑娘很快就张罗了一份热粽粑跑到对面去,小四手忙脚乱地接着,一下子就红透了脸。他浑身上下摸着钱,却半天都没摸到,呆呆地看着小姑娘挠头。

俞晚忍不住"扑哧"一声笑出来,最后还是徐六心善,从另外一边跑过去给他付了钱。

小姑娘却没有离开，一直看着小四狼吞虎咽地塞了四个粽粑，才把盘子一起顺着带了回来。

小四眼巴巴地瞅过来，恋恋不舍地追着姑娘的背影，被身边的人打趣得手脚不知往哪里放，却还是踟蹰地望向俞晚这边。

俞晚冲他招手："小四，吃饱了吗？这里还有两个粽粑。"

小四害羞地摇了摇头，被徐六推过来，拿起两个粽粑塞在嘴里，一溜烟地跟着姑娘进了屋里，好半天也没出来。

俞晚真心觉得愉快，禁不住打趣照南："你们南风军的男人是有多久没见过女人了？你看小四猴急的。"

他抬起头看着她，嘴角有很明显的笑意，眼睛里也是湛湛明明的："南风军布防的山区只有几个烧饭的老婆子，其余的都是男人。有一些士兵到了四十岁后，我会遵从他们的心愿，让他们选择是返回市井中娶妻生子，还是继续留在军中。"他喝了口凉茶，摸着小瓷碗的碗口若有所思，"现在这个时候，我们都没认真想过这回事。就算有命想，也怕没命惦记，平白害了人家姑娘。"

有命想却没命惦记，这可能是这里很多军人心中的写照吧。

她假装看着街口的商贩，将心中的疑问表达出来："那么照南将军，过去有没有一个女人让你朝思暮想过？"

恍惚间瞥到他炙热的眼神，她有些懊悔。却没有想到，一瞬之后他柔柔轻笑起来，很肯定地告诉她："有。"

在这吵闹的集市里，环顾四面都是破破烂烂的鸭寮和矮墙，离他们不远处狭窄的街口，还有一些人毫不掩饰地观察着他们的一举一动。

可在这一刻，他能够看到的却是她的小心翼翼，明亮的眼睛里满怀期待和颤抖。

有些隐藏很深的过去，只属于他一个人。有些感情在她还没有察觉之前，他就已经深入骨髓。

有，他的回答是曾经有过这样一个女人，让他想起过许多次。如果有命，他此生唯一的希望就是，那个女人能成为他的妻子。

他们歇完脚，找了处农家住下来，是一名南风军的退役中将家中。

中将有三个孩子，两男一女，妻子患病久治不愈，家里入不敷出，非常艰难。这些年，为了能彻底从南风军中清除痕迹，中将几乎都是一个人咬着牙撑过来的，从未向南风军张过嘴，现在却还是毫不犹豫地就接纳了他们。

几个孩子暂时搬去了中将夫妻的正屋里，把房间让了出来，一个小草藤屋，收拾了下也可以住人。出于安全的考虑，最后俞晚和照南被分到一起，秦水和单遥一起，由小四、徐六轮流看守。其余南风军中人则混入市井，寻找落脚之地。

俞晚有些尴尬地看着屋内唯一一张床，回想到刚刚讨论的时候，小四应该是出于对她先前牵红线的感激，拼命地表示由照南贴身保护她最安全。她完全没有想过，当日为了避免受到闽樵的欺负，他当着众人的面所承诺过的"她是他未来的妻子"，都被小四和徐六当真了。

"我睡在地上就行。"

照南试图化解她的尴尬，但原先中将家中三个孩子睡在一起，床自几乎占据了整间屋子，窗户底下仅剩的一块空地放满了孩子们木制的玩具和大大小小的玉米棒子，哪里还有其他地方给他睡？

照南说完也察觉到，轻声咳了两下，望着外面："不如让单遥来和你睡，我可以在外面守夜。"

她看着这张过分宽大的床，实在感慨小四的用心良苦。

"我以前经历过条件很艰难危险时刻都会降临的日子。那个时候哪里考虑过这么多，男男女女都挤在一起，夜里还能彼此照看着。"她开始整理床上的褥子，六月天的夜晚只有一丝凉气萦绕在耳脖后，倒是不用担心会受凉。"德国的女孩不太开放，却很坦率。"

"那德国的男人呢？"他靠在门框上，漫不经心地瞥着玉米棒子旁的剪影，瘦长的人被揉在光线碎影里。

俞晚想笑："德国的男人很绅士，他们很懂礼节。"

"我听说那里的夜市经常会有站街的男人，提供一些特殊服务？"

"你听谁说的？"她忍不住打量他，有些哭笑不得，"我在德国那么久，简直闻所未闻，见所未见。照南将军，你是否在刻意暗示我一些，嗯……过去的情事？"揶揄的尾音满含深意，令照南的眼睛忽然闪烁了下。

俞晚铺好了床铺，直起腰从他面前走过，隔得很近时停下来。

"没有，我在德国时没有和任何一个男孩发生过什么。"她的嘴唇因仰着头而接近了他全是胡楂的下巴，饱满而炙热的艳红吐着字眼，"就算有想过，也是未遂。"


很长一段时间里，他们每天都能看到那些抽英国香烟的军人。但秦鲲乃至于所谓的掸邦军队，都没有和他们发生一丝的冲突。甚至，都不曾正式出现过。

"结良节听说过吗？四月到七月整三个月内，僧尼都禁止外出，禁止娱庆。"

照南说这句话时，她正在看一个商贩手中的宝石、翡翠和琥珀，成色极好，都是上乘货。询问过价格后，她开始和这个商贩讨价还价起来。

中年男人口才却了得，刚开始还能按着性子和她说一些她听得懂的话，到后面急了，就彻底变成复杂的方言。

照南只好在一边给她解释，传达这位商贩的意思。

"他拒绝你的价格，说这些东西都是他豁出命才得到的。先前在大其力，有个男人拿来了这些珠宝，他花重金买下，却不想一直被人追杀，无奈之下逃到山区隐蔽了一个多月才敢重新出来。"

"一个月前？"俞晚算了下时间，刚好是赵叔失踪前后。

她与照南对视了眼，后者很快用方言问道："那个男人的模样还记得吗？看着像本地人吗？"

"不、不是本地人。"商贩一个劲地摇头，认真地回想了下，指着俞晚说，"和她一样，外地人。"

俞晚仔细问了下男人的特征，最后确定是赵叔。

这些价值不菲的宝石和翡翠应该都是秦鲲的私人物品，可能赵叔是在处理它们的时候暴露了踪迹，所以才会被秦鲲的人抓走？

他们从商贩的摊位前离开，又走到那日喝凉茶的地方。小四在店内和姑娘唠嗑，徐六站在街口放风。

他们的形迹表露无余，可偏偏对方不动声色。

俞晚喝了口凉茶，重启之前的话题："僧尼禁止外出，你是想说那个大和尚在这里不方便给我消息？"她眯着眼睛浅笑，"他擅长角色转换，在不同的地方都有不同的身份，我想他应该很快就会来联系我。"

她的笑映在水光里，潋滟明媚，照南端着茶碗有些失了神。

里屋中，小四和姑娘正在说起他们。

"她很美丽，和我们这里的女孩都不一样，你的将军真是好福气。"卖热粽粑的姑娘毫不掩饰对俞晚的夸赞和羡慕。

小四跟着她的视线瞄了眼照南，解释说："我家将军也不差的，足以配得上陆小姐。"

"真的?"

"当然真的!"他朝四面望了望,约莫是察觉到俞晚的目光,不自觉地拔高了声音,"我家将军虽是沉默寡言了些,但却是这缅甸山区里最能打的男人了,没有人能单打独斗把将军撂倒。"

……

"这里不比会晒,当街偷抢会被卸掉胳膊,关进土牢里,不如我让徐六去土牢里打探下赵叔的下落?"

"好。"她还在分心听着小四的夸赞。

"将军枪法百步穿杨,脚提枪还能个个击中,是整个金三角山区的神枪手。他在山林里的生存能力非常强,可以独自穿行'黑色走廊'三个月,不需要任何人的从旁协助,依旧能安然无恙。"

在这里,所有人给这位南风军的主将,都有一个默认的头衔——神。

有些人无法分清善恶好坏,却能够让人莫衷一是地敬畏和追随,能够让所有得他照拂的人,感受到神佛降临,生死无惧。这究竟该是怎样一种盛赞?

此刻,她才发现她对他的过去了解得实在太少了,却还是能得到一个真相——他一定是个非常善良的人。穷凶极恶,又慈悲善良。好比地狱佛陀,极乐恶鬼,无法评说。

她把凉茶喝尽,嗓子里润润的,对他笑道:"将军的好枪法,我早已领教过,如小四所说的强悍与威猛,我也能感受到。"

照南怔愣地抬起头,余光中车马如流,都渐渐变成模糊背景。

"我忽然觉得很幸运,能够遇见你。"

又一次,他的眼中只剩下她。

他们在大其力游荡了几天，收获甚少。从歇脚的凉茶店离开后，他们回到农舍。

"重镇景栋可以说是掸邦首府，也是商品通道的咽喉。"照南在吃饭前敲定了离开大其力后的下一个目的地，"那里掸邦势力集中，如果秦鲲不打算在这里对我下手，那里绝对是最好的地方。"他停顿了下，继续为这个退役中将家中拾着柴火，"不过，景栋是商品通道的主要城市，那里也聚集了很多其他势力。"

"比如？"

"比如一少部分邬邦游军，还有许多不具名的独立势力。我听说他们正在抗争，企图从掸邦势力中脱离出去。"

他们之间似乎的确存在着某种默契，可以让她一下子就明白他的意思。

"借力打力？秦鲲既然可以结交掸邦势力，那我们也可以和邬邦游军或者其他独立势力合作？"

他轻轻点头，同时也有踟蹰："只是这样一来的话，你的处境可能会变得更加危险。"

"你在担心我吗？照南将军。"俞晚将柴火堆好了，迎对着他的目光，"有你的保护，我不害怕。"

"景栋地形复杂，势力繁复，我没有把握。"他干脆也停下了动作，就这么和她面对面长久对视着。

很久很久之后，俞晚气馁地叹息了一声，蹭过他粗粝的手背，轻声安慰他："好吧，我答应你，我会好好保护自己。"

她想了会儿又说道："你总有办法让我忽然之间很清醒。"

先前所有的幻想和柔情，顷刻间全如梦境碎裂。

晚上几个人围坐在一起，中间是一个瓦锅，炖在火坑上。中将家里几个孩子争抢着从集市上买来的羊腿，将瓦锅搅和得晃来晃去，热汤溅出来，连带着椰勺都被翻掉下来，恰好飞落在俞晚的裙子上，又热又烫的汁水顿时溅了她满身。

中将夫妻显得很慌张，也很不好意思，连连说着对不起。

俞晚瞥了眼缩手缩脚站在一边的几个孩子，轻笑道："没关系，孩子们闹着玩的。"说话间，照南递了干净的布巾过来。

俞晚没有接，安抚地看了几个孩子一眼，和中将妻子说："我回房里换件衣服。"

单遥跟着她一起走出了主屋，回头看时，见照南手中还拿着那块布巾。她又看了眼俞晚，小心翼翼地试探道："小姐，你和照南将军是不是……嗯，闹别扭了？"

俞晚有些哑然，她表现得这么明显吗？

"等吃过晚饭了，你拿些金子给中将妻子，不要让照南他们知道了。"

"从离开会晒开始，这一路上都是南风军在花钱。虽然我们不缺钱，但这么看来，照南将军对小姐你也算真心实意。"

"这是什么道理？肯为我花钱就一定是待我真心的？"

"也不是，可我就是觉得照南将军待小姐你挺好的。"

俞晚抱着手臂，有些想笑："为什么会有这种感觉？"

"嗯，这样说吧，只要小姐在照南将军的视线范围内，他就一定只看得到你。"单遥抿着嘴偷看了眼俞晚，见她沉默下来，吐了吐舌头，"小姐，我去屋子里拿金子，你……你回房间换衣裳吧。"说完笑嘻嘻地拍了下她的手臂，一溜烟跑了。

……

院子的天井旁有几壶热水，俞晚提着拿进房间里，关上窗户，在床头柜里找了块帘子，一边搭在窗台上，一边绕过床边系在柜子上，围着角落遮挡起来。

这几天和他同处一室，身上的衣服好几天没换了，她自己闻着都觉得臭。换下衣服，她用热水蘸着毛巾擦拭着身体，顺便洗了下头发。

有人推门进来时，她以为是单遥，头也没回地说道："单遥，我忘记拿罩在外面的纱裙了，你把床头包裹里的裙子替我拿过来。"

单遥没有回应，听声音却是走到床头拿衣服去了。俞晚依旧用水擦拭着手臂，听到后面的动静时微微侧首，看见纱笼裙被搭在布帘上面。淡粉色的裙角掀开来，像是盛开的莲花散在水雾中。

昏黄的灯光笼罩着窗台边的浅色布帘，在矮土墙上倒映出细长的人影，曲线玲珑，香氛旖旎。

艳色朦胧，引人遐想。

俞晚擦好了身体，开始裹抹胸，穿长裤。

缅甸当地的服饰很简单，大部分女人都是穿直筒的纱裙，可她不习惯让短裤贴身，通常都要在里面穿一件抹胸。几个来回之后，抹胸后面的搭扣还是没能全部对上。

俞晚呼了一口气，叫住已经准备出去的人："单遥，来给我弄一下后面的搭扣。这是府里老裁缝做的，真是费力。"头发湿漉漉地搭在肩上，她一手捞了起来，背着帘子抱怨了声，"女人的衣服总是这么麻烦。"

外面的脚步声停顿了很久才又缓缓靠过来，伸手碰到她后背上柔软的抹胸。

俞晚本来还在说着家中老裁缝的针线功夫，似乎不如以前好了。可就在那双手隔着抹胸碰到她的肌肤时，有一种奇怪的感觉从脚底直蹿上脊背，令她说了一半的话硬生生地卡在了喉咙眼里。

她还没转过头，后面的人显然察觉到她身体的僵硬，解释说："刚刚在门口碰见单遥，她和秦水带着孩子们去河边放水灯了。"

俞晚的脸一下子就热了，赶紧去捞旁边的纱裙，慌慌张张地往身上套。照南关上门时，俞晚松了口气，可惜纱裙穿反了。她懊恼地捧着脸，想到他可能还在外面等着她，又赶紧脱了下来重新穿。可惜越忙则忙，地面湿了，木盆往后滑了下，她一个没站稳整个人仰后摔下来。

响动很大，门在第一时间被推开。照南冲了进来，见木盆翻倒在一边，地上全是水。俞晚护着头坐在地上，没有反应过来。他动作迅速地把她抱上床，半跪在床边，开始检查她的伤势。

"把手松开来，看着我。"

俞晚从疼痛中缓过来，慢慢地放下手，睁开眼看见他的面孔，明晃晃地荡在双目中，觉得心里有些酸。

"看得清我吗？"

俞晚点了点头。

"这里疼吗？"他开始寻找头部几个重要的穴位，一一确定没事后，又开始问她，"身上有很明显的哪里痛吗？"

"刚刚摔下的一瞬间觉得全身都痛，现在就还好了。"她尝试着活动了一下，没有影响。

照南松了口气，在她身边坐起来。

俞晚的头发湿漉漉地搭在脸颊上，挡住了鼻子和嘴巴，发梢还在滴水。纱裙也没套上去，露了半截在外面。不知道想着什么，眼眶变红了，目不转睛地看着他。

他调整着姿势替她将纱裙脱下来，一边捧起她的头，用干毛巾为她擦头发和脸颊上的水珠。尽量让自己目不斜视，瞥着窗台边被打湿的玉米棒子。旁边是散落下来的小玩具，掉在水坑里，一片狼藉。

"明天早上离开前，我让小四把玉米都搬出去晒晒，这样子肯定要坏的。"

俞晚很低地应了声，视线追随着他，他的眼睛，他的面孔。棱角分明，眼睛深邃，典型的西方面孔，却是在东南亚土生土长的粗莽汉子。

"你是混血吗？"她忽然问道。

照南是真的有些想笑，认为她有时候也挺像个孩子的，随心所欲地表达着自己最直接的想法和感受。生活施加给她的一些压力，超过了她这个年龄该承受的，让她从来到这里开始，或者更早一些时候，就学会算计别人和设计一些圈套。

对着他却更真实一些，有情绪，有感情。

俞晚没有错过他脸上任何一个微小的表情，轻声问："你曾经参加过类似生存考验之类的极限挑战吗？"

他的手停顿了下，然后将毛巾铺在她肩后，垂下眼睛："没有。"然后抽了身再次离开。

俞晚没有去拉他，心口的酸涩被逐渐放大，像是空落落的洞穴口，忽然迎来一场大风。

"照南，我有时候真是觉得难过，你总对我说谎。"

照南关上门，抬头看夜空。这么些年，属于他的岁月一直都不尽真实，有太多的束缚和责任，压得他快要喘不过气来。包括刚刚那句话，也让他觉得很难过。

小四和徐六蹲在火堆旁烧水，隔着老远冲他挤眉弄眼，唱着山里的歌谣。直觉上，喉咙里又干又涩，他走到小四面前喝了一大口凉开水。

小四笑着递过来一只椰子："之前在集市上买的，陆小姐晚饭都没吃什么,将军你给她送过去吧。"

照南又喝了口凉水,不动声色地看着他。

小四挠挠头,不好意思地笑起来:"陆小姐是个好人。"见他没有反应,小四拍拍手站起来,"你不去的话,我给陆小姐送过去了。"

想到她此刻的样子,照南喉咙里更干了,灌了口凉水说道:"我去。"

于是,又从庭院里穿过,往屋里走去。他在门口站了会儿,听见里面隐忍的哭声,心猛地沉下去,再浮上来时便又湿又软了。

站了很久,直到小四试探性地往这边走过来时,他才用手势阻止了他,推门走进去。

"小四让我拿给你的。"他把椰子放在床头柜上。

俞晚红着眼,所有的委屈都涌上来。她将椰子狠狠地砸在地上:"照南,你浑蛋!"

门打开了一半,照南愣住了,好半天没有反应。直到小四和徐六远远地听见声音,跑了过来,游移不定地朝里面张望着,他迅速地关上门,让他们谁也不准进来。


"我浑蛋?"他朝床边走去,都居高临下地看着俞晚,发起脾气的她像孪了毛的猫。

照南支起她的下巴,整个身子都贴上去,大手伸进褥子里,碰到她柔软的裹胸,声音很低很沉,带着些沙哑:"我让你看看,什么才是浑蛋。"说话间,滚烫的唇彻底地含住她的唇瓣,手在她的后背缓慢地游走着。

她曾经在湄公河逃亡,后背和手臂上都留下了伤痕。有的部位还有些很深的旧疤痕,可是,他却觉得这样非常好。太柔软无瑕,他可能还浑蛋不起来。

俞晚拼命地扑打着,拣到空大声骂道:"照南,你浑蛋!"他单手钳住她两只白花花的手臂，莲藕一样白皙的细长胳膊，不停地晃在眼前，晃得他口干舌燥。他整个身子都压下去，用腿压制着她的动弹，喘息着看她。眼睛很深，却纵横着温柔。

"你之前问，我们南风军的男人有多久没见过女人了，我现在告诉你，除了你，我没碰过任何女人。"

……

听着屋内的动静，小四有些担忧，上前敲了敲门，没有反应。过了一会儿，又要上前去敲门，被徐六拉住了。

徐六的耳朵有些热，小声说："我们去外面逛逛，过会儿就没事了。"

小四担心道："都打起来了！怎么能没事？"

徐六咳了两声，刚刚俞晚那声浑蛋怎么听都觉得有情话的味道。他使劲拽着小四，尝试着解释："比如，你和卖凉茶的姑娘吵架了，你会想要我进去劝架吗？"

"吵架？我怎么舍得和她吵架。不是，你的意思是将军和陆小姐吵架了？"

"可能吧……"

小四走出了院子，再回头看，屋里的光已经暗下去了。他好像恍然大悟："将军就是太直接了，对姑娘要哄着点的嘛……"

徐六看着他忍俊不禁："你好像才认识人家姑娘半个月。"

……

屋里的小煤油灯燃尽了，照南的面孔半明半昧地沉浸在月光里。俞晚却没有再反抗，两个人的呼吸都有些急促，也很滚烫。

她忍不住笑意，轻声问："你刚刚说什么？"

有些话他从不说，但说过的话绝不收回。

手转移到她胸前，摸她的锁骨，没有再往下移。黑夜里，他的声音显得分外沉哑:"除了你,我没碰过任何女人。"

她开始笑起来,眼眶里还湿润着,却非常愉快:"我羡慕二娘,羡慕所有能更早认识你的女人。"

他将她乱糟糟的头发从脸颊上拨弄开来,手指摩挲着她的眉眼:"你不用羡慕她们。"他的感情包括忠诚,全都属于她,在很早的时候就已经全是她的。

"所以,你那天和我说,有命想却怕没命惦记的人,是我吗?"

他很久都没有回答,最后还是俯下身,重新亲吻起来。

俞晚觉得浑身都热了起来,只能尝试着回应他,舌尖轻轻碰触着吮吸着,有些甜,应该是菠萝饭的味道。

在她快要不能呼吸的时候,照南离开了她的唇。但仅是片刻,又覆下来。胸前忽然袭来一阵凉意,俞晚颤抖了一下,感受到他全身的热度,像烧起来一样。

然后,她听见前院里中将夫妻的谈话声。中将妻子和她丈夫说,她给了他们金子。那朴实坚强的退役军人毫不犹豫地斥责了妻子,果断地说要把金子还给她。

后面的话,没能再听清楚,因为身边这个人的动作。

照南整个身子都压了下来,强烈地存在于她每个感官里面,无法再分心。

"我活成地狱的样子,才没有人敢从我这里闯过去。"

照南的话在月光笼罩下的光影中散开,忽然让她泪流满面。

出发去景栋的路上,他们受到一个当地木材商人的热情招待。那是琮少的朋友,家底殷实,无法轻易窥探。俞晚发现这里的贫富差距很大,商人的环境都相对好些,而普通百姓却生活得非常艰苦。

木材商人的妻子年轻美丽，全身都佩戴着珠宝，却很好相处。

照南和她说："在这里的女人，无论她戴着怎样的首饰，都像一只乖巧的绵羊。"

俞晚很想笑："我的性格是不是有些太强悍了？一点也不淳朴，一点也不温和。"

照南懂这句话的深意："你要先得到生存，才能有机会去生活，然后慢慢学着温和善良。"

活在刀尖上的人过着朝不保夕的日子，连性命都不能保证，哪里又可以待人淳朴温和？没有时间和精力去看身边的风景，也没有断残酷更迂回的手段，去安抚每一个受伤的人。

七月中旬天气凉爽，一路上遇见好几场突如其来的大雨。单遥有些水土不服，连着许多天都上吐下泻。考虑到赵叔和二娘的处境，他们最后决定让徐六留下来照顾单遥，他们一行则按照计划前往景栋。

进了城里，刚巧赶上盛大的游行仪式。因为第二天要给孩子们举行剃度，所以这一天需要让他们戴上王冠，穿上王服，肩披彩色绶带，骑上高头大马在集市里游行。俞晚看见人群里被簇拥着的孩子们，有人牵着马，有人撑金伞，队伍浩浩荡荡。

他们被游行的人群挤到了前面，身边都是身着艳丽民族服饰的姑娘，载有吉祥大鼓的马车穿行在其中。声势浩大，与浴佛节当日的游行不相上下。

小四和秦水在前面开路，他们跟在后面，照南一直抓着她的手。好不容易从游行队伍中出来，俞晚全身都出了汗，衣服上全是香瓜的气息。

有个姑娘手捧着槟榔盒和花盒走到他们面前，送了根花枝给她，在错身之际和她说："有人约小姐打百家乐麻将。"

她将花枝抱在手上，看那个姑娘又挤入人群里，一下子就不见了踪影。想了会儿，觉得应该是卡黎给她的消息。

在游行队伍经过后，街道上留下了许多香烛和树枝。俞晚站着的位置可以看到对面小商店里的镜子，她便顺势拨了拨头发，认真地摆弄了两下。从镜子中，她看到他们身后隐藏在店铺里的客人，时不时地朝他们张望过来。

照南注意到她的小动作，抿着唇静静等待着。

俞晚假装和他调情，半靠着他的胸膛扬眉轻笑："爱美是女人的天性。"整理好额前的头发，她的声音也低下来，"我们被人盯上了。"她在身边的窗台缝隙里捞了点前夜下雨留下来的积水，慢慢地抹在头发上，理顺了一些不知道什么时候变硬的头发。

"应该在我们进入缅甸地界时，就已经跟着了，只是在大其力不曾露面。"

俞晚点点头，在他的帮忙下整理好了长发。继续往前走时，她拉着他的袖子，低声说："找到落脚点后，我想要洗澡。"

"好。只要条件允许，你的要求我都会尽量满足。"

"你不会觉得我臭吗？"她有些不好意思，那天之后她就来了月事，好几天都没洗澡了。好在她身体底子不差，不然连日赶路又总被淋雨，她早该生病了。

照南却很坦诚："你说过，这是身为女人的优势。"

俞晚简直词穷，想了半天也没找到有力的回击，到最后很是无奈地承认，性情冷淡和口才了得这是不相悖的。

他们走到市集中心，看见一排低矮的土墙头，里面有个大院子。院子里人来人往，都从一个门帘里进出。

在院墙后看了会儿，听见一个骂骂咧咧地从里面走出来的中年男人气急败坏地说："什么鬼天气，害老子连输好几天。"

俞晚意识到那可能是赌场，看人流攒动，还可能是这片集市最大的赌场。

"这里面有百家乐麻将吗？"她问照南。

回话的是小四："有的，前年我来这里办事，有个兄弟带我进去过，我一时没忍住就玩了两把，结果却输了不少。"说完他小心地看了眼照南，后者却没有什么反应，依旧面无表情。

俞晚想到卡黎留给她的信息，踟蹰了会儿，便决定进去看一看。他们从院墙后边绕进去，墙根处恰好有几个孩子正抓着木枝玩游戏。看见俞晚几人，有些好奇地跟在后面，捂着嘴小声说着话，直冲着她笑。

照南同她解释："他们没有恶意，只是看出来你并非本地人，大概是好奇你从哪里来。"

俞晚点点头，摸着自己的脸好奇地问："我和你们这里的姑娘，差别有这么明显吗？"说着让秦水从布囊里抓了把花生糖果散给孩子们。

小四又抢白道："陆小姐你来这里快半年了都没晒黑，还是白花花的。"

金三角地区是热带气候，全年气候都在20℃往上。四月份是全年最热的时候，那时她在湄公河逃亡，感觉自己黑了一层，其他人却都没发觉。

照南没说话，她又笑眯眯地看向他，一张脸明媚地晃在眼前，只让他想到在大其力时那个夜晚，她白花花的身体晃在他面前。

照南忽然觉得有些口干舌燥，轻咳了两声："应该是感官上面的不同，你的面孔有些像戏里的人。"

掀开帘子进去，可以看到几个门童靠在柜台上，剥着花生在说话。里面人声鼎沸，他们靠得极近才能听到彼此的声音。小四解释说，这些人其实也不是赌场老板请的门童，而是一些地痞喽啰，靠在这里为客人领路和介绍玩法赚取小费。

赌场里的布局别有洞天，木制的二层楼梯上面是包厢，下面是各色牌种。大大小小的吆喝充斥了全场，夹杂着筛子的晃动声，直逼耳穴。

看见他们几人进来，门童一窝蜂地涌上来，七嘴八舌地介绍起来赌场的牌种。

挤在面前的几个大男孩，年纪看着都在十五到十八岁左右。穿着比较市井，有的还套着带流苏的马甲，头顶上系着牛角小帽，有些西方斗牛士的感觉。

俞晚一时间全无主张，尴尬地看着照南。正说话间，有一个男人从后面走出来，相继拨开了挡在他们面前的门童，面含笑意地看着他们。

几个门童低着头齐齐与这男人打招呼，从他们的表情里，俞晚看出来这个男人应该是门童的领头，年纪稍长他们一些，二十七岁左右，皮肤相对白皙，眉目间有些傲气。

他说了句话，几个门童一下子便都没了声音，规规矩矩地听话，转头又回到了柜台边，可眼神里分明又带着不满。

是怪这男人抢了他们的生意吗？

俞晚走近一步，似笑非笑地看着男人，忍不住打趣："大和尚禁止外出，所以便又变成这赌场里的小喽啰了？我是不是应该要给你小费？"

卡黎面无表情地斜了她一眼，转过身时，彻底地变成谄媚讨笑的脸孔。引着她往里面走，介绍这赌场牌种，有大小、牌九、梭哈、马格罗等等。给她的信息很明确，一是秦鲲曾经在这里出现过，二是这里的老板见多识广，结交了许多军队的首领。

他们在一个玩梭哈的牌桌前坐下来，俞晚右边是照南，左边是卡黎，对面也有三个人，听口音是泰国地方人，面前的筹码堆积如山。

卡黎压低了声音在她耳畔说："这里的老板非常喜欢玩梭哈，这是唯一可以吸引到他的方式。"可俞晚是真的一点也不会，好在照南对此还算熟悉。

"三年前，在缅甸山区有个联邦军队和南风军协商军事活动，在梭哈牌的赌桌上送了南风军三年粮饷，吃到今天也该完了。"他的潜台词似乎是要在桌子上将未来三年南风军的粮饷再赢回来。

就为他这句话，俞晚身体里每个细胞都兴奋起来。

推牌手将牌发出来，她看到他面前的牌，黑桃A。对面的泰国人似乎也摸到一张好牌，眼神挑衅。照南面无表情地看着他，修长的手指交叠着覆盖在这张暗牌上。

推牌手发来第二张牌，他直接掀开来，是黑桃8。牌桌上左右两边的人，分别亮出来手上的牌——红桃J和梅花K，泰国人是黑桃Q。

一组之后，所有人都跟随牌面较大一方的筹码。

第三张牌亮出来时，有一人退出了没有再跟。此时，照南亮出的两张牌分别是黑桃8和红桃A，而那个泰国人则是黑桃Q和黑桃J。

泰国人很显然兴奋起来，为首一人还从怀里掏出支雪茄含在嘴里，斜眼蔑视地瞥向他们。只是在看到俞晚时，带着不怀好意的笑容。

俞晚客气地回以一笑，俯在照南耳边轻声问："你有没有把握？"

照南却是不在意地将面前的筹码都推了出去："知道三张同一点数的牌，再加一对其他点数的牌被称作什么吗？"

推牌手的第四张牌发过来，照南翻开来，是梅花A，俞晚明显感受到他因为这张牌而愉悦起来。

"被称作满堂红，又或者，俘虏。这个牌面不算大，不过我一直都很喜欢。"

她能从他的眼神里看出来他对这牌面的喜爱，不在于所谓满堂红的寓意，而是俘虏。如他此刻看她的眼神，似盯着猎物，炽热如火。

俞晚觉得脸有点热，艰难地转移开目光，却禁不住笑起来。

"你这么信誓旦旦，唯一的可能就是最后一张牌是数字8，人家那红桃8已经有了，你要的牌只是梅花8和方块8，要在剩下的十几张牌中摸到这两张牌的可能性非常小。不如那泰国商人的赢面大。"

"是吗？"他的手不经意地蹭过她的手臂，依旧眼也不眨地将筹码都丢了出去。

"我既然想要'俘虏'的牌，就是豁出去赌了。"

围在一边的看客不知什么时候多了起来，此刻都在焦急地等待着最后一张牌的发出。

照南还在分心和她说着对方的牌："如果连续五张都是同花顺的话，在梭哈牌中有个漂亮的名字——蛇。"他眼睛里藏着揶揄的笑，"还记得被冲上浅滩当日，包围你的那几个脸上刺蛇纹的达籁族部落女人吗？你曾经还认为我的眼睛和蛇一样，充满了阴冷气息。"

俞晚不置可否："事实上，即便此刻，我还是有一样的感觉。你的眼神，无时无刻不在向人昭示着它里面的冷。只不过现在，我会看得更深一些。"

"深？深到哪里？"

"你让我对军人有了新的定义，刚硬强悍又铁血冷漠。"

推牌手将最后一张牌发到两人面前，面带微笑地示意他们揭露底牌。泰国人非常遗憾地输在最后一张牌上面，不能凑成同花顺，而照南手中恰恰是方块8。

围观人群中有人忍不住惊叹："这还是今天场子里第一个满堂红。"

泰国人不服气，紧跟着又开了两局。俞晚一边看着照南的牌，一边和卡黎交谈起来。

她表现得对这些牌种很感兴趣的模样,而卡黎这个游走在各大赌场的小喽啰,正在热情地一一介绍着。

有眼尖的客人看到俞晚从她身边那位赢得头筹的先生手里,拨了整整一把筹码丢到卡黎怀中当作小费,大呼她出手阔绰。

卡黎笑得眉眼堆在一起,忙将筹码塞入随身的包里。余光却在场子中四下打量,直到看见一道熟悉的身影。

"等了这么久,闹了这么大动静,鱼儿终于上钩了。"

俞晚一手托着下巴,假装兴致勃勃地看照南的牌,一边偷偷看过去。只这一眼,却让她气得双手直颤:"你不是说这赌场的老板吗?怎么是一个女人?"

而且,还是个相当美丽的女人,美到让她自惭形秽。

卡黎挤眉弄眼:"我可从没说过她是男人,是你自己先入为主。"他转过身仔细地看起牌来,和她小声咬着耳朵,"你如今亲眼看到她,就应该能猜到她的手段。这是个很不同凡响的女人,她曾经用美色让缅甸联邦势力在一夜之间分崩离析,引发了数场夺权之战。而她旗下经营的场子,在那一夜收入上千万。"

俞晚深吸了一口气,慢慢平复着自己的心情,回想起刚刚看到的那一幕。

那个女人斜靠在二楼的木梯上,波浪卷的长发就这么凌乱地披散在肩上,眼窝很深,眉角慵懒妩媚,有穿着西装的侍应弯腰给她递火,她漫不经心地吐了口烟气,像波斯猫一样,却比猫更生动、更水灵,像是浓墨重彩的艺术品。

卡黎的声音低得让她毛骨悚然:"她美得能激起这个时代男人最原始的欲望,在缅甸,所有男人都奉承她为'罂粟精灵'。"

正说着,牌桌上泰国人又输了一局,愤怒地将气撒在推牌手身上。

见照南几人都无动于衷,便趁势撸起袖子朝女推牌手打过去。

也就在这时,哄闹的人群都安静了下来。从他们身后让开了一条道,有保镖在两侧清理着闲杂的看客,后面徐徐尾随着一个女人。

卡黎抿了抿唇:"她的名字也很美,叫萨绮娜。"

几个泰国人顷刻间都被强行请了出去,萨绮娜坐在了他们先前的位置。漂亮的猫眼缓慢地抬起,朝着他们瞥过来。或者可以说,她只是朝着一个人瞥过来。

"照南将军,好久不见,我和你玩一局如何?"从头到尾,她的眼神都未曾瞥向过任何一人。此刻,或者在更早的时候,她的眼里便只有他一个人。

卡黎不怀好意地笑起来,凑近了俞晚:"还有一个消息,你绝对感兴趣,想不想知道?"

俞晚微微蹙眉,示意性地看向他,直到顺着他的视线停留在照南赢得大满贯的筹码上。她斜睨了他一眼,顺手从那堆筹码里抽了一摞给他,这样才算是安抚了自己的好奇心。

"你觉得谁会有这样的能力,可以送南风军三年粮饷?那个联邦军队的长官也真是可怜,被人用作示爱的信使,却还一概不知。"卡黎数着怀中的筹码,乐不可支,"送南风军粮饷的真正幕后人便是你对面这个'罂粟精灵',她在三年前就看上了你身边这个男人。"

## 第七章
## 以逸待劳(中)

照南的牌很好,玩梭哈本就需要敏锐的洞察力和判断力,而他两者兼备,不好的牌及时丢掉,好牌则一路跟到底。其间对方出现过好几次类如"蛇"这样的同花大顺,他都及时收手了。倒是一心为了讨好萨绮娜的两个地方商人,不停地跟牌追捧,输了不少。

从中午一直玩到天黑,结束时照南的筹码已经无法想象。小四高兴地表示,未来几年南风军在各地的行动,都不用再担心经费了。

"我有点怀疑你家将军是个中好手。"俞晚坐了太久,站起来时腰都有些痛了。

照南一手虚扶着她,给她揉了揉,也不理会她的打趣,径自说道:"可以找一个很好的住处,让你洗澡了。"

他示意性地瞥向那一堆筹码,俞晚忍不住笑起来。

这么一来,终究是吸引了萨绮娜的目光。一阵打量后,她满不在意地走到照南面前,半靠在他身上,声音有些娇懒地抱怨着:"陪你玩了这么久,都不陪我一道吃饭吗?"

"萨绮娜,多的是人愿意陪你吃饭。"照南面无表情地说着,后面紧跟而来的两个商人,随即殷勤地表示愿意请她吃饭,萨绮娜却因为照南的拒绝显得尤为不快。

这种事情就是这么回事，根本连敷衍都不需要，他的态度在三年前她就见识过。

"玩了这么久，你不饿，你的朋友也该饿了吧？不如我做东招待你们，好不好？"萨绮娜有些委屈，抱着他的手臂不肯放他走。说完她朝卡黎递过去一个眼神，后者立即附和道："是这样的，如果陆小姐需要周全的招待，在这里没有比我们老板一句话更有用的了。"

在景栋，萨绮娜绝对有这样的能力，可以直接决定一个人在这里的生活，是胜过天堂，还是远输地狱。

"既然萨绮娜小姐盛情邀请，我们就却之不恭了。"俞晚抢先回答道。她认为那个女人在他面前似乎是习惯了低姿态，所以才能这么不顾众人的眼光，一味讨好着。

看起来很有趣啊！

于是一行人又转换着地方，因为俞晚的特殊要求，卡黎也一路跟随着，为她介绍当地的一些特色，时不时地停顿下来，给她和照南说话的时间。

他的表态是，那年在山区和联邦军队的活动，南风军确实出了不少力，所得报酬和付出同等价值，所谓三年的粮饷，他认为是公平交易的产物。

"我并不认为会亏欠任何人，包括来到这里，我也没想过赌场的老板会是她。"他的目光柔和地扫视着她。

"我只是惊叹照南将军的魅力，竟然能够让那个受到无数追捧的'罂粟精灵'，对你这么死心塌地。"

不可掩藏的酸味，让照南的眼睛变亮了。

他的手指在黑暗中抚摸到她的脊背，轻轻地顺了两下，似乎是在替一只气炸的小猫顺毛。

俞晚被他小动作弄得无可奈何，仰头看他。而后听见卡黎在身边尴尬的轻咳声，她才意识到就在不远处，话题中心的美艳女人正在看着他们。

她收敛了对他的捉弄，认真地考虑了下，说道："我是真的觉得，有她在，或许我们找秦鲲会更方便些。"

照南忽然站住了，树影下他的面孔变得遥远起来："俞晚，你可能太先入为主了，如果还有其他的选择，我不会赞同你和她来往。她的聪慧和城府你望尘莫及。"

萨绮娜这个人性格诡谲、难以捉摸，否则凭她一个女人，就能玩转缅甸各大联邦势力的长官之间？仅仅只是靠她倾国倾城的容貌？那简直太愚昧了。

因为这句话，俞晚的心凉了一截。她慢慢地转向卡黎，得到他肯定的点头。

"而且，我有一个猜测，之前那么多年秦鲲在缅甸的生意一直滴水不漏，是因为得到她的默许。"卡黎思量了下，放低了声音，"我在景栋待了八年，一直混迹在各大赌场商会间，就是为了找到机会接近萨绮娜，让她关注到我，提携我，她的态度很大程度决定了我不只是一般人所能看到的小喽啰。之后在会晒，包括进入秦鲲的家中做护卫，有一部分原因都是因为她的人脉关系。"

因为她的名字，让他在景栋上下通行无阻。

走得近了，可以看到倚在饭馆门口等待着他们的萨绮娜，出于无聊点了支烟，迷离的眼神在灯光中显得美丽而妖娆。卡黎的目光变得深邃起来："我很不夸张地说一句，在景栋办事，离不了她，也躲不开她的眼线。她如果想要从中阻挠，我们根本不可能联合其他势力对付秦鲲。"

俞晚顺着他的视线看过去，萨绮娜的眼神告诉她，这是一个看待情敌的目光，毫不掩藏对她的威胁和敌视。

晚餐并不愉快，萨绮娜从头到尾都只是在和照南一个人说话，想尽办法讨他的喜欢。她看不到别人，也不用在意其余人的想法。照南很少说话，吃饭时很专心，哪怕在吃完后也是安静等待的姿态，这是他一直以来的习惯。

好在卡黎很健谈，能够及时地缓解饭桌上的气氛。

结束时，已经有人为他们安排好了住宿，就在萨绮娜名下的一家旅馆里。条件在当地算是最好的，能够有热水洗澡。

照南的房间在走廊的尽头，紧临楼梯，与俞晚所住房间相隔五个房间，有十几米的距离。从她房间的窗口可以看到外面一条长街的集市，到了夜晚还处在热闹中心，有几个小孩捧着花在街道上跑来跑去。长篷下的铁锅里，烧滚了热汤，一阵阵白雾水汽里飘来饭菜的香味……

她站了一会儿，听见敲门的声音。

直觉上有些不对劲，但还是开了门，是旅馆一楼的男侍应。个子不太高，身形有些瘦弱，为她送来了一壶热水。

俞晚接过来时，看见他往门内凑近了些，轻声说道："小姐，有人想要见你。"

她大概猜到是秦鲲的人，但还是试探性地问了句："什么人？"

"你也想见的故人。"男侍应面无表情地转述着。

"我想见的故人？他们在哪里？"她想要套一些话，能够确定的是，从进入景栋开始，秦鲲的人就一路尾随着她，所以才能够在她刚刚入住这里时，就找上门来。

男侍应有些不耐烦了，低声说："我不知道，请小姐快点和我走。"

俞晚轻笑："我一个单身女人，在人生地不熟的地方，仅仅凭着你一两句话,就和陌生的男人出走,你是不是觉得我很好骗?"她故作不知情的样子,有些抱歉地耸了耸肩,直接关上门。

没一会儿,敲门声再度响起,还是那个男侍应。

俞晚维持着客气的笑容问:"先生,如果你还是想要邀请我出门,看来你得换个借口了。"

男侍应根本不理会她的插科打诨,径自道:"这位小姐,请我的人说,如果今晚他见不到你,可能就不会再对你的朋友手下留情了。明天,或许你就会收到一份特殊的礼物。"

"如果我坚持不和你走呢?"

"我只是收钱办事。"男侍应也有些犹豫,他不能保证可以说服面前这位小姐。双方都有些沉默的时候,安静的走廊上忽然传来动静,尽头那个房间的门从里面被推开来。

照南从里面走出来,注视着走廊上的她。

那个侍应,在一瞬间变得恐慌起来,他忽然想起什么似的,赶紧从袖子里掏出一块方巾交给她,压着声音说:"我会在楼下等小姐,希望不要太久,也希望没有其他人知道。"

说完假装平静地离开,正好与走过来的照南迎面相撞。很快擦肩而过,彼此都没有停留,只是互相对望了一眼。

"有什么事吗?"

"没有。"她犹豫了片刻,决定隐瞒。刚刚那个侍应给她的方巾,她确定是云南纯手工织的,丝绸柔软。上面还绣了她的名字,单字晚。她记得这块方巾应该是在琮少家中让赵叔带走的,方便他在缅甸和陆家的卧底接头。

没想到此刻却又回到她手上,以这样的方式。

她返回屋子,照南跟了进来,反手关上门:"是秦鲲派来的人?"

俞晚沉默地看着他,她在他面前逐渐变得不堪一击。干脆将刚刚那个侍应的原话和他重复了一遍,听完后照南认真地思考了下:"我和小四轮流跟着你?"

俞晚点头,一时间也想不到更好的办法,只是隐隐觉得有些奇怪,感觉哪个环节出了错。没有头绪,又不好让那个侍应久等,于是赶紧收拾了下,拿了把枪塞在皮靴里往外走去。

照南跟着她出现在走廊上,头顶的灯被风吹得晃起来,将她的影子拉得时短时长,好像随时都会消失一般。她纤细的背影是熟悉的,但这样让她独自一人离开的方式却是陌生的。

强烈的不安袭上心头,这让他在短瞬间失去了所有理智,只是想要抱着她说一些话,便忽然拉住她的手臂,紧紧地圈住她。

他的声音很低沉,有些隐忍:"我有一种感觉,像是当年小五被送去秦鲲的身边,还有后来眼睁睁地看着大哥中了十几枪而我毫无还手之力,我感到害怕……"

俞晚转过脸,仰头看着他,轻声问道:"你很怀念他们?"

"很想念,还有一些为了我豁出命去的兄弟,想到他们,我就必须强悍。"照南的眼里闪烁着光芒。

看着照南坚毅的脸孔,俞晚仍然感受到他此刻的难过。如果不是这样的身份,不是因为肩负着整个南风军,或许他会像一个普通的男人那样,勤劳朴实,爱护家人。

她环住他的腰,安抚着他的不安:"不用担心我,我不会给你后悔的机会。你曾经说过,只有活出地狱的样子,其他人才不敢从你身上跨过去。我也是这样的想法。在这里,你有整个南风军,而我,也有后面的整个陆俞家族。我们不能软弱,不管是怎样的刀山火海,我们都要义无反顾地闯下去。"

就算她真的不幸死亡,他的路也还是要披荆斩棘地走下去。

"我的命你来负责,你的命在我手里。"

她始终都相信,他是她在这里所能期待和想念的唯一的人,而他也是一样的。他只是期望,他们能够一直一样,太多的环境因素让此刻的他再也赌不起来。

"等你回来了,我教你玩梭哈,或许陆俞家族的小姐不只是擅长斗智斗勇。"

俞晚挑眉轻笑:"就为了照南将军这个许诺,我一定会平安无事地回来,并且带回赵叔和二娘,还有秦鲲的尸首。"

他们在走廊上面说了些话,其间还出现过一个房客,看见他们抱在一起时难掩笑意,倒是让他们彼此都有些尴尬。很快分开,她独自一人走下楼梯。

经过转角时,俞晚忍不住回头看了照南一眼。他站在尽头的窗户旁,半张面庞被黑暗笼罩,半张面庞被光照亮着显露出温和的鬓角。她柔柔一笑,照南亦抿着唇,勾起淡淡的笑意。

这样眉目传神的时刻,她和他都很一心一意地在维持着。

俞晚在大厅里等待了会儿,看到那个男侍应出现在门口的暗光里,对她招手,她不动声色地走出去跟上他。从市集中穿过时,她又看见那几个孩子,互相追逐着在唱歌谣,她辨别出来其中的一句话:在家乡的河湾里停泊了一条船。

依稀想起之前醉酒的一夜,和他在水椰树丛里划着小船,偷得浮生。只可惜当时她醉得意识不清,总感觉错过了什么。

他们在街道上走走停停,从之前的男侍应相继换了好几个领路的人。在路过一家服装店时,还带她进去换了件衣服,然后从后门离开。她的头发被褐色的布巾包起来，黑色的长衫在夜晚显得非常低调，大概十分钟后，她彻底地融入了一群刚刚游行归来的孩子中间。

不远处传来唱戏的声音。

领头的妇人和她解释说："是给孩子举行剃度仪式，才请来戏班子，要唱一整夜到明天太阳出来。"

大概是请他们的人提前知会了，不让他们和她交谈，所以在换了几个人之后，这位妇人还是第一个和她说话的。俞晚追着问了几个问题，可惜妇人已经警觉到自己的失误。无论后来再怎么问，妇人都没再说一个字。

最后的领头是个脸上有刀疤的男人，俞晚被他带着穿行，戏声越来越远，最终那个男人忽然停住了脚步，不再往前走，四周人迹罕至黑暗如地狱。

俞晚也跟着停下来，四面阴暗的环境令她察觉到不对劲。此时那个男人转过脸来，冷笑着看她，一步步朝她接近。

她往后退了几步，低声逼问着："你是谁？你到底要干什么？"

"我是谁？看看我脸上的疤，这是当年照南留下来的！请我的人和我说，你是他的女人，只要把你带到偏僻的地方，其他的就随便我。"他满眼愤怒，燃烧着浓浓的恨意，"你以为我是想干什么？当然是尝尝南风军首领的女人，究竟是什么滋味！"

俞晚倒吸了一口凉气，她早该猜到的，秦鲲不会花这么大的手笔请一些无关紧要的人来，只是为了不让人追踪到。秦鲲是想要她的命！

"听着，收买你的人给了你多少钱，我照样可以给你。至于你和照南的仇怨，与我何干！我和他只是普通的关系，南风军饕餮不足，从我手上拿去许多钱财，我恨他们都来不及！"她试图将自己与南风军的关系撇得一干二净。

可对方的下一步举动却让她彻底地绝望了。

男刀疤抽出腰间的软皮带，阴森森地瞪着她："从你们刚刚进入景栋时，我就跟着了。你们分明就是不同寻常的关系！别再想蒙骗我！"

俞晚放弃了说服对方的可能性，彼此僵持着。她缓慢地呼了两口气，这里绝对不会只有面前这一个人。不论是格斗术还是枪法，她都很纯熟，可是没有杀过人。她或许能够把面前这个男人撂倒，但是她必须要让等在暗处观望的人受到威吓，不敢轻举妄动。

俞晚放轻动作，也尽量让自己隐蔽到彻头彻尾的黑暗中。对面的男人像是已经久未进食的饿狼，便迫不及待地向她扑来。

黑暗的阴影在深深的巷子里被拉长和放大，她果断拔出枪，逼迫着自己扣动板机。

夜色中，只听到"砰"的一声，然后又是一声，那个已经扑到她面前的男人，面目惊恐地顺着墙面缓慢地滑倒下去。

俞晚几乎没有时间去看他的脸，枪声引来了尾随者，脚步声纷杂错乱，有十几个人，她必须在那些人来之前迅速脱身。

她抓准时机往村庄里面跑，风从领口贯穿，从耳边刮过生生地疼。面前这条路好像没有尽头，雾蒙蒙的一片，像是刚刚经过一场大雨洗礼过的孤岛，整个夜晚都是灰暗低沉的，她和同伴走散了，后面有野兽在追她，她不停地跑，不停地跑……然后，有人出现在她面前。

她似乎听见那个人的声音，不停地安慰她，没有野兽了，没有野兽了。很温暖的怀抱，大手一下下地顺着她的后背，抚平她的余悸。

可是现在……

没有人出现，不会再有人和她说没有野兽了。所能看到的是从四面八方围过来的人群，像是没顶包围过来的海水，彻底地淹没了她。

她忽然又感激起来此刻的场景，终于让她回忆起有关那个男人的点点滴滴。原来不只是在最后一次，在她最初经历那些生存考验的项目时，他就已经出现过，救过她，安抚过她。

可是为什么……总不肯让她看见他呢？

就在俞晚被重重包围的同一时间，照南阴沉着脸招来了景栋当地所有的暗哨。在她被带进服装店时，他都没有丢掉她，可却在被那群孩子挤入的人潮中时，彻底地失去了她的踪迹。

有人带给他一个消息，非常不妙。

在他们离开后，沐舜按照总书记供出的那份名单对秦鲲的余党进行了一一盘查。有一些残余的势力，因为盘根错节的复杂关系，让沐舜没办法下手清除。那份名单上，不可避免地涉及了闽樵。暗影军记在他名下，他罪责难逃，为了能够将功赎罪，闽樵成了安全局的卧底。那些罪证最后交到了沐舜手上，但在转交过程中，闽樵被秦鲲的余党发现，并在交火过程中牺牲了。

秦鲲最后的那点希望也全被安全局消灭了，所以，能够确定的是，这一次秦鲲不会再有耐心和他们周旋，只会穷尽手段让他们不得好死。

全身都像散了架一样疼，特别疼，手脚很重，好像被拴住了难以动弹。此刻，俞晚的感觉很微妙，清醒的疼痛和模糊的幻象交叠着充斥着。

她像是刚刚从黑暗的水底里钻了出来，大口大口地呼吸着新鲜空气，四面有凉风穿过脊背，这样的感觉本来应该如释重负，可突然，有什么柔软温热的东西缠住了她在水下的身体，皮质粗糙，裹得她脊背火辣辣作痛。她转过头,看见一条巨蟒张着血盆大口朝她扑过来……

"啊……"俞晚吓得清醒过来,浑身都湿透了,全是冷汗。她还能想象出刚刚那条巨蟒的样子,心有余悸地不停喘息着。可等她平静下来开始打量着周围的环境时,却更加惊恐地尖叫起来,像一个疯子在巨大的铁笼里张望着四周。

明亮的大灯照在偌大无比的房间,整个阴暗潮湿的环境里黑压压的全是人。大部分都是当地人,肤色黝黑而粗糙,年纪大小各异,有十几岁的叼着烟,还有四五十岁的,咧着嘴露出一口大黄牙,不怀好意地笑着。这些人的面孔大多丑陋而肮脏,像是看到了十八层地狱的众多恶鬼,在栅栏外对她手舞足蹈着。

他们七嘴八舌地交谈着,裸露的目光毫无掩饰地打量着她,打量着这个巨型的笼子里,今晚的拍卖品。

俞晚这才意识到自己竟然似乎一丝不挂,完全像是被剥了皮放在案上买卖的物件。笼子外几百双眼睛正盯着她,他们喧闹着,不停地对她指指点点,如同在市井般买卖蔬果,讨价还价……

她惊恐地将身上单薄的娟布扯开来,挡住胸部。可惜杯水车薪,挡得住胸口,却挡不住其他地方。

嘈杂似沸水的声音,害怕、愤怒、恐惧,太多的情绪和感觉冲到头顶……在这个糟糕透了的地方被当作妓女买卖,真是莫大的屈辱!

她的掸邦口音不是很标准,却能听懂他们的话,这些都是普通的百姓。她想让这些人后退,尝试着说一些威吓他们的话,想让他们因为这样的威胁多多少少能够闭嘴。

"我是掸邦民主同盟军将军的朋友,我被人贩子拐卖到这里来,谁去艾古旅馆替我报个信,我可以给他一箱金子,我不会食言。"

那些人并不相信,还是肆无忌惮地盯着她。

俞晚的语气恶劣起来:"我认识南风军首领照南将军,你们谁敢动我,我就让南风军卸掉你们的胳膊,挖了你们的眼睛!"

这句话的威吓效果很显然与众不同,像炸雷一般,让靠在前边的人在听见后逐渐地沉默下来,后面拥挤的人不明就里,慢慢地跟着没了声音。她强忍住胸口泛起的一阵恶心,目光在人群中逡巡,然后挑了一个看上去还算干净木讷的少年说:"把你的衣服脱下来扔给我,我给你一袋金子。"

少年犹豫了下,脱下衣服丢到笼子边上。俞晚伸手去够,好不容易够到,刚刚穿上,人群后头就出现一个声音。

阴冷恐怖,含着胜利的笑意:"陆小姐,真是久违了。"

是秦鲲。

他从人群后走出来,站在铁笼面前。橘黄色的光照清楚他的面孔,半张脸都被烧毁了,大大小小的伤疤,她只看了一眼,就捂着胸口干呕起来。

秦鲲狰狞地大笑:"这就觉得恶心了?陆小姐,你有没有觉得你现在待的这个笼子有些异味?像不像下过雨之后从某个池子里飘出来的气味?"

俞晚不敢想,却忍不住地越发觉得恶心。

"这是兽笼,装载巨蟒的兽笼。你回头看看笼顶,那里加固的部分,就是被它的血盆大口咬断的。"

难怪会觉得毛骨悚然,难怪刚刚会梦见巨蟒……她又想起梦中的场景,忍不住一阵酸吐,恨不得把胃里最后那么点东西都吐出来,掏空了,也就不会再反复作呕。

秦鲲在旁边不停地冷笑着,在看见她这样的反应,心中急于将她毁灭而不得的怒气终于消减了些。

俞晚怒瞪着他:"赵叔呢?还有二娘,你把他们怎么样了?"

"你的那个老管家生病了,你也知道,现在我所有的据点都被端了,手上根本没有太多的金子可以为他请医生。"他面孔阴沉着,隔着大栅栏逼近,"所以,他可能很快就要不治而亡了,都是拜你所赐。陆小姐,因为你,我身无分文。"

"秦鲲,你简直不是人,老人你也狠得心下手?"

"我怎么不能下手?要不是抓到这老家伙,怎么能逼得你现身呢!"

他们说的会晒当地语言,周围的人听不懂他们的交谈,不知道她是被这个人抓来这里的。人群里有人窃窃私语,有人对着他们指指点点。她忽然用掸邦口音大喊道:"照南将军已经收到消息,他的南风军马上就会包围这个地方!"

身边的一些男人都因为这句话吓了一跳。

秦鲲却连声冷笑,慢悠悠地说:"别指望了,南风军此刻应接不暇。如果我没猜错,照南这个时候应该是在百里外的山区,解决一场看似复杂实则很简单的游军闹事。"他比出胜利的手势,有些得意,"陆小姐一直擅长耍各种手段,调虎离山这样的计谋,你应该不陌生吧?"

身体上的疲惫和精神上的折磨,都在蚕食着俞晚快要虚脱的意识。

在这场谈话结束前,秦鲲指着自己被火烧掉的大半张脸,阴森森地露出了牙齿:"别指望了,今天在这里总要让你尝尝被人扒皮的滋味。"

俞晚已经没有力气再去破口大骂。

她看见他消失在了人群中,不一会儿,有两个人拉开了笼子外面的栏杆,让本来被隔在几米外只能动动嘴皮子却动不了手的人群,一下子彻底失去了阻拦的屏障,再度嘈杂起来。

没有了屏障,他们便可以肆意接近高台,可以将那些瘦骨嶙峋、又黑又脏的手伸进笼子里来……

秦鲲就是想让她尝试这样的感觉吗？

看着缓慢围拢过来的人，她紧紧地拉着身上的衣服，可是没有用，他们像是在看一只断翼蝴蝶做垂死挣扎，丝毫没有同情。那些手穿透了铁笼，伸到她刚刚得来的衣服上，拼命地拉扯，数不清的手，躲不过的灾难。

她尖叫着，到最后终于没了力气，脸上的眼泪也干了。

忽然想到父亲临行前问她的几个问题，问她这么多年的训练，最终的目的是什么？不是死亡，而是活着回云南。那样老迈的父亲，在失去过几个孩子之后，对她这个幼女表现得非常溺爱。

他说，如果她不能活着回云南了，下一个来到这里的人，将会是他。那样势在必行地告诉她，守旧不变不足以支撑陆俞家族绵延百年，曾经老祖宗们筚路蓝缕，如今他们也不能坐享其成，这片土地是陆俞家族拓疆僻壤的阻碍，也是基石，所以无论前途多少艰险，都不能止步于此。

她必须坚持下去，哪怕失去尊严，被狠狠羞辱之，却还是要咬着牙坚持下去，不能自行了断……

尤其是这一刻，她还深深眷恋着那个男人——照南。

她来到这片土地，和他结识，过程中有些不太美好，但终究让她窥探到他的感情，让她能够勇敢得像捕猎一样，虏获他的心，虏获战争之王的心。

她本来以为，一切都可以像过去那样在她之掌控中。但直到这一刻，她才发现她错了，这个地方不容揣度，无法被推测演绎，生死一线永远无法想象。

所以，南风军的男人们，只有退役了才敢娶妻生子。

所以，照南一直回避她。

所以，这片土地的生存规则是——自己活出地狱的样子，敌人才能有来无回。

……

她放弃所有的挣扎，任由那些手撕碎了她的衣裳，左右拉扯着她的皮肤。她扫视他们的脸，让自己记住这一张张脸，一张张侮辱过她的面孔。如果她能够活着离开这个笼子，她要一个个地扭断他们的脖子。

她不再惧怕杀人，因为她只能活。

有人将手伸进铁笼里，深入地碰触到她。不同于当地女人的奶白肤色，柔润光滑的手感让他们疯狂地叫嚣，拿出挤破头的气势，向她靠近。

俞晚她只是抬起头，找到这个已经疯魔的男人。她的眼神幽静而冷肃，散发着死亡黑暗的光芒，在这一刻，她仿佛已经从躯体中脱离出来，变成一个彻头彻尾的魔鬼。

男人注意到她的眼神，冷不丁地战栗了一下。本能地驱使自己不要看她的眼睛，却还是忍不住地与她对视，一瞬之后，被她眼底的黑所镇住，动作也禁不住滞缓了。然后，他为了不让自己失去这个拼命占领的位置，闭了闭眼睛，快速地摇了摇头，视线强迫式地从她眼中抽离出来，却突然瞥见她唇边的笑。

不知道在什么时候，她咬破了嘴唇，整个嘴角全是血。这样触目惊心的时候，她还在微笑着。用一种魔鬼式的笑容，让他恍然间似来到地狱。一阵恍惚之后，他已经被挤出了人群。

浑身冷汗，再无力气去争夺。

他茫然地看着全场的男人，似在一个屠场看着待宰的同类。不明白为什么会有这样的想法，可却像是被引入了怪圈，不停地循环着，循环着……一边被人流拥挤着被动前进，被动抢夺，一边却失去了所有欲望。

……

俞晚绝对能够明白,这是属于他们长久以来,过于安乐而无知的懦弱。

人群中,不知道是谁嘟囔了一句:"妈的,几百个男人抢一个外来的女人,屁点甜头都尝不到,还不如回去睡我娘们。"他骂骂咧咧地嚷了几句,声音虽然不大,却足够令身边的一些人都听见。

想想也是一个道理,几百个男人抢一个女人,还有没有点出息了?于是,不自觉地收了手,被后面的人挤了出去。

俞晚轻声告诉那些人:"你们离开这里,连夜逃出景栋,或许可以多活一些日子,否则,追到天涯海角我也要杀了你们。"

说这话时,之前给她衣服的那个少年,被她满脸的血镇住,支支吾吾地说了句:"姐姐,姐姐我帮你去叫人,你别杀我。"他身边的男人扭着他的胳膊一阵痛骂,大喊着她这样的女人有什么好怕的。

她不可怕?

的确,之前照南曾经很多次想要让她明白,在这个地方——金三角的中心漩涡里,太多她无法想象的势力,无法抵抗的人,可是她一直都未能真正领教。她认为这里的平民大多淳朴憨厚、心地善良。她认为有些财主即便贪婪无度,却尊重人格。

可是现在,她认为她错了。她把他们都想象得太浅,所以才让自己得到这样屈辱的对待。

她向那个男人招手,轻声笑着:"你过来,靠近一些。"

那个男人一口黄牙,张着嘴大笑,乐呵呵地凑到铁笼边上,以为她被他镇住了,想要给他点甜头来讨好他。可是,他却怎么也没有想到,这个在他看来柔弱不堪、毫无还手之力的女人会忽然狠狠地掐住了他的喉咙。

"我依旧认为,这里大部分的百姓都很单纯勤劳,他们崇尚太平,与世无争,习惯用劳作换取果实,他们很好,都曾经善待过我,热情地招待过我,我很喜欢他们。但是像你这样,不值得被这片土地包容。"

她的声音很冷,像是十二月吹过雪的冷风,穿透了这个屋子,这个夜晚。像是滚油里落下了水,栅栏周围的人都炸开了锅,有因为恐惧而后退的,也有继续撕扯高声叫骂的。

给她衣服的少年被人群拥挤着,扑过来抓着她的手,一遍遍地恳求她:"求你不要杀人,不要杀人。"

她双目如炬地盯着那个少年:"如果有一天,你的亲人也被关进这个笼子里,而这个男人也在侮辱她的身体,你会觉得希望他们反抗吗?"

少年点点头,忍了好久的眼泪掉了出来,还是固执地说了句:"可是姐姐,不要杀人。"

真的是懦弱……

最终,俞晚还是放了手,不是因为顺从,而是她失去了最后一丝力气。险些丧命的男人捂着脖子不停地粗喘着,恶狠狠地瞪着她。忽然从人群里冲了出去,过了一会儿又跑进来。这时,他的手上多了一条铁链。

所有人都能意识他接下来想做什么。

一旦被套上枷锁,与野兽又有何异?

俞晚真的没了力气,奄奄一息地靠着栏杆,看着那个男人警惕地走过来,任由他用链子捆住她的手。缠了好几道,动作粗鲁,铁链把她的手腕磨破了。

俞晚小声说:"你会死的。"

男人大笑:"我怎么死?在我死之前,我要先把你折磨到死!我已经付了酬金,你是我的了……"他阴冷地笑着,一巴掌狠狠地扇过来,将俞晚半张脸打肿了,嘴角也打破了。

"在这里,女人就是垃圾,你看我不打死你!"他举起手,巴掌再度落下。他抓着她凌乱的头发,不停地拉扯着她,将她死死地按着,一下又一下地撞着栏杆。

俞晚绝望地闭上了眼睛。

这一刻,她想到照南,想到那个刚硬如铁的男人,可能没有办法再坚持下去了,等不到他来了……

眼泪无声滑落,枪声猝然响起。

围猎场上变成真正的地狱,因为照南的声音:"全部抓起来,一个也不许放走!"

……

等待真是太漫长了,像是经历了几千光年……俞晚任由自己流下眼泪,她的脆弱在他面前无所遁逃。

"俞晚,对不起。"

照南紧紧抱着俞晚,快要把她的骨头揉碎了,揉进身体里。第一次在她面前展露害怕和恐惧。他对她的感情,浓密而炽热,再无从掩饰。

俞晚却不知该高兴还是难过,她只有一个问题。

"你是他吗?照南,不要再对我说谎。"

他没有回答,抱着她从笼子里走出去。看见阳光的时候,因为刺眼,她再度闭上眼睛。这一次,他给出了明确的答案。

"俞晚,我不是他,不是你认为的那个人。"

照南杀了刚刚那个男人,将所有的人都逼到了角落里,被南风军黑暗幽深的枪口对着。

俞晚坐在背光的风口,被帘子挡着,她从缝隙中看小四和徐六的面孔,和照南很像,阴冷而决绝。单遥也赶了回来,拿着衣服在往她身上套,眼睛红彤彤的,不停地掉着眼泪。

在另一边,秦鲲举着双手被按在墙壁上,脸上全是伤口,嘴巴里的牙齿被打掉了几颗也不知道。刚刚在混乱中,不知道是谁对他动了狠手,只可惜没能彻底地杀了他。

他在威胁徐六:"只要我今天死在这里,云二娘和那个老管家都见不到明天的太阳。"

"你把他们关在什么地方?"

"你想不到的地方。"他还在挑衅着。

徐六给了他一脚,将他撂趴摔在地上。

整个过程,照南视若无睹,他的目光始终追随着俞晚。再也没有比此刻的感觉更真实而强烈,他想要安抚这个女人。

他示意单遥离开,拿过一边的长裤,给俞晚套上。动作很慢,可以清晰地看见她腿上的淤青和指甲印,有些地方还被抓破了皮。

他强压下心中的怒火,拿过药膏给她抹了抹,确定所有伤口都被清洗和处理过之后,将她抱着放在自己腿上,给她穿戴好所有的衣服。

俞晚配合着他所有的动作,后来应该是想到什么,于是问道:"你怎么会突然出现在这里?秦鲲说你去了山区。"

"有人来报信,说是看见你被带走了,离开了景栋。我不太相信那个人说的话,但还是假装受到了蛊惑,安排了替身离开,反追踪给我报信的人,才能找到这里。"

过程有些复杂,但是不重要。他尽量言简意赅地表达他的想法,但其实现在他脑子很乱,有强烈的想要杀人的冲动。

"为什么认为我还在这里?"

"你只能在这里,俞晚,我相信我们之间有一些默契。"他深深地看着她,不想错过她任何一个需要他的眼神。

但是没有。

俞晚表现得很坚强,她不想让自己太软弱,又或者特别委屈,这样只会让他更无纵无往,最后选择死亡。

她冷静地回忆了下当晚的情形:"那天我杀了一个男人,从巷子离开时一直往前跑,后来被迎面而来的一群人包围住,回头看时才发现后面的人也追了上来。领头的那个说的也是掸邦方言,可是,他们好像和后面追上来的人有一些争执,甚至还动起了手。"

俞晚揉了揉头,更具体的细节回想不起来,但她很肯定当时包围她的人,并不属于同一股势力。

"至少,至少那天晚上有两拨人,他们之间有分歧,如果后面追上来的那些人是秦鲲找来的,那么还会有谁能够和秦鲲的势力作对?秦鲲依附掸邦势力,而这个地方正是掸邦首府中心,那样滔天的势力,谁还能与之作对?"

"我不认为秦鲲还有这样的耐心会一直折磨你,而不是干脆地杀了你。"

所以很显然,有另外一个人指导了这场行动,将她丢在了牢笼里拍卖,且秦鲲必须服从那个人。

到底是谁?能够越过景栋最大掸邦势力,让秦鲲不得不低头?

想来想去,只有一个可能,唯一渺茫的、让人难以接受的可能——萨绮娜。

那个"罂粟精灵"?她为什么这么做?因为照南?因为她对一个男

人青睐有加，而那个男人却对她兴致缺缺，所以她就将所有的不满发泄到另外一个女人身上，将其视作仇敌？

……

俞晚不敢再想下去，舔了舔唇，将视线移向角落的那些人。其中有一个少年，一直瞪着血红的眼睛，朝她这边张望，双眼里写满了恐惧和哀求。

她忽然不想让自己变成和刽子手一样的人，尝试着和他商量："那个少年刚刚帮助过我，你将他放了吧。至于其他人，不要杀他们，好不好？"

多绝望的时刻，也不能让她变成这样心狠手辣的人。

照南顺着她的发丝抚摸着她的眉眼，轻轻吻着她的眼睛，一遍遍地重复道："只要你想，都可以。"

徐六逼问了秦鲲很久，也没从他的嘴巴里套出任何有用的信息。俞晚有些担心，很快就坐不下去，走到秦鲲身边。

她看着他，这个男人真的是无情无义，当初在他半山腰的豪宅里，如果不是二娘阻止了照南，他根本活不到今日。

她缓慢地蹲下来，死死地盯着他："告诉我，除了你，还有谁？"

他错愕了一会儿，反问道："什么还有谁？"

"秦鲲，你没有选择，你说不说都逃不了一死。不如仔细想想，你认为此刻应该在百里外山区的照南，为什么会突然出现在这里？究竟是谁背叛了你？"她继续引诱着，"或许让我更明白地告诉你，有人通知了照南，你说是谁这么迫不及待地想要讨好他？我知道你的目的是为了让我死，可与你合作的人，仅仅只是想教训我不是吗。你没有必要替一个背叛你的人背黑锅。"

"别想糊弄我,这件事从头到尾都只是我一个人干的。"

"你害怕她?害怕那个跟你合作的人?"

秦鲲死咬着牙关,没有理她。

"你刚愎自用,这一生都不曾得心腹誓死追随,不曾有过命的同伴,你知道是为什么吗?"

他抬头看她,目光里错综复杂。

"因为你不曾真正相信过谁,所以,即便你不说,我也知道是谁。你说了,只会让我笃定,连你的那份一起教训了。"

她转过身,秦鲲却抓住了她的脚,恶狠狠地大笑起来:"反正我都要死了,我要让背叛过我的人都一起跟着下地狱!好,我告诉你那个人是谁。"他停顿了一下,最终狠下了心,"她就是……"

话还没说完,就被身边一个南风军开枪射杀了。

俞晚惊讶地看着那个人,后者却支支吾吾地解释:"我刚刚看见他的手在腰腹移动,我怕他是想拿枪伤害小姐,所以,所以……"

俞晚回过头和照南对视了眼,彼此都很清楚。

在刚刚的混乱中,就有人想要取秦鲲的性命。现在看来倒也很明了了,应该就是面前这个士兵。

徐六得到照南的授意卸了这个士兵的枪,将他捆绑住。循例对他盘问了一阵后,确定他并不是南风军。

"是谁派你来的?为什么要杀秦鲲?"照南捏着士兵的下巴,眼中带着冷意。

士兵咬紧了牙关,绝口不提他身后指使的人,更是在照南松手的刹那,咬舌自尽了。

死无对证,真是好极!

就在这时,门被推开,萨绮娜带着人慌慌张张地跑进来,然后看见满屋子乌糟糟的男人，冲天的恶臭，一时间皱了皱眉。

俞晚无暇看她，目光追随着后面走进来的两个人，她的脚步缓慢地移过去。

隔着几步远，赵叔朝她跪了下去，低声说道："小姐，对不起，让小姐受苦了。"

俞晚摇摇头，赶紧将他扶起来，看他行动自如才放心了许多。这才能看向他后面的人，那个曾经以一生渡河为心愿的湄公河女船王，如今消瘦得不成人形了。好在她面容如旧，没有被那场大火毁了半分。

可当她已经走到面前了，云二娘仍旧没有察觉，视线似乎没了焦点。只是凭借着女人的直觉朝她伸出了手，在半空挥舞着，试探地问道："是不是俞晚？"

俞晚呆在原地，顿时哑然失声。虽然她们只有几次时间不算太长的交流，却救过彼此的命，分享过心里的秘密。她尊重和敬佩这个敢孤身送命的女人，她也希望她能过得很好很好。

可是为什么？为什么看不见了呢？

俞晚握住她的手，哽咽得说不出话来，倒是二娘早已坦然了，反过来安慰她："没事，火太大，就把眼睛熏瞎了，能捡回一条命我已经满足了。俞晚，谢谢你。"

这是女人之间彼此珍视的情谊，俞晚忍了很久，终于还是忍不住哭出声来。

……

另一边，萨绮娜讨好地看着照南："你的人我给你带回来了，要怎么报答我？"她丝毫不顾在场许多人的眼光，娇媚地缠着他，追问着报酬。

照南面无表情地打量了她一眼："萨绮娜小姐，你可以开个价。"

"我不辞辛苦地为你翻遍了整个景栋，你觉得什么价格可以愉悦我？"她斜挑着媚眼，饱含暗示的色彩，指引着她一直惦记着的男人，"不如，照南将军以身相许？"说着话时，她整个人都贴住了他的身体。

照南不客气地推开了她："萨绮娜，在你出现之前，有个混入了南风军的人伺机杀害了秦鲲。你不觉得这件事，需要给我一个交代吗？"

萨绮娜惊讶地捂着嘴，看着倒在一边的士兵，委屈道："你怎么可以这么冤枉我？我根本不认识这个人。秦鲲是谁，我也不知道。"

她将自己撇得干干净净，因为没有证据，照南也不好再追问下去。只是离开前，若有所思地看了她一眼。

这一眼，让萨绮娜忽然间如坠冰窖。那样充满了警告意味的眼神，她还是第一次从他的眼中看到，因为另外一个女人。

她真是，嫉妒得快要发疯了……


黑暗而隐秘的丛林密屋中，四面的墙上都是爬山虎，密密麻麻地从屋子底下一直延伸到屋顶。蜘蛛网缠结在窗户上、门上。屋内陈设简陋，一张窄小而潮湿的床贴着墙，墙面上全是斑驳裂缝。

也不知过去多久，破碎的窗户里投来一束月光，拉长了层层裂缝中的三个影子。

"在来这里之前，我给过你消息，不要动她。包括在秦鲲家中那一次暗杀，我已经给了你机会。"

"你是温柔乡躺久了，脑子也糊涂了吧？在会晒也就算了，我只是想提醒你们快点行动，不要让掸邦势力有可乘之机。可在这里呢？你当这是什么地方？在这里，多少双眼睛盯着你们的一举一动，多少暗杀行动在黑夜里悄无声息地进行！我再不给她一记警钟，她怕是还以为自己来了天堂。"

"她很清醒，只是不愿意杀人。"

"我也很清醒，在这里，我不杀生，则被杀之。"到此为止，这个声音后来没再说过话。倒是一直旁观的人，慢悠悠地接了话。

"她之前试探过我，她已经对你生疑了。"

"她很早之前，就开始怀疑我。"

"呵呵，老大你藏得挺好呀，怎么露馅了？是不是之前在德国留下了什么？"说话的人轻笑起来，打趣着缓解了几人之间的尴尬。

如果不是事态紧急，不可能出现这样夜谈的场面，现在的境况实在太危险。不过，另外两个人都知道，如果不到场，可能会更危险，因为老大生气了。

他们的老大，多少年不动如山，却因为那个女人最近变得坏脾气了。

谈话很快结束，三个人相继从不同的地方，间隔了一段时间才离开。

这个丛林密屋，依旧是被废弃了很多年的破屋子，刻满枷锁和粗陋，好像他们都不曾在这里出现。

同一时间，俞晚和云二娘在旅馆的大床上彻夜长谈。

从离开旅馆开始，杀人，被扒光了衣服，被圈禁买卖，忍受肮脏的侮辱，到照南来救她……太多的事，让俞晚迫切需要一个发泄的出口，她从来没有这样孤立无援过，那么恐惧，恐惧于失去他。

"以前，很长一段时间里，有一个我从来没见过的人，他救过我，而且可能还不止一次，却从未在我面前出现过。二娘，你能明白吗？我爱上一个影子，对他朝思暮想了十几年，很多时候，支持我走下去的，不是陆俞家族，而是他，是遇见他的希望。"她断断续续地说着，也不管二娘听不听得懂，"后来，我以为我真的遇见他了，我试探过很多回他都回避了，可这一次，他却直接拒绝了我……我好害怕，二娘，我真的好害怕，我害怕他不想活着离开这里了……"

云二娘不停地点头说:"我明白,俞晚,我不知道你的影子是不是他,可他那种性子的人,他如果拒绝你了,便是真的拒绝了……"

"这一段日子,秦鲲总用鞭子抽打我,总指着我骂你和照南。俞晚,后来我才明白,戏这种东西不能演,演多了容易当真。可到最后才能发现,当真的也只有女人而已。"

俞晚没有再也说话。

他们之间,彼此都有自己的使命和要扮演的角色,但属于他们两个人的感情,无关戏目,不可重演。

因为没有直接的证据可以证明萨绮娜介入此事,所以俞晚暂时放弃了对她的追究。在旅馆里休息了几天后,开始着手安排一些事情。

"麦启尔在泰国处理了秦鲲的暗线,缅甸这边的据点也都清洗干净了,赵叔,你和麦启尔先行回云南吧。同父亲说,可以安排人来接手这些商铺据点。"

"好。"

赵叔和麦启尔离开后,俞晚又让秦水回到会晒,去处理和琮少一些合作的事情。闽樵之死让她对这个莽汉有些唏嘘,特地嘱咐了秦水去慰问一番。

身边的人全部都安排离开了地方,只是单遥死活不肯走。俞晚问了半天才知道,因为先前她水土不服,徐六一直在照顾她,两个人生了感情。她不肯走,也是因为徐六。

俞晚和照南商量了下,遵循他们的意思,在当地为他们举行了一个简单的仪式,算是正式在一起了。

仪式当天,南风军的将士们围在一起摔跤、爬槟榔树、斗牌旗,玩到大半夜。俞晚看着他们闹腾,心里是真的高兴。

卡黎还给他们搬来了一些好酒,大大小小头衔的士兵,都喝倒在一起。

照南被小四灌了两杯,又因为徐六敬酒多喝了几杯,脸也跟着红起来。平素里多正经的人,到后面也像一个寻常的山野男人。

"云南婚嫁的习俗是否繁复?徐六娶了云南的姑娘,要不要去拜访单遥的父亲母亲?"

俞晚觉得好笑,想象不到他一个大男人,还有这样细的心思。

"以前婚嫁的过程都很漫长,从请媒人下聘礼到交换生辰贴有很多步骤,我母亲和我说过,光是正式行礼那一天,就能把人给累垮,成一次亲要累上大半年。"

他忽然眉目温和下来。

俞晚见他无话,有些难过:"你拿徐六当亲弟弟看?"

他点点头,眯起眼睛来看远方的白塔。

"我发觉你这个人,还是对兄弟好些,对女人,就……"她停顿了下,苦笑起来,"对女人就差了许多。"

照南的眼神暗下去,只一瞬,俞晚想起两天前云二娘离开的时候——

云二娘要求回湄公河,从此和南风军再无瓜葛,所有人都表示理解,照南派人将她护送回去。这个漂亮的女人,经过这一次,再也不复往日的妩媚,变得沧桑而从容。

她说:"俞晚,爱一个人的时候认认真真地去爱就行了,我一点也不后悔曾经对秦鲲动了心,这场戏是我心甘情愿演的。"

……

两个人沉默着,照南忽然转过头。

"陆俞家族有几百年的基业了?"

"四百年。"

他微微蹙眉:"那么,应该牺牲过很多人。"

俞晚微笑:"不计其数。"

"南风军在这十年里也牺牲过很多人,大部分都是我亲手给他们安葬的。"他忽然靠过来,扶着她的额头轻蹭了一下,"俞晚,我只希望你好好地活着,这是我唯一的想法。"

## 第八章
## 以逸待劳（下）

俞晚在景栋住了一段时间，这里的赌场很多，大大小小，完全没有隐蔽。人们进出来往，以此为乐。而且，这里经常有一些泰国少女被拿来买卖，其中年纪最大的也不过十七八岁，年纪小的才只有五六岁。

见不得光的生意是在黑市里进行，由此，她了解到一些事情。

那天晚上因为孩子的剃度仪式，整个城市都在狂欢，在她被打晕后，有人辗转了好几道关卡，将她送上了黑市的交易台子。

那个人说的是地道的方言，言行举止很有规矩，看得出是军队出身，只是当时穿了便衣。

按照之前那个刀疤男人的态度，如果是秦鲲的人，一定会在那个巷子里将她扒光了羞辱，不可能有那样的耐心等到后面。此处的掸邦军队包括各种大小的游军，民族兼容性很大，语言多样化，如果说着地道的方言，只可能是城中富贵人家的本土护卫。而这个护卫曾经受到过军人的训练，意味着这个富贵人不仅有钱，还有人脉，能够从强悍且规矩的军人里挑护卫。如果秦鲲仰仗的真是掸邦军队，那么，还会有谁能从本土最大的势力中带走自己？

俞晚笃定，除了萨绮娜，不会再有其他人。

这个女人是缅甸公认最美的女人,同时又有残酷的手腕和无法窥探的财富。最重要的是,她有动机,因为照南。

俞晚喝了口凉茶,拨弄着面前的芭蕉嫩肉。这家店的手艺很不错,肉烤得外焦里嫩,肉汁也很多,油而不腻。

有人从街尾走过来,俞晚一边嚼着肉一边用余光打量那个男人。在他身后三米处有一支军队,穿着统一的亚麻灰军装,不苟言笑地打量着周围的环境。集市上的人在看见他们时,大多数表现得都很顺从。

那是一种长期迫于他们的压力下,习惯性的顺从和服帖。

阳光有些刺眼,俞晚垂下眼,认真地享用着面前的午餐。直到那个人在她对面坐下来,打破了这份午后的宁静。

"陆小姐一个人吃午饭?"

这一次,她能够清楚地看见这个人的面容。皮肤黝黑且粗糙,眼睛狭小泛着精光,嘴角往下含着狭促的笑,典型的小人脸。

"这是搭讪的方式吗?长官。"她微笑着放下木勺,将一盘凉糕推到他面前,"长官尝尝?"

"陆小姐不用客气,叫我哈林就行。"哈林摘下军帽放在一边。

俞晚不太能够分辨军帽和袖章上的图案表示的头衔,仔细地回想了一下问道:"长官在掸邦民主同盟军中任职?"

哈林吃了口凉糕,漫不经心地评价了两句,然后才回答她的话:"我是上校。"

俞晚恍然,他又解释说:"陆小姐先前在会晒做了一些事情,让我不得不对一个女人另眼相看。这次陆小姐莅临景栋,我代表我们将军对你表示热烈的欢迎,并为此次与你接洽商谈合作事宜而感到分外荣幸。"

她抿着唇,望了眼在不远处的鸭寮下活动的小四,又收回目光。

"如何合作?"

"很简单，陆小姐提供资金，军队会负责你的货运安全。"

"这是在变相地收取保护费吗？"

哈林脸色有些不好看，或许是因为她话语间的露骨，让他认为她是个聪明但不识趣的女人，于是他整理了军帽重新戴上。

"这里是景栋，受到掸邦军队的直接保护，所有商人要从这里出口买卖，都必须经过掸邦军的审核。"

俞晚面无表情地戳着盘子里的肉："长官，出口贸易的规矩我懂，只是前不久才有人对我公然打压，现在却当作什么都没有发生过，用所谓的势力强行要求我交保护费，这让我怎么都觉得不爽快，自然也不能好好谈合作了……说得难听些，现在的确是你们掸邦军队占据了东面这些地方，可山区里大小游军那么多，其他的不说，就拿南风军来看，有朝一日占领景栋也不是不无可能的。今后到底谁才是这里的主人还不一定呢，您说是吗？"

"你！"

"哈林长官，如果真心想要和我合作，就请你将那天晚上追杀过我的人都交出来，我自然乐意奉上保护费。"她缓慢地嚼着嫩肉，用薄荷水浸过的布巾擦着手，"长官，知道在你来之前，我在想什么吗？"

哈林不知所以，瞪着她。

"我在想，这景栋是否有掸邦军队忌惮的人，需要他们的长官卑躬屈膝来向我一个外来的商贾低头？既然低头了，为什么还端着架子，不怕南风军今晚就掀了你们的老巢吗？"

"他敢！"哈林怒极，抬手取下头上的帽子甩向桌子，震得俞晚盘子里的肉都颠了起来。

她无谓地瞥了眼哈林，没有说话，后者气得欲要掀桌，就在这时，一道冷若冰霜的声音插进来："我怎么不敢？"

因为山区一些事情，这几天照南常常外出，没想到回来得正是好时候。

哈林登时目瞪口呆，尴尬地举着帽子，对他点了点头。

毕竟掸邦军队才是这里的地头蛇，照南并没有要拿下景栋的打算，所以缓和了面色，转移了话题与哈林寒暄起来。

俞晚觉得无趣，索性和旁边的一个小孩玩起游戏。余光中，她瞥见照南拿起她用过的餐具，毫不犹豫地吃起来她刚刚想要浪费的芭蕉嫩肉。又用她喝过的杯子续了凉茶，放在唇边轻轻抿着。

自然而不经意。

可这样的举动，令那位对她假客气的哈林长官诧异不已。

俞晚低下头继续和小孩编草绳，心思却总在照南身上。之前在会晒，许多人都以为她是照南未来的妻子，所以忌惮她。到了这里，尤其是在被萨绮娜那么一番教训后，她突然觉得要做他的妻子着实不容易。

太多次的默认，都让他们越走越近，也越来越远。

到了晚些时候，哈林送来了几个人，都是那天晚上帮着秦鲲追捕过她的人。照南坐在草棚下问她打算怎么处理。她有些缓不过神来，好半天才察觉到这并不是对她的讨好，而是对他的忌惮。

"因为下午你和哈林的谈话，那高高在上的长官感觉到威胁，所以赶紧送来了赔礼，是吗？"她笑意很淡，"为什么要这么做？"

照南将从其他地方带回来的花束交给单遥，和她交代待会儿剪几枝放在俞晚的房间里，然后转过头看着俞晚，低声说："我也想讨好你。"

俞晚唇边的笑僵住，听见他的下半句话："毕竟，如果陆俞家族在这里开设了商铺，对缅甸对我们南风军来说，都是互赢的局面。"

不是单纯地、简单地想要讨好她吗？

她沉默了一会儿，看着单遥手里的花枝，觉得有些不舒服。

照南却开始说起其他的:"这两天南风军在管辖山区截取了一批货,都是宝石,大概有三大箱子,我猜那批货很可能是哈林想自己挪为私用的军资,所以迫不及待地对我示好。"

"你的意思是,哈林的长官也就是掸邦军队的将军,并不知道这件事?"

"下午的谈话,他明里暗里向我示意过很多次,有关宝石那件事,他想私了。"

"你答应了?"

"我没有。"

"为什么?"

照南抬起眼眸:"我想听听你的意见。"

她想了一会儿,权衡许多利弊,慢慢说道:"与小人合作不是长久之计,之前他们想借你的手铲除秦鲲,后来又想借秦鲲一举消灭了你,如今还想从你手上得回来那批宝石,保不准拿到了货,他就会对你开火。毕竟,这里是他们的地盘。"

照南点头,他的想法很直接,借这批货让哈林消失。

俞晚表示赞同,她已经等待了太久。

"你不好奇,为什么我来这里这么久,都没有行动?"俞晚忍不住问。

照南微微蹙眉,好看的浓眉敛成剑。来这儿的初衷是救二娘和赵叔,他本来不认为她的下一个目标也在景栋,现在看来却很微妙。

"金三角地区,最难疏通的便是老挝和缅甸,这个地方我一定会来。这里势力复杂,几乎每天都有游军战争。你之前说过,有些散兵游勇想要从掸邦军队中脱离出去,这恰好就是我想要用的。

"不如你把那批珠宝丢到邬邦的山区里去,和哈林说是对方出了更高的价收购,就让他们两方争斗,然后再散些消息给那些游军,让他们窝里斗。不管谁输谁赢，哈林都免不了最后的仲裁了。"

她拍拍手，示意照南伸出手来，将下午编的草绳替他系上去："用三十六计里的一些计谋来形容，可以是反间计，也可以算是远交近攻，整体来说，我觉得以逸待劳最合适。将军，你觉得如何？"

草绳的长度似乎有些短了，套在照南强壮的手腕处显然很紧。俞晚又重新拿下来笑道："我再编长一些，希望将军不要嫌弃，这是我送给你的礼物。至于原因很简单，我也想讨好你。"

照南没有说话，视线长久地停留在那串草绳上面。

俞晚才刚开始学，编得不是很好看，可却是她送给他的第一份礼物。他拿了过来费力地套在手腕上："大小足够了，不需要再长。"

他不习惯戴这些东西，用手指松了一下，很快就适应。

俞晚感觉到他似乎被愉悦到了，也跟着开心起来。

"你不想问问我，为什么这一次会选择这样的方式？"

照南抬起头，用困惑的眼神告诉她，他其实也想知道，只是没有打算问出来。不过既然她先说了，这个话题还是得继续下去。

"过去在会晒，我可以借很多人的手，借他们去对付秦鲲，但是我选择了花更多的时间，更曲折的方式。因为我珍惜那里的文化和传统，不想让他们沦为我刀斧下的鱼肉。可在这里，我选择了以杀止杀，让他们去战争，不再考虑无辜的人，只为了最后的结果，不在乎过程……我变得残酷了，是吗？"

她微笑起来，目不转睛地看着他手腕上的草绳："照南，我变得残酷了，虽然这确实也是最好、最快捷有效的办法。"

在这个地方，唯有杀戮才能制止杀戮。这片土地它还需要很长一段时间的战争，才能够让种种不堪的行为得到法律的束缚和制裁。而陆俞家族长久地扎根和生存，也正需要这种束缚。

无规则就无长久。

照南没有说话,只是在她要离开的时候,下意识地抓住她的手,握在手心不愿意放开。

他知道刚刚有些话,让她难过了。

这些天,那个场景反复出现在他脑海中。他推开门,听到那个男人对她的侮辱,看到铁笼里的她,衣服被撕烂,大半个身子露在灯光下,像凋谢了的鸢尾花。

像是被人掐住了喉咙,他感觉自己快要死了。

已经很多年没有过那样的感觉,就连在孤岛面临一望无际的海面和黑暗,也没有过那样强烈的冲动。他对人不是很在意,甚至对自己也没有那么在乎,除了她。

只有真正地把她抱在怀里,听见她的说话声,他才逐渐找回自己的理智。如果不是还有她在怀中,他真的会立刻处理了那些人,会毫不顾忌地杀了秦鲲。

这是他唯一的死穴。

……

因为那一幕,让他彻底清醒过来。这些年来,她不曾有机会真正地了解一些事情的本质,身边也没有人帮她还原那些真相。但那些事情他都曾真实地介入过,只是不能说,带进棺材里也不能说。

他所能回想起在德国经历的各种,作为她的影子而存在着,不惜一切代价保护她,让她活下去,现在在这里也是一样的。不管他的身份是影子,还是南风军的首领,他的存在都是为了保护她。

所以,如果没有命,还哪来爱她的资格?

"俞晚,你不残酷,只是在这里,不得不残酷。"他松开她的手,在她放下的时候，又重新抓紧，用大掌包住，"那样的情况不会再发生第二次，我以性命向你保证。"

俞晚忽然觉得眼眶热起来，反过来握住他的手，在掌心里交替着两个人的微温。

很多个时候，俞晚都觉得他就是那个人。否则，仅仅是伙伴，为什么给她那样熟悉的感觉？

"以前导师常常和我说，我是个幸运的姑娘，我也真的觉得自己很幸运，能够在很多危险的时刻化险为夷。所以，我让自己变得更优秀，更强大，不仅仅为了家族，而是为了那个人，那个让我变得很幸运的人。"

她知道他一定会懂自己在说什么。

"照南，知道我为什么信佛吗？"

他抬头，目光炽热。

"我们这一辈人的时代，不可能再按照旧制的规矩和道路来践行。我虔诚向佛，相信宿命轮回，只希望所有的人都能活着回到云南……"

她捧起他的脸，轻轻地吻住他，眼泪无声滑落。

她此刻的信仰，是只要他活着。


三个月后，哈林被掸邦首领处以绞刑。

经过大大小小数十次战争，掸邦民主同盟军的隐藏势力全部瓦解，各方军队安插在里面的人都一一被拔除，原先一些游兵散勇也各自选择了投降或者战死。

以密支那为首府的邬邦势力，为了讨好南风军，又将当初的三箱宝石送了回来，作为这次清洗游军势力合并统一边境散兵的报酬。

邬邦和掸邦军队的势力都很庞大，而罪魁祸首已经被处置，他们都得到了好处。所以一时战歇又化敌为友，在双方势力的交界的麻栗坝，选择友好会面。俞晚和照南作为贵客，被邀请一同参加这次首领间的密谈。

从景栋离开前，俞晚终于有机会见到掸邦势力的首领。

没有人能够想象，一个东部高原最强势力军的首领，竟是寺院里造诣极高的僧人。连卡黎都曾听过他的法会。

他真正地隐藏在市井中，将所有的政务都交给了哈林，所以并不知道哈林和秦鲲之间的一些勾当，也并不清楚和邬邦冲突最初的原因，直到后来查清那些宝石的来源，许多事情才浮出水面。

那位高僧双目寂静而温和，丝毫没有政治家的虚伪和做作。看她一眼，仿若能看穿灵魂。他知道她是所有事情的幕后推手，是她引导了这场为期三个月的战争，她让许多军人为此牺牲。他也心如明镜，这是一场必然要经历的磨难。

他们的民族，需要支撑起这样的磨难。

"我父亲临终前对我委以重任，实在难以推却。我知道哈林并非善良之人，他若是愿意，我只想引他入佛门，可惜他心不在此，所以只能这么任由他继续下去，他是我远亲的侄子。"这位首领非常坦诚地对她说，"陆小姐，一切都是注定的。"

俞晚本来还不懂这句话的意思，却没有想到他后来竟然提出了那样荒诞的一个建议。

"陆小姐，您可愿意成为我名义上的妻子，代我管理这支军队？这不只是一股势力，而是一个政治团体，在未来不远的时间里，这将成为大势。而我相信，你有能力做到。"

俞晚哭笑不得，觉得这位德高望重的高僧实在是对红尘之事太过敷衍了事了。她窘迫得说不出话来，下意识在人群里寻找照南，直到撞进那漆黑明亮、沉静肃穆的瞳孔中，心才仿若被风吹起的浪缓缓寄作涟漪。

"照南将军是南风军的首领,您不妨和他结义,这样就可以名正言顺地将掸邦军队交给这个义弟打理,相信军中也不会有人反对。"

无奈之下,她提出折中的办法,未想高僧竟然喜不自禁,与照南简单交流了几句后,欣然接受了提议,唯独有一个要求。

"我希望南风军在所有隐藏山区里都能够开诚布公地与掸邦军深谈一次,化干戈为玉帛。"高僧双手合十,双目慈祥溶溶寂寂,让人拒绝不得。

照南沉默了一阵,然后伏下身子,双手抵在额心,虔诚之至:"我答应您,从今日起,我照南统辖的军队正式与掸邦军合并。从今往后,再无南风,只有掸邦联盟军队。"

风起,他沉沉暮暮的嗓音似高山崖上的钟鸣。

在这一年的十一月,缅甸中东山区多年以来的战事被荡平。而后,在缅甸以东的一个小城里,他与高僧达成了共识。从今往后,金三角再无南风军。

南风不倒,成为一个传说。

俞晚忽然想起很久前的事情,那时,因为不能信任这个男人,她很认真地揣度过他真实的身份。黑色走廊里的幽灵?少女向往的尤物?战无不胜的联合纵队首领?

都是,这些都属于这个男人的光环,但是他却还有很多面。

他从不沾手烟膏、宝石之类的买卖;他军队个个热忱好客又如狼似虎;他身上很干净,没有过女人;他认为以杀止杀,才能有长久的安宁。

他凶悍无比,却又慈悲善良。

他符合她对男人一切美好的想象。

高僧在离开前和她说了几句话。

"我做这个决定不是仓促的，这几年，我一直在找合适的接手人选，但因为哈林的管制，让这件事一直不能够尽早践行，以至于差点酿成大祸。幸好佛祖没有让我错过这个最适合的人。"

"最适合的人？"她笑。

"是，他是最适合的人选，之前会先对你发出邀请，是因为他看你的目光给了我一种错觉。在佛家译解里，我给你一个字：恐。你既担心他不是他，又不愿意他不是他。那么，你认为他是他，他也就是他。恐，即怖，即慌，即骇，即悲，复杂七情六欲，全在里面了。"

他竟然开玩笑说，那样的目光太容易让人误解了，以至于让他错认照南是她的仆人。

俞晚却久久说不出话来，许多细节都在这句话中找到了痕迹。

俞晚开始循着轨迹慢慢梳理，从来到会晒开始。

那时卡黎还是怪七，在照南出现前的几个时辰，透露了当夜的交易会上会有一位贵客到来。那时自己已经有所猜测，更是打算将这位素未谋面的南风军的首领，当作日后在这片崇山峻岭中唯一的仰仗。

当晚，他们在共进晚餐，他威胁自己说出来到这里真实的目的。后来，在闽樵联合安全局的人搜查琮少家中前，他们开诚布公交代一切，自己提出合作，被他称赞有孔明之才。

从远商会前闽樵的频频闹事开始，他接二连三地提醒自己，这是金三角，有属于这里的规矩。好像从初见的那个晚上，自己就在被他不停地引导。

琮少妻子来求自己的那个晚上，他说如果不是他，换成任何一个其他人，情况都可能会更糟糕。所以自己一直以来的想法都是，如果不是他，或许自己早就死了，不会有后来与琮少、沐舜的合作，不可能清除秦鲲，不会有机会来到这里联合掸邦军队。

……

俞晚突然有了一个大胆的假设：他从一开始，哪怕扼住她的喉咙、哪怕威胁恐吓她，目的其实都只有一个——保护她。

他在等自己来。

可能从很早开始，他就在等她，然后用自己的方式保护她？

俞晚觉得心里很难过，巨大的酸涩从丹田处汹涌聚集，往泪腺澎湃咆哮着。

远商会往后，越来越接近秦鲲的势力中心，他们多次身陷囹圄，生死一线。他一次又一次奋不顾身地救她，以合作的名义积极地配合她。

解决了秦鲲，他们已经不再有共同目标，可双方的关系却一直保持着。谁都没有提出疑问，而是顺其自然。

为什么顺其自然呢？

俞晚终于找到这些日子以来，造成她种种错觉的诱因——他的保护实在太滴水不漏了，远远超出了合作关系。

而这些如果都说得通，那么她的假设就是真相。

……

他在等她，他一直在等她来。

俞晚不由得高兴起来，她将当日赠送给琮少的木牌又拿了一面出来，用随身的匕首在上面刻了两个字：南风。

从今往后，再也没有南风军。可在她眼里，属于他们的南风只有他一人值得。

她做了一个决定，让单遥带着这个木牌回云南，问一个答案。

这一夜，南风军众士兵都彻夜难眠。他们曾经因为"南风"而叱咤四方，现在却要被剥夺荣耀和信仰。他们不明白将军这样做的原因。

照南很久之后说了一句话："等到势力统一那天，就不用再把脑袋别在裤腰带上了。兄弟们可以娶妻生子，回归家园。"

荣耀什么的都不重要，为兄弟们保住命才是他这一生行军的宗旨。

属于南风军的信仰，那是放在心底最深处永不腐朽的追求。

小四却很难过，与徐六把臂伤怀，喃喃不绝："真的解散南风军了吗？这是将军一辈子的心血，是多少兄弟用命换来的南风不倒，真的就这么解散了吗？"

"如果有更好的方式回归宁静祥和的状态，所有人都不会愿意被撤去南风军的头衔。我和你，还有他们，宁愿死在战壕里，也不愿意就这样以束手就擒的方式，苟且了威名赫赫的'南风'。但是，我唯一信仰的就是将军。"

俞晚看到许多士兵离开时，都默默地擦了擦眼睛，但不管他们离去多远，目光始终都还追随着他。这个他们唯一信任的将军，是他们心目中最大的王，是魑魅魍魉的地狱烈火中金刚不坏之身。

她想笑，也有些妒忌。

"现在终于明白为什么你对兄弟们会比对女人好了。也明白二娘为什么会喜欢你，这么多年都可以毫无希望地一直等下去。也能够理解萨绮娜做的那些事，能够让一个女人变得面目全非，你实在是功不可没。"

他抬起头，从飘荡着花香的月光里看她的眼睛，柔柔似孩童。

俞晚知道，他此刻一定非常难过。

她大方地展开手臂抱住他："我就勉强吃个亏，安慰一下照南将军好了。"她的声音也湿润起来，因为男人们之间的情义让她跟着红了眼，"你一定是个很好很好的人。照南，我很后悔，没有更早遇见你。"

非常后悔，没有更早认出他。

掸邦军队一直以来由哈林管理着，时间长了，风气也变质了，军中想要做统领的人不在少数。甫然由照南接手难免会不服气。接二连三地闹了几回，都被强行压了下去。但一路上总这么闹腾，着实也延缓了他们的行程。

掸邦军与邬邦军的首领会面是重中之重，时间早已确定，几次之后，照南便下了狠令，严厉管束掸邦军，南风军受此协管，一视同仁。

此后，在军中煽风点火的不是被割了舌头，就是被赶出了军队，甚至连几名南风军士兵，因为不服改名屡屡和掸邦军叫板生事的，也都一起受到了重罚。

他是真的将所有人都看作自己的兄弟，以规矩管制，以亲厚待之。慢慢地，掸邦军也开始服从。只是众口难调，多多少少也还是存着弊病。

俞晚和他都觉得这事需要慢慢解决，却没想到被人钻了空子。

有人在外面大肆宣传掸邦军将士胆小怕事，对南风军言听计从，表面看似统一编制，但实则内部统治亲疏有别。南风军整个都骑在掸邦军头上了，掸邦军还扬扬得意，以为南风军改了名字就是顺服，纷纷被指着骂是瞎了眼。

这传言一度越传越凶，从景栋往麻栗坝的路上，缅甸整个东北山区尽人皆知。到了最后事态也越演越烈，南风军和掸邦军干脆大打出手，以一战决定地位。

俞晚一众都是出于劝和的角度，数次拉架斡旋，却不想反被当作罪祸一并对付了。她差点被一枪崩了脑袋，幸好小四替她挡了子弹。

因为那一战最后是南风军赢了，至此掸邦军的男人们才算是真正消停了，时年已是1960年新春。

"在云南，再有一个多月都快过年了。离开时我还信誓旦旦地和父亲说，一定能够在过年前回家。"

麻栗坝是个小城，习俗还很落后，这里的百姓看到军队出现就会莫名地感到害怕。

她和照南在集市里随意走着，到中午时便找了个歇脚的地方休息。饭馆的店家是个中缅混血，会做地道的云南面食。还说曾经去过大理，他的母亲就是大理的姑娘。

俞晚笑着问他："大理的姑娘好看吗？"

他咧着嘴有些不好意思，但还是很诚实地回答说："漂亮，我以后也想娶大理的姑娘做妻子。"

俞晚慢悠悠地看了照南一眼，开始吃面。手擀面很好吃，让她想到新年。

照南好像能看破她的小心思："如果这次和邬邦军队的会面很顺利的话，你应该有机会，或者说还来得及。"

她一手托着下巴，另一只手遮住眼睛，仰起头和他说话："我觉得不太可能会来得及。"

"为什么？"

她想了会儿还是说出来："卡黎在中途和高僧折回景栋后，又跟萨绮娜离开了。前不久他给我传来了确切的消息，他现在就在邬邦军中。"她舔了舔唇，嘴巴里有些苦涩，"之前那些流言就是邬邦散出去的，而出主意的人正是萨绮娜，她是邬邦的人。"

照南微微错愕住了，没有说话。

"那个漂亮的女人看起来对你是势在必行啊，照南将军。"她眨着眼睛，笑得人畜无害的样子。

照南盯着她的面孔，这一刻的想法是，吻她。

不过他硬是忍住了,于是,又说回正题。

"邬邦和掸邦军首领的会面,本来就有合作的目的,特别邀请你,我都要怀疑他们是不是曾经想过瓮中捉鳖,顺势把南风军处理了。可没想到遇上那样不靠谱的掸邦首领,那位高僧的举动很显然让邬邦措手不及。现在,邬邦势力相对孤寡,单方面与掸邦联合盟军会面,保不准就会被吞并。萨绮娜不是傻瓜,邬邦军不会坐以待毙,所以我们也要及早做好准备……"

俞晚放开手,对着午日的太阳眯了会儿,照南又伸手帮她挡住光。

"嗯?"她示意性地看他。

"会晒黑。"

"我晒黑了吗?"她紧张地看着他,不一会儿又转向后面的小四,重复问了一遍。

小四咧着嘴笑:"还是白花花的。"

她这才放心了,慢懒地抬起眼皮瞄他,却好像瞄到他微不可察的笑意。她一时没忍住,也跟着笑起来:"我今年就在这里陪你们一块过年吧,到时候我包饺子给你们吃。"

小四乐坏了,追着她问好不好吃……照南跟在后面一直沉默着,可眼底那些笑意始终不曾冷去。

他们谁也没有想到,这个新年险些要了所有人的命。

与邬邦首领约定会面的地方在当地一个地主家中,比琮门差些,在当地却是已经很不错的地方。第一天来的时候,俞晚看见几头大象在院子里,和她迎面遇见时,它们还用鼻子亲切地碰了碰她的额头。主人介绍说,这是家里养了许多年的大象,性情温和,如果她喜欢,可以骑着去后山溜达。

她高兴地表示，这个主意非常合她心意。

邬邦的人还没到，下午无聊时她便选了一头小象在院子里遛起来。

主人家扶着她爬上小象的背，一边说道："它的名字是虎子，今年刚满两岁。"

"虎子？"俞晚想笑，一时没忍住便笑了出来。很快照南也坐上来，贴着她的后背抱着她。

"你不熟悉象的习性，我跟着你放心一些。"

"好。"他们在院子里转了几圈后，虎子很快就和他们熟悉起来。地主向他们建议，可以去后山的树林里溜达一会儿。俞晚欣然同意，虎子也很兴奋。

他们在树林里走了大概有半个小时，虎子突然暴躁起来，怎么也不肯再往前面走。

照南敏锐地察觉到什么，用手势示意身后跟来的一部分掸邦联合军。

意外发生得很快，就在他们刚刚意识到不对劲时，脚下便响起了爆炸声。不一会儿，整个山区都爆炸起来。他们身后的掸邦军纷纷窜逃，却还是免不了被带入浓浓的硝烟里。

他们刚刚还在象背上，一阵剧烈的晃动后，他们被甩了出去。俞晚根本没有意识，就已经摔在地上，在不停的滚落间，照南一直紧紧地抱着她，护着她。

直到撞上了一棵树，才让他们俩勉强停下来。俞晚浑身都像散架了一样疼，疼得她倒吸了好几口凉气，慢慢睁开眼睛，整个山区都陷入爆炸中了，不停地有尖锐的声音划过耳膜。

她赶紧低下头察看照南他的手臂不知道被划了一个巨大的伤口，脸上全是黑色的土和火药渣，活着鲜血，看上去像是从地狱中爬出一般狰狞。

俞晚不停地叫他的名字,为他清理着脸上的灰土。

照南一声闷哼,然后皱眉然后慢慢转醒过来,目不转睛地看着她。

确认她没事后,他艰难地站起来,拉着她开始往山里跑。爆炸声还是不停地在他们身边响起,他们一次又一次被卷入硝烟中,不停地摔倒又重新爬起来。在最后一道热浪狂涌过来时,俞晚感觉自己要死了。可是下一刻,照南扑到了她身上,用身体挡住所有伤害。

俞晚来不及有任何反应,大喊着照南的名字,一道很强的力量席卷过来,像是热火燃烧起来,蔓延了她的四周,烧光了她所有期待。

很长一段时间后,山里的爆炸声终于慢慢地小了下去,白烟也在山中散开来。俞晚先是尝试着动了下手臂,才逐渐睁开了眼睛。

面前的场景让她悲痛欲绝。

跟过来的士兵被炮火轰炸得四分五裂,整个山上望过去尸横遍野触目惊心,他们身上还在流着血,可却已经没有了呼吸。不远处那头小象奄奄一息地倒着,喘着粗气,黑湛湛的大眼睛是那样无助,最后彻底地无声无息。

照南受了重伤,非常严重的伤,而小四……俞晚的嗓子像是被卡住了,难过得发不出声音……

刚刚在混乱中,就在照南扑过来护着她的那一瞬间,小四也选择了奋不顾身地护住他们……他扑在了他们身上,硬是生生地替他们挡去了那道热浪……

眼泪不停地往下掉,俞晚强忍着疼,从他们底下爬出来,开始叫小四的名字。照南反过身去接住小四的身体,撕开身上的衣服为他包扎。

"将军,徐六去……去搬救兵了,你一定……一定要撑到他找到人,来救你和……和陆小姐。"

小四说得很慢,用了全部的力气。

俞晚捂着嘴不敢说话,生怕发出一个字眼就会忍不住痛哭失声。

照南握住他的手,声音很低。

"你撑住,和我一起进山。"他重复着这句话。

小四摇头,对他们笑了起来,他望着很远的某个方向,眼眶里闪出了泪花:"我不行了,吃不到饺子了,可是,窗花……"

窗花越飘越远了,他看不清了,追不到喜欢的她了……

## 第九章
### 瓮中捉鳖（上）

在边境一条不知名的河流下游，俞晚替照南处理好伤口，两个人累得瘫倒在这片沼泽地上。

天空很黑，星光很亮。

俞晚想起一些事，白天在硝烟都散去后，在徐六的救兵还没来之前，要害他们的人正包围过来。她给了身边这个男人十几个巴掌，才硬是把他从小四身边拖走了，然后一路跑，没有方向不敢回头，一直来到这里。

俞晚拼命地让自己不要回想起小四的模样，可脑海里却不停地出现他的面孔，嬉笑着、憨厚的、淳朴的模样。这个大男孩，在前不久才和她说过，一定要吃三大碗饺子，还说要跟她一起学着剪窗花送给他喜欢的姑娘。这是他和她之间的小秘密，在大其力时，那个给他热粽粑的姑娘，是她牵的线。离开时，他答应那个姑娘要回去娶她。

他比徐六年长两岁，性情却不如徐六沉稳。徐六和单遥举办仪式的时候，他别扭了一整天，说是让自己弟弟赶在前头娶妻了，怪没面子的。

那时，他应该很想念那个姑娘吧……

只是想着，眼眶再度湿了，俞晚强忍着没发出声音，用双手遮住整张脸。下一刻，有人从后面抱住了她。

"我曾经发誓,再也不会让他们其中任何一个人为我牺牲,可是现在,我又食言了……"照南声音很低,她感受到了一种无法言说的悲伤。

俞晚一直没有转身,给了这个男人脆弱的空间,可是她知道,他流泪了。

此时,只剩下一个念头,简单而直接——报仇。

休整一番后,他们开始往缅甸中北部的高原山区前进,那里是整个"黑色走廊"最危险的地段,野人山就在那片山区。同时,那里还是邬邦核心势力的大本营。

他和她的主张都是——直捣黄龙。

很显然,这次对他们下手的只会是邬邦军队。不曾有会面,不曾想过示好,他们只有一个目的,灭掉掸邦联合军队的首领。

在这条势力复杂的中东沿线上,一直都是由掸邦军和邬邦军队联合管辖着,他们为了土地和势力斗争过许多次。最初,南风军不会参与械斗,只守着着自己的山区。因为地势等多种因素,三股势力彼此都有牵制,多年以来谁也不敢轻易动手,唯恐另一方黄雀在后。

今后东北这条线只会有一支联盟军队,这一战也在所难免。

他们走在河流的边缘,有时候会遇见一两个来山里打猎的猎人。这些猎人都随身带枪,看见他们时很戒备,但依旧会问他们需不需要帮忙。

俞晚用地道的方言与这些猎人交流,和他们说同是来山中打猎的,不幸被野兽袭击,她的丈夫还因此受了重伤。

其中有个猎人半信半疑地看着他们,并且要求看照南的伤口。照南的衣服本就破了,干脆脱掉上衣给那猎人看,密密麻麻的伤口遍布了他的全身,大小各异。

因为一直没有得到良好的处理,伤口受到了感染,正在发炎,有些已经化脓了。大概是觉得挺严重的，那个猎人在离开前给了他们一些干净的水和花生酱。

他们就靠着山里的果子和那些花生酱沿河走了十几天，照南一直都在发烧，总是昏昏沉沉的，其间还晕倒过两次。临近一个村落时，俞晚决定去找一些酒精和干净的衣服。

她和照南趴在河岸堤坝上，看见许多人围在一起，男人们握着长刀，女人们拿着花环，应该是在进行什么祭祀活动，身边还有邺邦军队的士兵在巡逻和察看着。

"如果我没猜错，现在整个东北沿线都在找我们。在村落里行走很危险，每道关卡都有人核查。"他说话很慢，目前的身体状况根本支撑不了他走到中东高原。

俞晚点了点头，观察了一阵后，估计这场法事大概要进行到深夜，现在是他们最好的时间。

"我去引开那些士兵，你趁机进入村中，给我留下记号，我会去找你。"余光中可以瞥见他苍白的脸色，额头上全是冷汗，她的语速变快，"一定要先清理伤口，最好能吃点药。"

照南不同意，俞晚试图说服他："听我说，我的面孔太引人注目了，他们很容易就能察觉到。我求你一定要好好照顾自己。你该知道的，我不能失去你。"她捧起他的脸吻住他的唇。

失去了血色的唇，干裂得像是树皮，碰触起来的感觉并不美好。俞晚迫使自己从不舍中抽离："我一定会回来，我会找到你，相信我。"

她绕了很大的弯走到人群中，和一个妇人商量着要来了笠帽，又拿着花环挡住脸，混入游行的祭祀队伍。因为服侍的不同，她的出现立即吸引了巡防士兵的目光。他们交接了眼神后，从几个方向包围过来。

俞晚在拥挤的人群中慌忙回头，看见照南已经从河堤后面爬出来，从另一面进了村里。她吁了一口气,开始在游行队伍里制造混乱。她拉女人的裙子,踩男人的脚,引得本来就不是很整齐的队伍顿时嘈杂声一片,有人当即在里面爆了粗口。

她跑到队伍最前面,拿了放在祭台上还算干净的衣裳披在肩上,再次混入僧人的队伍中。混乱的游行队伍着堵住了路,士兵们一时无法前进。等到从人群中突围时,她已经重新跑回堤坝。

俞晚沿着河流一直往前跑,因为体力的缺失,很快就让后面的人追赶上来。他们大声喝止她站住,就在她快要被捉住时,看到河流中心的浅湾口。

这个湾口有很多石头,水流湍急,两边全是水椰树丛,不知道有没有水蛇之类的生物。

追赶而来的邬邦士兵离她就还剩几米距离,俞晚不停地喘着气,却没有其他的选择。她咬咬牙,眼睛一闭跳下了浅湾。落水时,她尽量护着小腹和头部,不让漩涡里的大石头撞到身体这两个地方。但水流实在太急,她被卷入其中,很快就失去了自主的能力,不断的冲撞中,她感觉到全身的骨头都断裂了。

最后她被河水一路冲到静水区域。

此时,俞晚面前是一块很大的石壁,挡住了水流的路,她算了下时间,在天黑之前应该能赶回她与照南分别的那个村落。

于是,俞晚游到石壁边上,想休息一会儿,可刚刚闭上眼睛,便感受到一阵猛烈的撞击从大石壁后面传过来。

她的心一下子提到嗓子眼里,屏住了呼吸,不敢再发出任何动静。

剧烈的震颤,好像能将石壁打穿,撞击声一下又一下地从大石壁后传过来,夹杂着一些费力的喘息声,粗壮而有力。

俞晚小心地探头瞄了眼,是四只成年的鳄鱼,正在相继用尾巴撞击着这块卡在了河中心的大石壁。一股无以名状的惊悚从脚底迅速地往上蹿，她一时没喘过气来，连声咳嗽了好几下。

鳄鱼还在攻击着大石壁，她感觉有凉风从脚下石头的缝隙里透进来，这块石头似乎已经要被掀开了。

俞晚迅速往河边游去，就听身后一声响，有石头直接被打碎了，从她面前砸落河流中，溅起的水花模糊了她的眼，紧接着，石壁四分五裂。

领头的鳄鱼在短暂的停住后，摇了摇尾巴，虎视眈眈地朝俞晚游了过来，其余几只相继跟着。它们的身体几乎全都隐藏在水下，只有那双吃人的眼睛，展露着不容忽视的贪婪和血性。

河畔水椰树丛生，俞晚深深地吸了一口气，飞速地钻入水下，往河岸树丛茂密处游过去，希望丛生的树枝能庇护她。没想到还没来得及躲进树丛里，就被水藻缠住了脚，她挣扎了几下没能挣开，反而被拉扯着下沉。

慢慢地，她的意识变得模糊起来，感觉在这黑暗的地方，从四面八方伸过来许多长长的水藻，将她紧紧包裹住，无法再动弹，最后被夺去所有呼吸，她好像要失约了……

就在这时，枪声响起。同一时刻，有人抓起了她的脚，飞快地解开了缠住她的水藻，然后抱住她的身体。

那双手从碰到她的那一刻起，她就已经知道是谁。他环住她的腰，吻住她，找到她的舌头吮吸着，但很快这个深吻就结束了，他带着她游出水面。

俞晚看到追过来的邬邦士兵，因为他们开枪，使得刚刚包围她的几只鳄鱼转头朝着他们攻击过去了。

照南拉着她的手迅速地穿过水椰树丛，从另一边的荆棘树林里上了岸。他们上了岸才发现这是一个环形状的小岛，从外面的浅湾口中分支出来，一边的水流涌向鳄鱼沉潭，另一边则是她刚刚的位置。

他们在全是灌木的树林里艰难地前进了一会儿，在一棵大榆树下站住脚，两个人背靠着背坐在一起休息。

照南说祭祀的人群都乱了，他在祭台上拿了些酒处理了下伤口，后来跟着士兵们的方向一路追了过来。有八个人，两个人跳了浅湾，还有几个应该在这儿。

还剩六个。

她勉强可以和两个人耗一耗，这也就意味着，他还需要对付四个，以一对四？

俞晚有些想笑："照南将军，你以前最英勇的纪录，是徒手撂倒了……"正说着，他忽然转过头捂住她的嘴。

有两个人走近了，用枪对着树丛，大声地喊道："里面是谁？抱头走出来。"

照南没动，那人继续威胁着说："再不出来我就开枪了！"

照南看了她一眼，慢慢地站起来，给她的示意是不要露面。

她本来很害怕，却因为他刚刚的眼神，突然安心。可能一对四于他而言只是件很简单的事情，比不上让他多说两句话更难。

照南抱着头走过去，士兵上前来检查树丛。他出手得很快，两个人几乎没看清他的动作，就被齐齐撂倒了。他从对方手里拿过枪，在她站起来的一瞬间，对着她连开了两枪。

俞晚吓得魂都没了，半晌后才发现自己安然无恙，而就在她身后不远处，两个士兵倒了下去。

也就是说，还剩两个？

她跑过去在士兵身上寻找弹药，照南却阻止了她："这种长杆枪不好掩藏，带太多子弹也没有用，待会儿回到村庄，这些都要丢掉。"

俞晚犹豫了下，还是随手拿了把枪扛在肩上，追问着之前的问题。他过去的战绩？

说实话，他自己记得不是太清楚："大概有八十个。"

那时他的状态很好，没有受伤也不发烧，心情很愉快，是和南风军的兄弟们闹着玩。一整夜都在徒手搏斗，摔了好几支队伍的士兵。连小四和徐六也被他狠狠地扔在了一旁的土坑里，好久都爬不起来。

所以，如果是战斗状态，可能还不止这个数字。

俞晚震惊地看他，简直不敢相信自己的耳朵。

"我们此刻，是在'黑色走廊'逃亡吗？"她仰着头，树林里有细碎的霞光从中间投射下来，有漂亮的光影照在她脸庞上。

照南低下头吻住了她的唇，轻声回道："是的，我们现在在逃亡，所以不要撩拨我。"

刚刚在河中生死一线的时刻，他迫切地想要她。这一次，他一定要活着带她离开这个鬼地方，然后把她按在地上。

他一手提着枪，另一只手环绕住她细窄的腰身，将这个吻深入。从此刻开始，他不会再惧怕和她亲密，不会再掩藏眼神里每一个爱慕和火热的瞬间。

面前这个女人，他爱了她十五年。


他们在树林里走了大概半个小时，回到了之前的浅湾，有两个士兵蹲守在那里。照南绕到后面把两个人打晕了，找了些树藤将他们绑在树上。

到村庄时天已经黑了，祭祀的人群因为先前的混乱都已经散去。他们找了一户偏僻的人家，家中只有一个老太太，听她说儿子和媳妇都去城里买办货物去了。老太太对他们没有防备，给他们准备了热菜热饭，还烧了热水让俞晚简单地梳洗了下。

俞晚穿的是老太太儿媳的衣服，淡黄色的紧身开襟上衣，下面是纱笼。当她换好衣服出来，照南有一种错觉，好像她就是这里的姑娘。

晚上坐在墙根上吹风，她头发湿漉漉地披在肩上，散发着很淡的香气。照南换好衣服后走出来，在她身边坐了会儿。

俞晚摸了摸他的额头，还是很热，然后摸到他的手心，特别烫。

"去睡觉好不好？今天晚上我来守着，如果条件允许，我们在这里休息两天再赶路，你的身体需要快点康复。"

他眯着眼睛看天空，想到很久之前，伤重得差点死了都没有人问过他一句还好吗，更不用说用这样心疼的语气和他说话，强烈的保护姿态。

他捧起她的头，吻上她的唇……很久之后，他节制地放开她，换了个姿势抱住她。

"明天早上就要离开这里，我们需要赶在那些邬邦士兵被找到之前离开这个村落。"

俞晚舔了舔唇，问他："我们接下来要去哪里？"

"野人山，我要去找一个人。"

"什么人？"

"一个可以在野人山自由出入的人，一个可以掌控这片山区丛林和暴风雨的人。"

邬邦首府密支那本来是她计划中在缅甸的最后一站，只是没想要此刻要用这样的方式去那里。

她点点头，又忍不住劝他："那你快点休息吧。"

"好。"他一口答应下来，俯下身将她整个人都抱起来往屋里走去。

因为他们的到来，老太太特地将儿子儿媳的房间打扫了下给他们住，还热心地换了干净的床单。

屋里的窗户上还贴着大红喜字,台下有一对烫金烙印的红蜡烛,整齐地摆放在镜子旁。俞晚一直看着那对红蜡烛,直到被照南放在床上,听见他低沉的声音。

"今天夜里不会有问题,所以,你也可以睡觉。"

俞晚看他手臂的伤口没有裂开,这才松了一口气:"你一点也看不出来是个正在生病的人。"

照南在她身后躺下来,俞晚找到他的手,交缠在一起。她的目光还停留在红蜡烛上,有些不合时宜的幻想。很久以后才听到他的回答,不知道是呓语还是梦中场景,总之让她脸红心跳,身体都僵住了。

他说:"因为生病,所以不碰你。"

俞晚简直哭笑不得,说了这样的话怎么能够这么快就睡着?

她太眷恋这样的时刻,这些日子,她常常回忆过往不可自拔,却每在沉沦之际让自己从残酷现实里面抽离出来,一心一意地喜欢身边这个男人。

就这么想着,不知道什么时候睡着了。醒来的时候天已经大亮了,老太太在屋子里收拾东西,以为动静太大吵醒了她,露出抱歉的神情。俞晚赶紧解释不是她的原因,想了想,从脖子上解下玉佩送给老太太。

他们身上也就只剩下这一件值钱的东西了,老太太坚决不肯收。俞晚没有办法,最后从她家中带走了一些水果干粮,算是和她买的,老太太这才勉强收下了。

他们都穿着很普通的当地服装,俞晚的头上包了头巾,在脸上涂了些蜡,加深了肤色。他们从集市上公然离开,有巡逻的士兵让他们俩停下来接受检查,看他们的行囊里都是简单的蔬果干粮,又听他们都是很纯熟的本地口音,就没有多加猜疑,放了他们进城。

在城里转悠了大半个时辰,临近傍晚时集市喧闹起来,有许多邬邦士兵开始出城，往他们之前停留的村落里赶去，城中也加强了警备。但即便如此，他们还是跟着一个戏班子混了出去。

俞晚脸上化了妆，早已经瞧不出原来的面容，又因为这个戏班子在当地很有名气，和巡城的士兵交情匪浅，所以被免去了洗面审查。

为了安全起见，他们出了城又连夜赶路，等到了另外一个山区边围处，才找了一个歇脚的地方。一路上他们交流都很少，俞晚和照南走在戏班子中间，领班走在他们前头，偶尔和照南有几句交流。其他的人则是偷偷地打量她，有个小女孩还曾拉着她的手，毫不避讳地夸赞她："姐姐，你长得真漂亮。"

"哪里漂亮呀？"

"很白。"

"很白？"她无奈地笑道，"你们这里对一个人的评价，都只是看肤色吗？"

"不是。"小女孩很正经地给她分析起来，"我们都认为白花花的姑娘最好看。"

她认真地想了下，随即起了坏心，拉着小女孩偷偷地问："你听说过'罂粟精灵'吗？就是女神萨绮娜。"

"父亲曾经去景栋唱戏的时候，我跟大哥哥在赌场里面见过她。"

"你去过赌场？你应该还没满十岁，你的父亲和哥哥怎么会允许你去赌场？"

"这有什么？我们这里的女孩不拘小节的。"

俞晚忍不住笑："那你玩过百家乐麻将吗？会玩梭哈吗？"

"不会。"小女孩脸有些热，感觉失了面子，赶紧转移了话题，"萨绮娜是缅甸公认最美的女人，我的父亲和哥哥都为她着迷。"

"嗯，那你怎么看？"

小女孩挑了挑眉，睁着大眼睛看她："我觉得你比她漂亮，她像波斯猫，你像……野猫？哈哈……"说完小女孩就跑去了队伍后面，还不忘回头冲她做了一阵鬼脸。

俞晚又气又恼，这才发现她被一个小女孩耍了。

"我看上去就这么……"她尝试着让他能理解她的意思，可是实在词穷，"为什么班主的女儿说我看起来像野猫？"

照南双目深深映着她的面孔，他的眼睛亮晶晶的："有点像。"有一点笑意，继续说，"刚刚那个小女孩，她是在吴哥寺出生的，很多德高望重的僧人将她养育大，后来才被班主收养。她如果觉得一个人真实善良，才会主动和她说话。所以，如果她说你像野猫，那应该也是佛祖的想法，野猫的生命力一般都很顽强。"

好吧，很理直气壮的理由，让她拒绝不了。

她在戏班里转了圈，继续问他："你和班主很熟吗？"

"他是南风军。"

"南风军？"

"对，到了这片区域，有很多南风军的暗线。以前我不太愿意让军中的士兵潜伏在市井中，但是邬邦的前首领，我曾经和那个人打过交道，为人阴辣狠毒很是卑鄙，所以留了一个后手准备。"他看着她，"本来只是权宜之计，却没想到他们做得很好。"

"所以，他们不是恰好出现在城里，而是为了等你？"

"嗯。"他漫不经心地回答着，俞晚却变了脸色。聪明的男人很多，莽夫也很多，可聪明的莽夫就少了，他就是一个。

"你这样是在向我炫耀吗？南风军不仅遍布各大山区，还润物细无声地渗透了市井。这才是真正的大隐隐于市，将军这一招好高明。"她真心夸赞，"幸好我和将军是朋友，而不是敌人。"

照南握住她的手，指腹轻轻摩挲着，眼底的热忱忽然冷却下去："以后没有南风军了。"

俞晚哑然，他却又抬起头："我们不会成为敌人，我不会让自己有那么糟糕的一天。"

天放亮之后，他们和戏班的人告别，俞晚听见照南和班主说："密支那见。"

戏班子里所有人都笑起来，回应他的也是这句话："密支那见。"

后来的行程里，这句话出现过很多次。俞晚一直到最后才知道，那不只是当地的一支戏曲名字，更是一个直接的召令——所有南风军暗线即刻前往密支那。

在他们进入密支那之前，所有人都已如期而至，那是一场别开生面的聚会。

进入山区，照南退烧了，身体变得健康起来，这次上路带了枪和一些钱。不过在山区里行动，似乎不太需要这些东西，到后就还剩下一些水果。

俞晚依旧对椰子汁情有独钟，不得不感慨："在秦鲲家中喝到的椰子汁真是我喝过最清新爽口的，好甜。"

照南安抚她："等到了野人山，你应该还会尝到好喝的椰子汁。"

"为什么？"

"我要找的那个人，他脾气很怪，对所有东西的要求都很高。所以，他应该也会比较倾向于甘甜可口的椰子汁。"他思索了下，发现这个解释不太有说服力。

俞晚已经笑出来："那个人和你关系应该很好？"

"我们认识了很久。"

"那你喜欢吗？我是说椰子汁。"她忽然转移了话题。

照南一时错愕，好半天才回过神来，回应道："不太喜欢。"

"为什么？"

"甜腻的东西容易让人心情愉快，不能够保持原本该有的清醒和理智。"

好吧，俞晚体谅他是个粗糙的男人。

他们走了很久，从山脚走到山顶上，很意外地看到一片向日葵田。来到这里这么久，这还是第一次看见这么大片的向日葵花田，花朵向阳，姿态统一。

她高兴地奔进花田里，照南跟在后面，沉静警惕地打量着四周。

这里有群居部落，附属独立军势力，和之前的达籁族不一样，这个群居环境里男女比例均衡，人群庞大，是很强悍的个体族落。

照南心头一凉，还来不及去拉俞晚的手，花田里忽然起风了，余光里似乎可以看到身后若有似无的黑影，可等他转头，却只剩下摇曳的向日葵。

他压低了声音，开始喊俞晚的名字，跑上去拉住她的手，以回护的姿态开始往来的方向迅速撤退。

没走几步，他们就被越来越强大的风势阻挠了。周围的黑影快速地移动起来，向日葵随风动荡摇摆，异常诡谲。

黑影的移动速度非常快，那并不是人，是狼群。

"我们被狼群包围了？"俞晚从怀里掏出枪，镇定地调整着呼吸。

照南示意她不要轻易开枪："这些狼应该是人为养育的，可能并不单纯地想要攻击人，而是为了保护庄园。"

狼群行动统一，围绕着他们并不轻易进攻，却让人感受到压迫。

照南举着枪，以投降的姿态扬声说道："我们只是碰巧来到这里，没有恶意,我和我妻子想要去野人山。"

俞晚学着他的样子把手举高了,把枪悬挂在食指上,放弃了攻击。

包围他们的狼群靠近了一些,好像在嗅着他们身上的味道。俞晚已经能够清晰地看见它们的眼睛,阴森森的,泛着绿光,让人恐慌。

一道声音传过来,从窸窸窣窣的风声里穿透,辨别不出方向。

"你是谁?"

"我是照南。"

"南风军的照南?"

"是。"

"你来中部高原做什么?"

"我要去野人山找一个人。"

"什么人?"

"我的朋友,如果没有猜错,也就是你们的老大。"

问话的人冷哼了下,不情愿地吹了声口哨,那些狼群忽然都撤退了回去。不一会儿,花田里又恢复先前的平静。

俞晚和照南都松了一口气,把枪收起来时,看见说话的人从花田里走出来,竟然是一个孩子。

能够让性情乖张凶狠的狼都变得温顺听话的人,竟然只是个个头不高、满脸稚气的孩子。

一问才得知,这小孩才九岁,在这个部落里,有个"小九爷"的称呼,是老大面前的红人。

小九爷带他们从花田里穿过去,东绕西绕就到了一块平地。放眼望去,村庄错落有致,炊烟袅袅。不远处的工厂里,工人们穿着一致的服装在搬运货物。

一切都有条不紊,俞晚有种来到了"桃花源"的错觉,和照南解释起《桃花源记》，没想到他竟然点头表示赞同，这说明在他们面前的的确是一个鲜为人知的部落。

他们刚刚进来的地方，翻过山头可以看到野人山的东面。可这个村落却在野人山的西北角落，三面悬崖，地势险峻，无人可以窥探。

而他们仅仅只是走过了一片花田，竟然就能够从东面横穿了大山，来到西北角这个地方？这个曾经吞噬了几万大军的野人山？

"这真的是那个到处充满了黑白色大蝴蝶的野人山？"

小九爷嫌弃地看了她一眼，补充道："不止，还有活死人墓和吃人的蚂蟥，遍地都是有毒的瓜果，幸亏你们是遇见了我。否则的话，你们俩的命就要留在野人山了。"说完，他得意扬扬地看着俞晚和照南。

俞晚认真地点点头，对小九爷满脸敬畏。

"我们老大多少年没走出去过了，他已经不杀生了，你为什么还要来这里？"小九爷生气地瞪着照南，眼里写满了抗议。

照南静静地说："我需要他。"

他们进了村，一路上的人都纷纷和他们打招呼。俞晚发现这个村落和景栋城中心差不多，最重要的是，她真的能够在这里喝到比秦鲲家中更甜腻的椰子汁，非常新鲜。

"我开始非常期待与你的那位朋友见面了。"她拉着照南的手，将凉浸浸的椰子汁递到他手中。

照南浅浅啜了一口后轻声说："我也很期待。"

他们在一个院子门口停下来，小九爷还是不甘心地拦着了照南的路，喃喃说道："我们老大不可以离开这里。"

"我和他达成约定时，你还没出生。而且你的老大都打不过我，你也想试试？"照南说的话让小九爷面红耳热。

小九爷委屈地哼了声，让他走了进去。

院子中心有两棵槟榔树，齐头并高，大概有十来米。有人在背对着他们爬树，已经爬到了中间的位置。照南很快卸下身上的枪和包袱放在地上，然后走到另一棵槟榔树前，也跟着爬起来。

不知道什么原因，那人的动作非常滞缓，以至于照南都爬到顶上摘下来槟榔，他还在慢悠悠地爬着。过了好一会儿，才碰到槟榔。

小九爷看到这一幕时惊讶得合不上嘴："老大，老大你快下来呀！"

照南跟着说："老大，还是身体重要，这种没有意义的较量以后不用再拿命来拼。"

被称作老大的人气得手都颤了，指着他的鼻子大骂："臭小子，十年前打不过你，现在我更打不过你了，连爬个树都要输给你，白养这两玩意儿这么多年了。"之后手忙脚乱地要下来，还是小九爷飞快地爬上树，小心翼翼地带着他滑了下来。

俞晚这才能够看清他的样子，四十岁左右，可却是满头白发，走路也挺有精神，就是爬树不行。然后她听见照南恭恭敬敬地叫他："风哥。"

风哥，全名陆南风。

南风军是由他的名字来命名的，照南的名字也是他取的，寓意照拂南风，又或者肝胆相照，这是属于他们之间的一段过去。

陆南风拍了拍照南的肩膀，转过头来看着俞晚，慢慢地眯起眼睛，意味深长地打量着她。很久很久，久到所有人都开始错愕时，他忽然把刚刚摘的槟榔丢俞晚怀里，乐呵呵地搂着照南往屋内走去，留下她和小九爷面面相觑。

小九爷嫉妒了，望着她怀里的槟榔泫然欲泣："老大都还没亲自爬过树给我摘槟榔，可他给你了，给你了……"

俞晚却觉得不对劲，刚刚那个眼神是怎么回事？

陆南风这个人性情很古怪，听小九爷说，他经常一个人独处，偌大的屋子也只有他一个人住，底下没有一个仆人，每天都会有人给他送饭，会给他收拾屋子。他高兴的时候亲人家一口，不高兴的时候谁也不理，他最爱做的事就是看书。

家里整整两面五米高的书架全是书，地上也到处都是，像一个书库。俞晚看那些书新旧不齐，里面还有她不太认识的文字。

她翻了几页，发现书里做了许多标记，这表示他看过，并且看得懂。

他和俞晚说的第一句话是："上个世纪的经济管理模式在这里没用了。"

第二句话是："你要不要和我细致地讨论一下？"他表现得很有兴趣，俞晚拒绝不了，就单纯地和他说了些在德国所学的经济管理，有部分是专门为陆俞家族量身打造的规则。

但不久前，她就已经发现所有的规则对金三角都没有太明显的用处。因为这片土地，每天都会给她刺激和惊喜。

陆南风悠长而火热的目光注视着她，简直想要为她的某些看法而喝彩，附和道："我同样认为，在这里只有强悍才能成为统一的度量衡。"

他很兴奋地说："我曾经用过很多套方案，实验对象就是这个村落。最初我失败过很多次，后来终于有一套方案成功了。你看它只发展了十年，就能够和景栋不相上下。"

俞晚惊讶地看着他："你的意思是，你用十年的时间把这个村落发展成今天的样子？"

陆南风慢悠悠地瞄了她一眼："如你所见，如我所说。"

见俞晚没有任何反应和表示，他从书堆里走出来，含笑接道："咦？你不信吗？你看小九爷，他也是我悉心培养的，是不是有超出同年孩子的聪敏和睿智？"

说这句话时，小九爷正在院子里向照南挑衅，和他比赛谁能更快地爬上槟榔树。照南的目光落在对面坐在路牙子的老人身上，悠长而凝重。

俞晚知道陆南风在开玩笑，接着他的话说："我倒觉得小九爷有点被过度开发了。"一点也不会看人脸色，而且非常不自量力，不过却很有天性使然的快乐。

她转过头看着面前的男人："你刻意把照南支出去，不会只是想要和我讨论经济形势和管理吧？"她坐在桃红木的椅子里，摊了摊手，"有什么话就说吧，陆老大。"

陆南风遗憾地放下书，坐在她旁边，表情有些像垂死的老人，悲戚而荒凉："他曾经和我有过约定，如果十年之内，他能够将南风军壮大到无法撼动的地步，可以用自己的方式统一中东山区，我就会出去帮他管理军队。"

其实不只是单纯的军队，如那位高僧曾经所说，应该是一个政治团体里面的一部分，它由强悍的军事力量为基础，打造类似这个"桃花源"一样的帝国，发展成有规则可循的经济政治并重的商业众城。简单来说，现在缅甸中东一条线上的城市和部落都像一盘散沙，而他的理想是，让他们受军事管束，变得有规矩有法律，迅速发展，不再落后。

这是照南的理想。

南风军由他一手壮大，再一手解散，十年的时间，他无数次地把命豁出去，清除秦鲲这样的毒瘤，合并掸邦联盟军，都是因为这个听起来有些荒谬的理想。

陆南风喝了一口茶，把白玉瓷杯的后面转过来，对着俞晚："说实话我都没敢想象过他能活着来见我，达成这个约定的最初，我认为结局不会太好。如果他真的死了，我一定会奋不顾身地替他接手军队。可是现在他还好好的，我就有点不乐意了。"他的眼神终于让她明白里面的意思。

原来从一开始，在大哥、小五相继离开照南时，或者更早的时候，照南就没有想过活。

院子里，照南看着路牙子上的老人，眼睛眯成一条线，让人看不清他瞳孔的颜色。

小九爷坐在他身边，尝试了几回，还是说了最老套的话题："你和我老大的十年之约，一定要践行吗？"他啧了啧嘴，顺着照南的视线看着路牙子上那个老人，"这些年我在老大那里听过很多你的故事，你在山区开始杀第一个人时，只有四岁。你和你的兄弟们在中东某个山区建了家园，被无数次攻击，修了又修，补了又补，到最后还剩三个人，你和你的大哥，还有个女人。你们在山区逃亡的时候遇见了我老大，在那之前，你的名字都只有一个单音节的发音，好像是'zeng'。后来，你跟着我老大离开了这里。你们在德国接受训练，十年后回来组建南风军。那时才十八岁，你的名字取自单音节里的'z'和'n'，照南。"

十八岁，开始有南风军。那一年，他收养了小四、小五和徐六。

二十岁时，大哥因救他和二娘而死。

二十二岁时，小五被秦鲲丢进了野人山。同年，云二娘来到湄公河，接近秦鲲。

……

他只有这些至亲的兄弟，为了他的理想，他只能拿这些人的性命去拼。他每一日活着，都是为了未来某个时间的死亡。

小九爷嗅了嗅鼻子，眼睛有些酸，不知道是因为阳光太刺眼，还是因为路牙上的老人给他的感觉。他努力将他所知道的都说出来："他们说,你和老大离开的十年,对所有人而言都是一段黑暗的、不容许提及的十年。老大说,因为那十年,你们都不属于自己。"

照南看到那个老人满脸皱纹,额头上的纹路非常深,粗粗一看甚至会觉得有些恶心。但仔细看,才能够发现那些原来都是一道道伤疤。他一整张脸都是伤疤,大大小小,深深浅浅。

这是军人的印迹,只有军人,才可以拥有这样挺拔的姿态和坚韧的意志,在别人目不转睛的目光中,依旧能够坦然微笑。

照南很艰难地开了口,拍了拍小九爷的头,轻声说:"过去我的命一直都不是我自己的,没有办法替自己的心做主。可能要等到我死后,才可以给自己一条路。"

小九爷努着嘴,生气地瞪着照南。他觉得老大要被卷入一场变故的漩涡里了,他很不高兴。

而照南收回目光,看向屋里。屋子很暗,他看不清里面的人是否还在说话,是否已经达成共识……或者是否已经知道某些东西。

俞晚沉默了很久,看着阳光下那道挺拔而英俊的身影。他的面孔其实很漂亮,只是被隐藏在阴冷的眼神中了。很多人看到他,第一眼都会被他这样的眼神慑住,先入为主地将他与善良和温和这样的字眼剥离开来,但其实他很坚忍,能够让她无底线地心疼他的处境。

她一直愣愣地看着,直到他也转过头来,她才猛然惊了一下,缓过神来,然后撞进陆南风毫不掩饰的暧昧笑意里。

"你和照南,你们是不是……"

"嗯?"

陆南风换了个姿势,很八卦地解释起来:"我的意思是,你们是不是肌肤相亲,水乳交融?"

俞晚红着脸瞪他:"陆老大,你竟然这么粗俗?"

陆南风不置可否,依旧专注于他的臆想:"什么时候?在哪里?"突然恍然大悟般,点了点头喃喃道,"顺理成章,情有可原,可是……可是那会儿才十几岁呀……"

俞晚见他一个人喋喋不休的,有些无奈,低下头时看见白玉瓷杯上的图案,非常隐秘,却因为太独特而熟悉的标记,让她一下子注意到。她沿着杯盏往里面看去,果然有一小排刻字,写的是陆俞家训:一饭三吐哺,风雨四百年。

俞晚惊讶地抬起头,很显然陆南风也注意到,摆着笑脸任由她打量。

陆姓,陆南风。

收藏着陆俞家族定制的茶具。

在缅甸中部高原的"桃花源"里,创造了一个帝国的商业鬼才。

……

她有了一个大胆的猜想,这个人会不会是二十几年前在云南边境,从一个占山为王的土匪到统领过几十万大军的军阀,斩杀过无数枭雄外寇,哪怕到云南解放后,依旧让人闻风丧胆的十八城老大?也就是她从小在长辈口中听说过的小叔叔?父亲最小的弟弟——陆禅?

不过,她的小叔叔已经失踪很多年了。外界对他的传闻很多,连父亲也和她说,陆禅已经死了。

是的,陆禅已殁,从那之后世上只有陆南风。

俞晚从他的眼神中得到肯定的答案,一时间满眼热泪,低低地叫了他一声:"小叔叔?"

他戍边戎马,征战四方,多少人恨他入骨,多少人又对他情深不渝。在云南,陆禅的名字是一个奇迹。

而这个奇迹,现在就在她面前。

"哎,你别哭你别哭……"陆南风手足无措地看着俞晚,忍不住懊恼,"怎么还是个泪包,你这样难怪照南要投降了。"

俞晚哭笑不得,好好的气氛都被他破坏了。

"为什么扯到他?"

她一双美目埋怨地瞅着陆南风,一直瞅到陆南风也浑身不自在起来,求饶道:"我的姑奶奶,我错了,你别哭,我这不是好好的嘛……"

俞晚被他的表情逗乐了,好一番追问才知道,他在离开云南时受了重伤,九死一生,好不容易救回了一条命,却落下了病根。最初身体真的很差,但好在当时有医生跟随,多年来隐姓埋名,又调养得当,所以还算健康。只是可惜了他一代枭雄,竟然打不过一个毛头小子,连爬树也要输给照南。正值壮年,却白了头。

俞晚已经可以猜到他来到这里的初衷,想必也是为了陆俞家族。难道他也是父亲安排在这里的卧底之一?

陆南风对此猜测表示了肯定:"不管是从军,还是行商,换了方式,目的总是一样的。"

"那照南也是?"

陆南风的目光审视着她,带着难以察觉的揣度,他尽量散漫地答道:"他不是,他只是我看中的一颗棋子,壮大南风军的棋子。"

"这不可能。"

"你要是觉得棋子太难听,可以认为他是我培养的人才,我和他也是好兄弟。"

"你知道,我说的不是这个。"

女人的第六感有时候真的很离谱,她笃定那些年在德国接受生存考验的人都是父亲为了日后用在金三角的卧底,同时,她也坚定地认为救她的人是照南,一定是他。

她抬起头,直视着陆南风:"在德国的是不是他?救我的是不是他？"

陆南风从余光中瞥见庭院里高大威猛身影，忽然站了起来，朝坐在路牙子上的老人走过去。他沉吟了下，微笑起来："原来你说那个，救你的人是我。"

"不可能！"

"怎么不可能！我带着几个卧底在德国接受训练，看见你有危险我能不救你？我是你小叔叔，怎么不可能救了你！"

俞晚不肯相信这个事实。这么多年，第一次有人和她提起当年训练的事，可却抹杀了她对那个男人所有的幻想。

"那……为什么你们都瞒着我？"

陆南风气馁地叹了声气："那个时候陆禅已经死了，你再也没有小叔叔。所以，仅仅只是为了避免麻烦。"

"是吗？这么简单。"

"是的。"

"那么为什么，我出发来这里时，父亲不告诉我你的存在？"

"俞晚，不要被你的感情冲昏了头脑。"陆南风有些苦恼，说谎这项技能他根本不具备，连看她的眼睛都不敢，"所有卧底的职责都是为你提供帮助。"

"我不相信，也不想再和你争执下去。"她敷衍而心虚地结束了这场谈话，开始往屋外走。

陆南风张了张嘴，想叫她，却好半天没能吱出个声，索性作罢。

院子里，小九爷看着照南走到了老人身边，从怀里掏出一把枪交给老人。老人的表情从微笑到震惊，然后木讷到失笑，此刻，眼中又闪出泪光。

老人双手颤抖地握着枪，然后动作迅速地拉套筒，检查枪内无弹后开始拆卸，弹匣弹出，左手拉板向下……一整套动作行云流水般拆卸了枪，这是一个老兵的自豪。

在他们都看不到的角度，照南对这个老人红着眼微笑起来，声音很低，说出了他所有的无可奈何："我们都从地狱来，纵身烈火。如果死亡，失去所有欲望，如果受伤，无力给予补偿。到老到死，我们都适合一个人，我们不适合爱情，这是最好的方式。"

晚上在小九爷家中，陆南风用一顿好酒好菜招待了俞晚和照南。先前那一场不欢而散的谈话，已经让俞晚得到答案，陆南风和照南的十年之约，他会履行。也就是说，陆南风会离开这里，帮助照南管理军队。

不知道为什么，她总是有点心慌，这一路上有些事情太顺利，反而会给她一种暴风雨来临前夕的错觉。

她的目光不由自主地追随着身边这个男人，正如对面那个姑娘的目光，总是在陆南风身上。她不经意间察觉到，心情忽然好了许多。

陆南风倒是毫不客气地接受着姑娘端茶倒水的伺候，却一点也不看不到姑娘眼底的失望。俞晚发现其中的故事，特地和小九爷换了位置，坐到那姑娘身边去。夹了一口咖喱菜慢慢咀嚼着，和姑娘攀谈起来。

"你叫什么名字？"

"阿福。"

"福气的福？"

姑娘红着脸，点点头。

俞晚笑得不怀好意，指着陆南风问："他给你起的？"

姑娘诧异地看了她一眼，没有回答，羞涩的表情却是默认了。

"你喜欢他？"她忽然又问。

在座几人都抬头看过来，只除了陆南风还在狼吞虎咽着。好半天才意识到众人的目光，陆南风后知后觉地说了句："今天的菜味道真不错，阿福，一定是你母亲帮忙的吧？你平时手艺没这么好。"

阿福被说得又羞又恼，丢了碗跑到外面去。小九爷不谙情事，单纯地认为姐姐被误会了，于是解释道："老大，你平时吃到的那些菜，有些是我做的，我偷偷放在姐姐给你送去的食盒里的。"

陆南风被噎住，怔愣地盯着他。

小九爷挠挠头，有些羞涩："你是我老大，姐姐怎么可以比我对你还好。"

俞晚忍不住"扑哧"一声笑了出来，突然有些心疼阿福，这种情商真的是有一种在对牛弹琴的感觉。

陆南风咽了咽嘴里的饭菜，拍着肚子瞪小九爷："我说阿福的手艺怎么时好时坏，以后你别做了，吃得我快犯胃病了。"

小九爷一听顿时不高兴了，哼了一声，抱着碗蹲门槛上去。

本来还嫌拥挤的小桌上一下子少了两人，最后就剩他们仨了。俞晚撑着下巴在碗里挑着肉夹给照南，一边和陆南风说着话。

"明天我们就离开这里了，你没有话要嘱咐给我吗？"

陆南风只看到她的偏心和睚眦必报，有些不情愿地说："去了密支那小心一点。"

"就只有这么多？"

"还有一句。"他放下筷子，缓慢地擦着手，含笑看着照南，"密支那见。"

"4月中旬是泼水节，那几天会有大型的游行活动，是最好的时机。"晚饭后，她和照南在村庄里散步。这个地方临山而落，四面山清水秀，夜晚了还有人聚在一起唱歌跳舞，一点也不比夜夜笙歌差半分。

俞晚沉吟了下，又问："4月就要准备动手吗？你已经打算好了？"

她并不知道他具体的安排，也不想问。只是觉得那天人应该很多，所有的南风军和前不久统一的掸邦军都会出现在密支那。

他们沿河而走，看见有两个孩子在放水灯。一时兴起，俞晚也跟着他们折叠起来："在云南也有类似的祈福，不过都是在大庆的节日才会这样。"

照南抱着手臂靠在树上看她："云南应该很美。"

"的确很美，云南有很多玉器和服饰，满山都是绿竹，那里的姑娘热情而矜持，勤俭持家。"

他轻轻颔首，在身后抽了一根绿枝走到她身边，眼底倒映着水光和红色的烛火，特别明亮："俞晚，你这么说，我会认为，你在暗示我。"

俞晚看到他手里的绿枝，不客气地拿过来绕进头发里，笑道："照南将军真是聪明过人，绿萝绕青丝，结发筑深情。绿枝在你们这里，是不是有向喜欢的姑娘示好的意思？"

"不是。"晚风拂过面庞，吹动了她的头发，他动作轻缓地替她拨开，"绿枝，柔软坚韧，我认为它代表投降。"

俞晚禁不住笑："我真的很好奇，以陆南风的情商，不可能教会你油嘴滑舌这个本领，究竟是谁教你的？"

"我们第一次见面时，我和你说，我在英国做生意。那次购买枪支火药，在英国停留了大概有十天。我找到的那个翻译是个说情话的高手，他十天换了十个女伴，常常一本正经地说着胡话，却让身边的女伴很高兴。"他将水灯放进河里，面庞被烛火点燃了，"那个翻译和我说，天下乌鸦一般黑，连女人也是一样，不分国界，都喜欢听情话。"

后来，那个翻译当真是教了他一些技巧，比如要留神女人的妆容和打扮，要在见面时不分青红皂白地夸赞她美丽。真实且不浮夸，就是睁眼说瞎话的修行。

"所以，你刚刚那些话都是瞎话？"

"不是。"他很无奈，"我一直没有机会练习这样睁眼说瞎话的本领，所以并不擅长。"他认真地说完，伸手抱住她。

声音低低沉沉陷入夜色水光中："俞晚，你是我唯一的女人。"

皮影戏，又称傀儡戏。

时年一月，从缅甸东部往北的各大城市村落、每个山区角落里都开始流传这支皮影戏曲。戏中的故事复杂，讲述了某个不知名古老王庭近百年的桃色轶事，演绎真实，一时间引起轩然大波。短短半个月，街头巷尾无不口口相传。但所有听得懂这个故事的人，都能在第一时间破解里面传达的暗号：密支那见。

在麻栗坝那场伏击后，掸邦联盟军和邬邦军队陷入了僵局。

掸邦联盟军既没有实证可以证明那场爆炸是邬邦军队动的手，又没有找到照南的尸首。三个月内，双方数次交火，还算维持着表面的平静，可四下里却都在紧锣密鼓地寻找着他们的下落。

因为这支皮影戏，缅甸中部和东北地区，都忽然风平浪静。后来，有人用"冰冻期"形容这段时间，从真正开始到真正结束，历时半年。

上下浮屠，皆为地狱。

## 第十章
### 瓮中捉鳖（中）

离开桃花源时，陆南风送了他们一匹马作为代步的工具。俞晚对他的馈赠简直"感动"得说不出话来，也只好高高兴兴地接受。

"我们有两个人，他却只给一匹马。是谁说他情商低的？"她哭笑不得地看着照南，后者淡然一笑。

"风哥这个人看起来不着调，心里却很清明。先前你用阿福捉弄他，他一直记着。"

陆南风一向自诩有颗七窍玲珑心，他如果喜欢一个人，就会毫不保留地表现出来，不喜欢的话就形同痴呆，这种人并不适合淳朴可爱的姑娘。

他们从向日葵花田离开时，没有再遇上狼群。

刚刚进入山区时，俞晚有些反胃，坚持了一会儿后她干脆下马前进。后来又感觉身体有些不舒服，总觉得后背痒，不好意思当着照南的面伸手去挠，只好不断扭着身体。

"怎么了？"照南察觉到她的动作问道。

俞晚脸色苍白，感觉越来越难受，口干舌燥的："不知道怎么回事，早上离开的时候就觉得有些痒了，现在越来越痒了。"

照南微微蹙眉，拉着她的襟口用力一撕，单薄的布料当即被撕碎了，俞晚胸口大片的肌肤露出来。她连抵抗的力气都没有，虚弱地趴在他身上，小声抱怨："你撕女人衣服的时候能别这么粗鲁吗？"

照南却沉默着，神色越发凝重起来。

他看到她的后背全是小红点，胸口也有凸起的小包，有些好像破了，仔细看还化了脓。他沉声问道："早上吃什么了？"

"没吃什么……我看院子里晒着葛根菜，挑了两根放嘴里，后来就和你们一样吃了早饭。"她有气无力地动了下手，拉着衣领，感觉全身都痒起来，想要挠却越来越没力气，连睁开眼睛看一看他的力气都没了，终于还是无力地垂下手，转瞬黑暗来袭。

醒来时还在马背上，长时间的颠簸让她感觉身体像散架了，浑身都在发痒。下意识的动作就是伸手挠脸，却被照南及时阻止了。他把水递到她嘴边，喂她喝了几口。

她慢慢地缓过神来，问他："我是怎么了？"

"应该是误食了蚂蟥，中毒了。"

野人山这片山区到处都有引人致命的虫鸟，他看她身上的红点有些像南风军士兵曾经的症状，那士兵便是误食蚂蝗，受尽折磨，到最后全身溃烂而死了。

他贴着她的脸颊轻声安抚："蚂蝗的种类很多，毒性也不一样，你忍一忍，很快就能到城里找医生了。"

俞晚迷迷糊糊地又睡了过去，中间醒来过几次，都是在马背上。他不是牵着马在走，就是在用清水替她洗脸和身子，还时不时地阻止她挠痒的小动作。她慢慢有了清醒的意识后，发现他们已经离开山区，进入一个村庄。

照南没有停留，直接往村里走去。她担心和邬邦军队的人碰面，几次想要阻止他,他都沉默着不做回应。到后来实在没了力气,又再度睡去。

她睡得昏昏沉沉的,做了一个很长的梦,梦里还是在小船上,坐在船另一头的人摇着橹,还有他离开时的背影。很清晰,又很遥远,然后她看见那个影子转过脸来,是他的面孔……

醒来时发现自己在一个房间里,有女人的说话声音。

"用剪刀把她的衣服剪开来,注意千万别碰到那些小包,尽量不要把它们弄破了,化脓的地方就用这个烟筒熏着,熏一会儿替她擦干净身子,我去给你们找些草药来。"

听声音是个中年女人,停顿了一会儿又说:"衣服就放在旁边的抽屉里,这一夜很重要,千万别让她挠。"

照南转头掀开帘子走进来,见她已经转醒露出一丝笑意:"刚刚那个妇人说,你的情况还不算很凶险,所以不会有事的。只是待会儿用烟筒熏的时候,会有一些疼。"

俞晚抿着唇轻轻点头,然后被他抱起来,背靠着墙壁。他开始剪她的衣服,有些和脓包黏在一起的地方被他强行撕了下来,疼得她直咬牙,眼眶忍得红彤彤的。

因为她的反应,他有些不忍心下手,俞晚却尝试着和他说话,转移注意力。

"陆南风说我是小泪包,出生时哭了一整夜,是不受疼体质。所以,我哭只是生理反应,我不怕疼的。"她拼命地对他挤出微笑。

剪刀从胸口往下,剪开了裹胸。她疼得快要说不出话来,整个过程虽然只有五分钟,却漫长得像是要了她半条命。

剪到后边的衣服时,他把她的头靠在肩上,手从两边伸过去,小心翼翼地摸索着她的后背。

看着照南的面孔,俞晚想起在湄公河被冲到浅滩时,他目不斜视地给她处理后背的伤口，当时只让她觉得气馁，此刻却是无能为力。

他找来烟筒，把手臂伸到她嘴边："疼的话咬我。"

"不要。"俞晚直接拒绝，"我忍得住。"

"没关系。"照南动作迅速地把手卡进她牙齿间，另一只手提着烟筒迅速地递到她胸口化脓的地方。强大的熏痛感瞬间蹿到头顶，俞晚疼得只能做出下意识的举动，狠狠地朝他手臂咬了下去。

照南咬牙看着她："大妈说蚂蟥怕火，这样子可以杀死你身体里的蚂蟥。俞晚，忍着。"

俞晚回过神来，见他额头上沁出了汗，强迫自己松开口，死死地抓着墙壁来分散疼痛，终究还是把他的手臂咬出了一个血口子。

烟筒被丢出了窗外，照南拿着布巾半跪着为她擦拭身体。

"我很爱你，照南。"她手指缓慢地按压在他的手臂上，漫不经心地点着，眼睛里变得湿漉漉的。

"我也是，俞晚。"他抚摸着她出了汗的鬓角，轻声说，"我会让你活着离开这里，相信我。"

他脱了上衣躺在她身边："你睡一会儿，等大妈回来，我再给你上药。"

"安全吗？我是说这个地方和刚刚那个大妈。"

"应该安全的，我来的时候打探过，她是寡妇，常年独居，心很好，就是有些贪财，我把身上的钱都给她了。"

"好。"

她舔了舔唇，又被他喂了口水，两个人说了些话，她便睡着了。后来意识到他给她上药，没有力气睁开眼睛，却强撑着说了些什么。然后，她感觉到有人抱住了她。

就这样俞晚在这里躺了两天，照南每天给她上两次药，在她清醒的时候喂糖水给她喝。大部分时候她都吃不下东西，一直昏睡着，直到第三天早上，她彻底地清醒过来。

照南将她抱到院子里，坐在摇椅上晒太阳。

"生病出了很多汗，我身上黏黏的，很不舒服。"她仰头望着照南，非常小女人的姿态，表达着自己的委屈和需求。

他将热粽粑递过来，哄着她说："等你康复离开这里，我一定会有办法让你洗澡。"

"照南将军，一言为定？你可不能食言。"

"不会，我不会对你食言。"他噙着笑。

俞晚很慢地吃完了热粽粑，伸手抱住他的脖子，眯着眼睛高兴地说："你再这么没有底线地宠溺着我，我怕你会没了威严。"

他迎合着她的动作，转过身将她抱在怀里。午日阳光很好，洒落在院子的花草上，他沉默着没有应答，却像是默认。

在她面前，他并不需要威严。


"早上我乔装从村庄里走了一遍，发觉村子里的邬邦军人多了许多。"他们大多驻守在码头和几个出城口，其余人在城中来回巡视着。但凡是年轻的男女走在一起，都要被他们拦截下来，经过认真审查后才予以放行。

"你的意思是我们暴露了踪迹？"

"不太清楚，可能是因为这里接近密支那，邬邦军本就比较集中。"

回来时他和大妈说话，发现她的眼神有些飘忽，说草药用完了，问他要不要再去买一些。还没等他回应，她又说还是去买点，于是匆匆忙忙地回屋里拿了背篓又走出去。

他站在门口看了会儿,发现对面一户人家的草垛上坐了一个人,身边还站一个人。两个都是男人,剥着花生闲聊着,察觉到他的目光后纷纷抬头看过来,很快又转回去,若无其事地继续唠嗑。

他不确定是否已经暴露在邬邦军的眼底。

"这里终究不安全,我好了很多,等大妈回来我们便走吧。"说话间,照南垂着视线检查她脖子上面的症状,有些小包都干瘪下去了,红色的斑点也淡了许多。

俞晚干脆撸起袖子给他看:"都好很多了,我可以上路了。"

"好,等大妈回来,我们就离开这里。"他点点头。

她捧着他的脸正对着自己,在窗口的阳光里和油棕树倾斜的碎影中看他的脸。

"我有没有晒黑?"

他微微一笑:"没有,还是白花花的。"


午后天气突然变了,有些阴沉。

照南站在门口看对面那户人家,原本在草垛上交谈的两个人已经不在了,只是街口多了几个商贩,叫卖着水果和干货。

俞晚和大妈说了些感谢的话,大妈的表情有些僵硬,点了点头。从正门离开时,她看见照南站在大榕树旁,眉目沉静,如水雾青烟中的孤舟。

"知道榕树的别称是什么吗?"她戴了笠帽,脸被罩在阴影里。

"不知道。"他转过头来,用身体挡住那些人探寻的目光。

"是菩提树。"他们的眼神交接,她微笑起来,"菩提,是指让人觉悟,豁然开朗,明心见性,终止为涅槃。我记得初次见面时,将军就和我说过对涅槃的理解。"

他的目光盈盈:"是死亡。"

"真是直接。"她拉着笠帽的边缘，往下压低了些，从身边的草壤里抓了把碎石头揣在兜里，低声问他，"那么现在，我们要怎么办？"

　　"这一条街全是隐藏的军哨，他们应该是还不确定我们的身份，但也有可能他们在等我们先露馅。"

　　俞晚抬头看照南，他下巴的胡楂越来越密，原本很短的头发也长长了些，看起来像一个污糟的莽夫，一点大将军的威严都没有了。

　　他们从村庄里穿过，一路上都有人跟着，到了一个花市时，人流拥挤起来，隐藏在暗处的人因为担心跟丢他们而纷纷走了出来，从四个角落围拢过来。

　　俞晚看中了一小束龙船花，和店主讨论着价格。店主见她是远道而来的客人，割爱给了她一大捧，只收了一些小费，这是她身上最后的钱。

　　照南一直注视着她，在她拿着花转身的时候随意地抽了两枝拿在手上。

　　商队的运输马车一辆接一辆地从花市里面穿过，惊得两边的花贩连声喝止。

　　靠近的几个人都有了行动的打算，俞晚和照南对视一眼后，迅速地用口袋里的小石子射中面两人，而照南手里的花也各自飞向一人，直插入脸。混乱中他们背靠着背，从中间的巷子里迅速离开。

　　这个地方，离密支那只有一步之遥。

　　因为要给她找医生，他们进入村庄暴露了踪迹，尽管他们换了衣服做了乔装，却还是在临进城的百米外被邬邦军队的人抓住，这场逃亡最终功败垂成。

　　她和照南被捆住了手脚，那些士兵都沉着脸将他们拉上车。那是一辆牛车，隔着块木板，后面还有好几只鲜活的野牛，不停地粗喘着。即便有木板遮挡，难闻的气味还是冲鼻而来。

最要命的是，为了防止他们交流，她和照南还都被塞住了嘴。在一阵剧烈的颠簸之后，俞晚被晃到了木板上。狭小的缝隙中，她闻到野牛的气味，一时难以呼吸，很快就晕了过去。

俞晚是被激烈争执声吵醒来的。

"我知道她在会晒打通了好几条商线，安全局局长沐舜是她的朋友。留着她的性命，对我们还有用。"

这是萨绮娜的声音。

"她的命我不在乎，我在意的是照南的命。我要即刻杀了他，以绝后患。"

"对，他现在是南风军和掸邦军队的唯一首领，我们势单力薄，必须要及时清除了这个障碍，这样才能将他们的军队都收服。"

……

七嘴八舌的声音，讨论的是一个主题，立即处决照南。

而萨绮娜是其中唯一不同意的，她严词拒绝他们的提议："杀了他就能收服南风军和掸邦军队吗？"

"杀了他至少群龙无首！"

"我不同意，照南这个人不是你们能够想象的那种粗莽汉子，他在缅甸中东山区有多少暗线你们根本无法预料。我接近了他这么多年，比你们更清楚他的为人。我敢保证，他绝对还有后招，留着他的性命从长计议，对我们绝对是有益的。"

"萨绮娜，你被他迷晕了。"

威严而不乏威胁的声音使得这场不愉快的对话终止，是因为有人注意到她已经醒过来，并且偷听了一段时间。

有人上前将俞晚从地上拎起来，扔到一边的木椅上，当即捧起一盆冷水从她头顶浇下来，大骂道："臭女人！"

俞晚终于不再掩饰，冷幽幽地睁开眼睛微笑起来："邬邦的男人对待女人都用这种粗暴的方式？"

她又转向萨绮娜："你是整个东部高原公认的'罂粟精灵'，是管理许多大小赌场的美娇娘，游走在各种男人之间，让人捉摸不清。越是这样，才越好地掩盖了你邬邦卧底的身份，对吗？"

哪怕前不久卡黎告诉她，这个女人实则是邬邦的人，她也没有想到萨绮娜竟然在邬邦军中举足轻重。也就是说，在麻栗坝的那场爆炸，是得到她的同意和认可的？

萨绮娜冷哼了一声，从人群中走到她面前，捏住她的下巴："聪慧过人的陆小姐，你是不是察觉得太晚了？"

俞晚瞪着她，咬牙切齿地说："在景栋时，我明明知道是你从秦鲲手上将我夺了过去，又将我关进笼子里进行买卖，可我却妇人之仁，看在你是因为被爱情冲昏了头脑的份上，没有对你动手。实在没有想到，你对照南表现出来的那些势在必行竟然全是演戏？"

因为这些话，本来就对萨绮娜有些不满的男人纷纷侧目，向她讨要解释。

女人在感情上面的犹豫，会直接影响一整支军队的部署。虽然邬邦这些年的经费多半都是靠着萨绮娜富可敌国的财产在维持着，大首领去世前也一直对她言听计从，但这毕竟是成王败寇的关键时刻，不能行差踏错一步。

萨绮娜将俞晚丢到一边，她知道俞晚是故意的，就是为了让他们窝里反。临走前，她不甘而怨恨地看了俞晚一眼，低声冷笑起来："陆小姐，是非黑白，能否俱分清？"

俞晚觉得这句话有些奇怪，但一时间又想不出所以然来，只能作罢。

她和照南没有被关在一个地方,她不知道他在哪里,会不会也在这个地方,可能只是在隔壁的房间里?

屋内没有任何陈设,看上去是废弃的旧工厂,四面都是高墙,窗户很高,从她的角度可以看到漫天的星光。

在萨绮娜离开半个小时后,门被从外面拉开来,有几个男人走进来。他们没有只字片语,直接将她包围起来,然后开始撕她的衣服。

俞晚惊恐万分地瞪着他们,可是她被捆住了手脚,又被几个男人围着,根本没有任何优势。挣扎的过程中,她被一个男人狠狠地推倒在地上,其余几个男人则相继抓着她的肩膀,毫不顾忌地撕扯着她的衣服和头发,从不同的方向猥亵着她,摸她的后背或者胸口,其中有个人甚至骑到了她身上,开始拉扯她的长裤。

她不停地反抗着,用全部的力气拍打着他们,不停地大骂着……她每骂一句,他们就会恶狠狠地抽她一巴掌,啐了口痰继续打她:"小娘们看着瘦弱,没想到力气倒挺大,我看你还能撑多久。"说完几个人都笑了起来,扑过来对她上下其手,拳打脚踢。

而这一幕,就在高窗外的某个旷地上,被人拿作了要挟的筹码。

照南死死地盯着电子录像上的女人,她的衣服被撕碎了,在她身边站着四个男人,他们亲手将她逼入死胡同一样的境地,让她绝望和恐慌。

照南深吸了一口气,缓缓说道:"放开她,所有的条件我都答应。"

跟在他身边的是邬邦军队里一个军官,名字是珠登。

"我听说她是你的妻子?"

"不,她和我只是普通朋友。"

"哦?一个普通朋友,值得将军拿出这样大的诚意?"

"男人之间的战争，用不着羞辱女人。"

"既然这样，只要你宣布将南风军所有统领权都交给我，我自然可以叫他们放开，还会让人去给她换衣服，给她客气的招待，不会再动她一根手指头。"

十年，南风军的十年，大哥、小四、小五……多少人的牺牲换来的如今的南风军，这是他这一生最难以苟且的十年。此刻，全数要拱手相送。

"好。"照南说，目光仍旧专注地看着她。

这个女人是他一整个少年时代，唯一目不转睛关注过的女人，他看着她从一个小女孩慢慢地长大，变成一个漂亮的女人。他能够察觉她每一个微小的姿态，能够看破她每一个小小的心思。不知道从什么时候开始，他就已经想要得到她，她的全部。

他根本无法容忍任何一个男人碰她。

所以，他只能说好。

珠登拍着手笑起来，派去的人绕过高墙踹开了门，尝到甜头的男人不得不停止继续深入。

俞晚浑身颤抖着抱紧自己的身体，耳边不停萦绕着那几个男人污秽的笑声。有一个男人毫不客气地盯着她的身体，舔着嘴唇说："真是个让人欲罢不能的女人，等到这件事结束了，一定要和首领说把这个女人赏给我们兄弟。"

后面进来的人冷哼了声，缓慢说道："还真爽上了？叫你们来给她点教训，别太当真。"

俞晚忽然睁开眼睛死死地瞪着那个人："你说什么？你们究竟想要干什么？"她疯狂地从地上爬起来，朝着面前一个男人扑打过去，却被他们轻而易举地闪过。重心不稳，她再次狠狠地摔在地上，因为疼痛，她彻头彻尾地清醒过来。

她终于知道他们为什么会突然停下来，知道为什么那几个男人不停地拉扯着她，却一直没有更深一步……

眼泪猝不及防地掉落，她哭得快要喘不上气来，大喊着："我要见他，我要见照南！"

没有人理会她，就这么冷漠地看着她痛哭号叫。

她能够感应到，照南一定就在这附近，一定受到了胁迫。

俞晚强迫自己冷静下来，不顾自己衣衫褴褛的糟糕处境。

她从出生开始，就享用着云南最顶端贵族的待遇，在被送去德国之前，府里所有的人看见她，都要停下来朝她鞠躬行礼。哪怕在德国接受训练的那些年，依旧是被导师特殊照顾着。

她从不求人，不曾对任何人低过头。

可是此刻，她却彻底地让自己卑微到尘埃里，放下所有的矜贵和尊荣，她乞求着这些刚刚才侮辱过她的男人，跪在地上，头磕在地上："我求求你们，让我见见他……"

高墙外，几个男人的面目表情都变了，只唯独一个人阴沉得仿若天崩地塌。

珠登，这个邬邦军队的军官似乎从这个影像里面看出来什么，也非常感兴趣——面前这个纵横缅甸各大山区桀骜不驯的南风军首领，到底能够为这个女人，将自己的底线放低到什么层次。

真的是让他感到惊喜。

"照南将军，这个你所谓普通朋友的女人，看起来此刻很需要你。这样吧，我满足她。"珠登朝身边的人示意道。

老铁门已经松动，又满是铁锈，随着它被撞开，发出了漫长的一声"吱呀"。

俞晚猛地抬头看去，照南被五花大绑着推了进来，几个趔趄摔在地上。他脸上全是乌青,显然是被人严刑拷打过。几个男人将俞晚的嘴塞住,重新捆起来,扔到角落里。

珠登慢悠悠地晃进来,视线在他和她之间来回扫视着,越发深不可测起来。

"照南将军,刚刚我们的协议都还算数,过一会儿我就会让人来给她送衣服。今日之后,一定对她好生招待。只要照南将军配合,一切都好说。"

"让我单独和她说话。"这是他唯一的要求。

"可以,但在这之前我们还有一笔私人的恩怨要结算。不知道照南将军是否还记得几年前在中部高原,南风军和邬邦军队有过冲突。那一次,你将我打成了重伤,让我从鬼门关走了一趟,好在最终还是捡回了一条命。这几年,我一直都在等着将军给我一个合理的解释。"

那件事成为他一生的污点,许多次被人诟病,都让他抬不起头来,这个私怨无论如何他也是要讨回来的。

"你想要什么合理的解释?"照南抬头,目光却没有看向他。

哪怕是这样的时刻,他的眼里依旧还是只有她一个人。

珠登冷哼着:"很好,向我下跪磕头,说一句你是孬种就行。"

……

从来没有过这样一个时刻,可以让俞晚这么绝望,他们拿她来威胁他,东部高原两大联合势力军的首领,拥有"战争之王"的称誉,他没有什么好怕的,可是因为她!他是那样铁骨铮铮的男人,却因为她而要遭受前所未有的屈辱。

俞晚不停地摇着头,泪水模糊了眼睛,她拼命地吐着嘴里的棉团,她想要和他说话……可是他却忽然对她微笑起来。

很少能看见他这样的笑，俞晚快要崩溃了，她终于可以让自己发出声音："不要，不要向他下跪……我不许你向他下跪！"

他好像没有听见，仰着头支起一条腿，缓慢地跪了下去。俞晚的心都快撕裂了，声音卡在喉咙眼里喊不出来，只能看着他另一条腿也弯了下去，膝盖重重地撞击在地上。

她发了疯地大喊着。

他却又弯下腰。

声音低沉，没有任何色彩，此刻，让她想到他印在她额头的吻，余温尽散。

"我是孬种。"他说。

……

有人送进来衣服，为他们解开了身上的绳子，几个男人都退到了铁门外，她听见珠登狂放的笑，带着愉悦经久不散。

他在给她穿衣服，动作很慢，她看着他脸上的伤口。

"俞晚，这是最后的时刻，你和我都要变成地狱。"他的唇贴住她的，手绕到她背后轻轻抚摸着，"你是我唯一的女人。"

在这样的时刻，她唯一的选择只能是跟随他的信仰，变成地狱。

一段时间后，照南再次被押解着离开，俞晚又重新被捆起手脚，软禁起来。

半晌后，有人来送饭给她。

竹篓里的饭菜看着很简单，白米饭下却藏了一整盘熏肉。

俞晚想笑，却笑不出来："大和尚，又破戒了？"

"我还俗时，爱欲嗔痴，不受佛祖责难。"卡黎迅速地把饭菜放下来,将勺子递给她。

他瞄了眼她的伤势,不冷不热道:"还能动手吗?需不需要我喂你?"

"不用。"

他很快和她交代着最近一段时间的事情:"我来了密支那才知道萨绮娜是邬邦的人,她是过世大首领的女人,在军中一直有说话的分量。可是大首领去世已经有好几年了,首领一位一直僵持不下,目前以萨绮娜为首,还有两拨重要势力都想得到首领的位置。"

他说话的声音很小,停顿了下接道:"还有几天就是泼水节,最近城里已经陆续有商队和花会活动,等到了那天还会有大型的活动和晚会。我会尽量游说其他两拨势力,让他们在15号那天反目,这是将邬邦势力一网打尽最好的时机。"

因为前不久的袭击事件,让多方势力蠢蠢欲动。这一次为了照南,邬邦简直疯了,将分散在东北沿线的势力都暗中调遣了回来。都想在照南死后分一杯羹,也都想争夺邬邦首领的位置。但他们万万不会想到,这一次,她的想法恰好是瓮中捉鳖。

早在掸邦首领将军队交给照南,她让卡黎随高僧一起回景栋时,就已经有了这样的想法。

当时是担心和邬邦的会面出什么纰漏。可她后来得知,萨绮娜从中出了不少力,才促成了邬邦军和掸邦军首领的会面。如果当中真的出了纰漏,萨绮娜难逃嫌隙。

没想到后来真的出现了爆炸袭击,而萨绮娜也一早就离开了景栋,秘密返回密支那。

……

"那时袭击事件还没出现,你就有了这样的打算?"

"掸邦军队一旦和南风军联合,邬邦军就一定会有所打算。即便不是他们合并,三者必有其一是要在这场会面中牺牲的。不管是谁,都必将形成围拢之势,这在兵法上最好的演绎就是瓮中捉鳖。"

"那如果要围拢歼灭的是南风军,怎么办?"

"这不可能,萨绮娜不会对照南动手。"

"为什么?"

"这世上有很多谎言,只能由女人来演绎和破解。"

"可是萨绮娜并不是首领,邬邦军的其他军官都是男人,他们会对他动手。"

她终于轻笑起来:"他们已经对他动手了。"

卡黎有些缓不过神来,看她狼吞虎咽地吃完了饭,估摸着时间也该走了,才又嘱咐了一声:"这几天静静等待,我会随时来给你消息。"

"好。"

卡黎想起什么,觉得她此刻异常平静,忍不住追问:"你不问照南他被关在了哪里?"

"你应该也不知道,否则你会告诉我。"她抿了抿唇,双手交叠着,以一种平和的姿态放在膝盖上,"他的人头现在很值钱,我不担心他。卡黎,能知道我现在想做什么吗?"

这个姿态,在佛门的解释中是禅坐。

可在他看来,却有些惊悚。

她的笑容在黑夜的星光中,被演绎出许多可能,燃烧起来的声音让人无法忽略,安静地表达着她对禅坐的诠释:"降魔。"

外面看守的士兵已经等得不耐烦,拉开了门叫嚷着,卡黎赶紧收拾了一下,拎着竹篓走出去。关上门的时候,她看见他从怀里掏出来一小把红宝石，给了那两个看守小费。

接下来的两天，卡黎又给她送给一次饭，给她带了一些金子和一把枪。和她说的话比上次少，简单地传递了两个重要信息。

第一，萨绮娜和其他两个首领人之间的关系一度僵化，现在已经陷入僵局。

第二，徐六出现在密支那，在他身边还有一个人，据说是南风军真正的创始人——陆南风。

……

第三天，依旧没有照南的下落。

不过这次，她等到了萨绮娜。

萨绮娜是一个人来的，大概是早上五点，天还没有完全放亮。这个女人显然是一夜未眠，明艳美丽的脸庞上此刻显露出憔悴。

俞晚有些错愕，这个表情她似乎曾经在云二娘的脸上也看到过，无力和悲从中来。

"陆小姐有没有想清楚，这世上是非黑白究竟要如何去区分？"她拉了张凳子在她面前坐下来。

俞晚却休息得很好，有足够的精力去对付她："萨绮娜小姐似乎很累，不知道有什么可以让我为你分担的？"

"是非黑白，我想知道陆小姐对此的看法。"

"在佛教里有一个关于阎罗黑白二相的故事，白相即为地狱之王，由百官所命，有美女围侍。但黑相每天却有两个时辰，要受铜汁灌肠之苦。为什么？是因为白相代表正义，黑相代表阴暗？不是的，仅仅是因为白相比黑相强。"她的声音悠长而冷静起来，"因为能力大小不同，导致最后的下场也不一样。黑白，只是色彩之别。这世上事，众生相，皆随心而至，但求问心无愧便好。"

"问心无愧?"萨绮娜轻声笑起来,"陆小姐好见解。"

"萨绮娜小姐在这个时间独自一人来到这里,只是为了和我讨论这个吗?"

"我很早就认识照南了,那时在景栋,他和云二娘还有一个少年。"她陷入了回忆,眼神变得迷离起来,"他那时的眼神,让我想到蛮牛。不过后来再遇见他,蛮牛不在了,他的目光变得阴冷。他很少专注地看一个人,即便对视,也很难从他的瞳孔里面看出什么。"

俞晚有种很奇怪的感觉。

上一次在秦鲲家中喂孔雀时,云二娘和她说起往事,也是有关对这个男人的感情。因为从不曾轻易启齿,因为隐忍蛰伏,让她对她深怀敬意。

此刻,在这个幽闭阴暗的破工厂里,美艳的"罂粟精灵"也开始回忆过往,还是有关他。这个男人在很多女人的眼中都有过不同的面孔,她们对他想象过许多次甚至许多年,所以狂热难消,变成执念。

"我在景栋卖第一夜时,多少男人为我臣服。可是我在他面前脱光了衣服,他却视若无睹。"萨绮娜苦笑着,双手覆在脸颊上。

高窗外有一缕阳光慢慢地投进来。

俞晚想安慰她:"你不用沮丧,我和你的遭遇差不多。"很长一段时间,他给她的感觉都是禁欲的僧人,非常冷漠而有距离感。

"你和我不一样,陆俞晚,你得到了他。"萨绮娜深吸了一口气,擦干净眼眶里的湿润,重新抬起头来,又是一副无懈可击的模样,"他跑了,就在今天夜里,徒手杀死了十几个看守。我们派出了所有的人在城里暗中寻找,可惜一无所获。所以,他们想到一个办法,诱杀。"

她从身后拿出来一些东西,一一摆放在地上。

有面胶,还有一些黄色乳液状的东西,有一把小刷子,一面镜子,还有两张人皮面具和一些头发。

萨绮娜开始用小刷子沾着黄色的乳液往自己脸上涂抹，镜子正对着高窗，俞晚从里面看到她的脸，悲戚而绝望。

"陆小姐，这世上事，我也相信是非黑白无法言说，我不否认，曾经某一个时刻，我真的对你动过杀心。"她放下刷子，将一张人皮面具戴上脸，用面胶小心地粘在脸上，与皮肤贴合。

她动作熟练，像是练习过很多次，很难看出来瑕疵。她说话时很慢，一边适应着面具，一边对她表明态度。

"但是后来，我输给了他。爱情这回事，我杀一万个你，他若还是不爱我，也是徒然。"

俞晚说不出话来，看着她慢慢地转过了头，比照着她的脸型将头发接上去。很快，萨绮娜的脸变成了自己的。

"你……这是易容？"

"在缅甸的确有这样古老的方子，可以让你和我之间容貌互换，但其实很不舒服，这些面胶在脸上粘久了也会伤身。这些日子以来，我试验过很多次。每次在镜子里看见这样的我时，都会觉得十分讽刺。可是没有办法，只有这样，他的眼里才能看得见我。"她抬起头，让俞晚清楚地看见她面孔上每个五官，人皮面具贴合的效果很好。可惜，相处久了总能看到漏洞，总能露出破绽。

"你想要代替我？"

"你和我身材不相上下，个头也差不多，伪装成你，不是太困难。"

"你认为照南不会看出来？"

"这不重要，在明天的泼水节，我相信他就会亲手杀了你，然后来救我。"

俞晚觉得这行为简直太大胆和荒唐了，有些不可置信地看着面前这个女人，她像是一面镜子，让她看到此刻自己黑暗的一面，无比嘲讽和心惊。

"你终究会被识破，终究难逃一死。"

萨绮娜不在意地笑了："我只是想要他后悔一辈子。"

"你……"她下意识的反应就是尖叫，可不等她开口，萨绮娜却已经重新塞住了她的嘴。萨绮娜开始脱衣服，然后交换彼此的衣服和鞋子。

做完这一切之后，萨绮娜将刷子重新拿起来，开始在俞晚的脸上涂抹。

一整个过程，萨绮娜都是慢条斯理地和她说着话："陆小姐对影子这样的存在应该不陌生吧？我曾经有过很长一段时间都是另外一个人的影子，我的存在是为了配合他，是为了他的生存。可能是因为这样的初衷，我的眼里最后只剩下他一个人，我的生命里都只有他一个人，我活着的唯一意义就是他。这样身为影子而存在着，又怎么能够不爱上他呢？"

每个影子都那么容易就爱上自己要保护的人，这像是东升西落的定律，在他们几个人之中，都无一例外成为真实。

她爱上了照南。

照南爱上了俞晚。

……

真的很悲哀，这场游戏的一些规则，从一开始就这样的残酷。

萨绮娜是邬邦安插在景栋监视掸邦军一举一动的卧底，但同时，她也是陆俞家族安插在金三角的卧底。

双重卧底的身份压在她肩上，这么多年快要将她蚕食得连渣都不剩了，唯一的支撑就是他，是照南。

可是，他却爱上了别人。

"陆小姐，成为一个慈悲善良的人，是否太困难？所以卡黎要出家当和尚，每日早晚两度省身醒神，以让自己时刻保持清醒，不妄堕地狱。"

这么多年,他一直做得很好,杀人和救人,互不干扰。可我却在臭男人的窝里,变成了烂骨头。"萨绮娜做完最后一步,看着面前这张脸。五官是她自己的,神韵却是旁人的。

那是一张久违了的面孔,让自己显得温和平静,她好像忽然得到解脱。

"陆小姐,我真的妒忌你。"

萨绮娜眼中流下热泪,在俞晚震惊的眼神中,将她打晕在地上。

收拾完东西,解开俞晚的绳子散落在地上,她将两个人的头发都抓乱了,开始踢凳子。在这空洞的破地方闹着大动静,将场面做得像是刚刚经过一场激战。

事实上,的确是。

那是她心里的激战。

萨绮娜有很多问题不曾真正地问出来,也不曾给过俞晚确定的答案,有关照南的真实身份。因为这是他曾经亲口说过,不想让她知道的答案。可是因为一些私心,她还是给了她暗示。

于是,所有人都只能保持缄默,配合他演戏,给自己最爱的女人看。

这样的爱情,谁人能不妒忌?

她真的妒忌,妒忌得快要发疯发狂了,差点让自己变成一个彻头彻尾的坏人,差点让他厌恶……

铁门被撞开,外面的守卫听到声音闯进来,看见"萨绮娜"倒在地上,而那个本来被捆绑着的女人正在企图逃出去。

他们二话没说,冲上来对她一阵踢打,抓着她的头发将她踩在地上。

很久很久之后,他们找来医生,把"萨绮娜"抬了出去,将"俞晚"重新绑起来丢在地上,并威胁她如果她再轻举妄动,就一枪崩了她。

嘀,此刻杀她和过几个时辰杀她,有什么区别吗?

那时，她闭着眼睛在冷笑，死后若见阎罗，必是与黑相一样的下场，每日受铜汁灌肠之苦，生生世世，无尽轮回。

为纪念缅甸联盟独立那日死去的英魂，所有犯下深重罪孽的犯人都要被执行枪决。一大早，邬邦军就将人从土牢里拉了出来，让他们跪在刑场上，正对着烈日。从早晒到中午，然后执行枪决。

萨绮娜就在这一排人中间。

今日，万众瞩目，她的身份是边境人贩陆俞晚，在缅甸境内六个月，致使数百个孩子走失，极其严重地破坏了本土和平。欲加之罪，何患无辞。

她抬起头，眯着眼睛直视烈阳，微笑起来。

无数道铁栏外的高墙，应该有她今生最爱的男人在为她祈祷，她最好的伙伴会来为她收尸，这一切都是值得的。

真的太累了，多少年的蛰伏，快要让她认不清自己的身份和存在的意义，真的快要喘不过气了。在景栋的赌场，等到他们来的那一刻，她简直欣喜若狂。

然而那个时刻，她发现自己的爱情彻底寂灭了。连唯一的希望，也都没有了……

这一刻，她想起很多不愿意重新拾起的过去。

小时候，家中拮据，妹妹只有四岁就要被父亲送去卖掉，她躲在角落里不安而惶恐地看着妹妹被父亲捆起来。妹妹不停地哭喊着，一声声哀求着父亲，向她这个姐姐求救，可她却无力扭转，甚至不敢发出声音。

很多年，她都不敢回想起那个夜晚妹妹在被送走时绝望的眼神。后来，村里的人都说她长得漂亮，在家里多养几年，等到长开了再去卖，肯定能卖得好价钱。因为这样的话，父亲看她的眼神变得越来越诡异，让她特别恐惧，每天的生活都格外沉重。她不敢大声说话，不敢打扮自己，不敢引起别人的注意，在外面总要把自己弄得脏兮兮的才敢回家，万事都小心翼翼的……她和母亲偷偷地说过很多次，求父亲不要把她也卖掉。母亲心疼地抱着她大哭，却根本做不了主。

过了两年，家里实在太艰难了，父亲就把母亲卖了，只为了能把她养得更健康好看一些，这样才能在适当的时候叫一个高价。

真的挺绝望的，那时候她才七岁，却每天都生活在无尽的黑暗中。终于在母亲被卖掉后，她下了狠心决定逃跑。离开家那个囚牢，情况却没有变好，她每天在山中逃亡着。总有人追她，想要卖掉她，或者占为己有。直到有一天，她遇见陆南风。

陆南风初次看见她时，眼神也有些奇怪。可能是因为独特的气候条件，她常年被丛林和雨露滋润着，美丽独特而有致命的杀伤力。他问她，愿不愿意解脱困境，为自己的命做主。

那时她真的太想要逃离整日被买卖的生活了，所以根本不可能犹豫，就跟着陆南风走了，他是他们所有人的救星。

后来，她在陆南风山中的密屋里看见了照南。那不过是他们初次见面，可她却很高兴，不停地和他说话。他回答的时候很少，大部分时间都是沉默地看着远处。没有多久，卡黎也被带进了山里，和他们一起生活。

很多年的相依为命，他们都是她这一生唯一的羁绊，是她活着唯一的盼头。

在德国的十年，陆南风只是让她做了一件事——成为照南的影子。可是照南很强悍，他没有给她太多的机会去接近和保护他，反而在很多危险时刻都是他救了她和卡黎。十年朝夕相处，她无法错过他每一个时刻和每一个眼神。所有理直气壮注视着的每一个瞬间，她的眼底都只有他一个人。她见证了他所有的变化，从孩子到少年，认认真真地爱了他十年。

回到缅甸后,她早已不是当年的萨绮娜,她的美丽成为锋利的杀人武器。她的确可以选择和哪个男人来交易自己的身体,却依旧摆脱不了红颜诱饵的身份。

她没有其他办法,那是她选择的路,是她决定了要一直走下去,唯一可以让她陪伴在他身边的路。哪怕刀山火海,也必须走下去。这条让人窒息的路,她艰难地走了十年。

无法轻易回首的十年,让她无数次在深夜里号啕失声,却又在次日清晨重新戴上面具示人。

真真假假,是非黑白,孰轻孰重?

无法言清。

她此刻只有一个想法,希望那个为她拾衣冠的人,是他。

枪声终于响起了……

这场诱杀,不会有任何意义。

因为她知道,他们都不会出现。

等到枪声结束的那一刻,他们会为她复仇。

这世上,从今往后,不会再有陆俞晚。

## 第十一章
### 瓮中捉鳖（下）

在此刻这个热闹沸腾的城市，夜晚显得华丽而悲凉。有人刚刚从地狱浴血而来，有人正处在胜利的云端。鲜花美酒，觥筹交错，四目交接，无声对峙。

宴会厅的某个角落里，有两个人正在小声地交谈着，他们是这个夜晚的焦点。

"我没有想到照南竟然会任由我们将他喜爱的女人杀了，正午的刑场一片寂静。"这是名流的夜场，说话的人手上拿着香槟，却仿若拿着枪。

他是邬邦军队中另外一个首领备选人，名字是卡莫奇，和他说着话的是珠登。

"我们可能都被萨绮娜误导了，像照南这样手握重兵的军人，怎么可能会为了一个女人轻易送命？真是不知轻重，这场诱杀简直就是浪费军力，无力而荒唐。"珠登气愤地捏紧了高脚杯。

因为萨绮娜发誓向他们保证，这个女人是照南公开承认过的妻子。她讲了一些之前在景栋发生的事情，让他们对此深信不疑，所以他们才每个人都派出了三分之一的军力，以作刑场捉拿掸邦联盟军之用。只可惜一直等到晚上，都没等来一个南风军的人影。

"不过也没有关系，照南刚刚逃跑，我们就下令封城了，今夜一只苍蝇都飞不出去。"为了抓到照南,他们将手上剩下的全部兵力都分散了出去,挨家挨户寻找他的下落。

今天彻夜难眠,谁都插翅难逃。

"邬邦是我们众兄弟用命换来的,绝对不能便宜了一个女人。我知道你和我的目的是一样的,不如我们先联手解决了萨绮娜,你看如何?珠登,你我都是过命的兄弟,等到统一军队,缅甸东北沿线的领地你我一人一半,怎么样?"卡莫奇抛出了他的橄榄枝,继续诱导着,"今夜之后必有好消息传来,到时我让兄弟你亲自动手,一解当年被照南重伤之仇,可好?"

珠登冷冷笑着,这个仇他是怎么也要报的。

只是面前这个蠢顿愚昧的家伙,可能还不知道他早就从照南手上得到了一份由照南亲手写下的军队授权书。等他接掌了南风军,再把所有罪过都推到这个蠢货身上。什么平分领地?整个缅甸东北沿线都将是他的!

可眼下还得继续做戏,珠登假意思考了会儿,然后郑重看向卡莫奇:"都是邬邦的兄弟,不用分得这么清楚,你和我谁动手都是一样的,反正总要让他不得好死。"

他们举杯共饮,算是达成协议。

就在这时,门口骚动起来。有几个男人起先跌跌撞撞地从门外倒退着进来,目光还追随着后面进来的人。众人皆被这动静吸引,纷纷抬头看去,只见明亮的灯光下,手捧鲜花的少女簇拥下,萨绮娜盛装出现在门口。她身着一件粉青色的旗袍,旗袍上用银线绣满了盛开的罂粟花,从颈脖处一直盘旋蜿蜒到裙摆。她的头发盘在耳后,用一根簪子斜插着以作固定。她动作轻缓,举手投足都有一派娴静之色,像是从江南烟雨中走出来的大家闺秀。

甫一入场,便吸引了所有人的目光。

卡莫奇不得不感叹:"这女人真是美,美到让人不敢眨眼睛。"

珠登没有说话,静静地看着她:"你不觉得,今天萨绮娜看上去和平时有什么不一样?"

"哪里不一样?"卡莫奇又仔细地看了眼,从她的面孔转移到火辣的身材,被她天生的神韵迷得快要眩晕了,说话也结巴起来,"难、难怪大首领之前被她迷了那么多年。"

"哼,胸无大志的东西,活该落得最后那下场。我告诉你,女人还是要提防些好,保不准就在你身后给你捅刀子。"珠登冷冷道,"狗屁的'罂粟精灵',这种能让人中毒的女人,留在身边就是自掘坟墓。卡莫奇,我劝你早点对她收心,否则怕是没办法狠心对她下手。"

他从来都没对萨绮娜有过好脾气,甚至还怀疑过,大首领的死也和她有关。

卡莫奇有些惋惜地叹了声气。两个人交谈的空隙,萨绮娜已经朝着他们走过来。她先是含娇带媚地扫了卡莫奇一眼,然后徐徐端起酒杯与他们轻碰着,漫不经心地问道:"你们枪决那个女人了?"

"已经是正午的事了,看来你昨天被那个女人伤得很重?这一昏迷竟是睡到了今天下午,好在没错过晚上的盛宴。"珠登略含讽刺的语气说道,阴沉的目光却停留在她脸上。

萨绮娜显得很沮丧,没有说话。

"你今天的妆很浓,换了风格?"珠登见她没有说话,又追问道。

"气色不太好,有些苍白,所以就浓了些。"她很快恢复过来,漂亮的猫眼夹着一丝慵懒,显露出风情万种,"今天是个非常重要的夜晚,不是吗?"

"重要?"

"自然是。新年始来,邬邦军悬空了那么久的大首领之位也该落实了吧?如今这样的乱世,随时可能与掸邦联盟军开战,邬邦军中再无人总掌大权,我怕士兵们会士气低沉,可能会一战而败呢。"她认真地分析着当下的情况,询问式地睨着卡莫奇,后者被她的眼神勾得心不在焉,随即连声附和。

萨绮娜又看向珠登,见他神色越发不可揣测,便又接道:"这么多年在邬邦军队,大伙一直都是拿我当大首领的妻子看待,我见大伙的军粮需要扶持,就没有推辞。这几年下来,也是你们都看得起我,才事事和我商量,可说到底我也没有实权。"

她这话倒是真的,有些人信服她,却不受命于她。想要和他们一争首领之位,的确是比较困难的。

卡莫奇见状,有些心疼道:"你在景栋看着那帮吃人的家伙也不容易,是我们兄弟亏待了你。"

刚说完,便被珠登瞪了一眼。

萨绮娜有些想笑,装模作样地和卡莫奇客气了一阵,最后还是转回正题。珠登问她对首领的人选有什么看法。

她一副惊讶的样子,看着珠登毫不掩饰地笑道:"你这是和我开玩笑呢?难道还没有和卡莫奇说吗?我们不是早就有共识,推举你做大首领吗?"

卡莫奇一听,顿时急了,转脸瞪着珠登破口大骂:"好你个老家伙,早就背着我和萨绮娜说好了,就瞒着我一个人是不是?"

珠登知道他是急性子,说话和炮筒一样,刚想解释,卡莫奇的近身随从冲了进来。那人满身是血地倒在人群中间,艰难地传达着紧急消息:"首、首领,我们在刑场外埋伏准备诱南风军的人,全、全都被杀了。"说完,那人便失去了呼吸。

卡莫奇的第一反应就是将枪上膛，直指着珠登的脑袋："你个老家伙，诱敌埋伏的事就你我知道，是不是你故意这么安排的？是不是你的人秘密杀害了我的人？"

珠登张着嘴，被这突然的情况搅和得有些混乱，理不清思绪，半天都没吐出个字眼。

短暂的寂静中，萨绮娜捂着嘴惊呼："我睡了一天多，没想到发生了这么多事。珠登，你怎么可以有这样的想法？你要安排也应该提前和我商量，如果我知道了，肯定是要阻止你的。你和卡莫奇都是兄弟，怎么能够自相残杀呢？他就是性子急，说话直了些，又不是不能好好谈，你怎么可以狠到对亲兄弟下手？"

卡莫奇怒发冲冠，上前一步拎着珠登的衣领，将他狠狠地往地上摔去。一时间，气氛剑拔弩张，双方的守卫皆是把枪相向。其他的宾客吓得四下逃窜，自顾不暇。

萨绮娜一边拦着卡莫奇，苦口婆心地劝道："别冲动，即便珠登不仁，你也千万不能不义，你们都是兄弟啊……"

"什么兄弟？他在我背后玩阴的，我卡莫奇没有这样的兄弟！"

事到如今，珠登也终于知道这件事是谁的计谋，他怒瞪着萨绮娜，狠狠骂道："你这阴险歹毒的臭女人给我闭嘴，别再火上浇油离间我们兄弟了！我告诉你，无论如何你都别想当上大首领！一个女人，老子两根手指头就能弄死。"

"弄死我？"萨绮娜吓得腿软，往后退了一步倒在卡莫奇的臂弯里，"你怎么可以这样？杀完兄弟，又要来杀我吗？"

"怕个屁，他要杀你，先让他从我身上爬过去！"卡莫奇真是怒了，指着那些举枪的邬邦士兵说，"我现在就要杀了他，看你们谁敢对我开枪！"

冲发一怒为红颜，"砰"的一声，流光溢彩的盛宴夜晚，总算是画上了句号。萨绮娜手里的刀也在枪声响起的那一刻，刺入了卡莫奇的身体里。

场上的形势转变太快，卡莫奇身中一刀，不可置信地回过头来。然后他的视线在萨绮娜和珠登之间来回逡巡，涨红了脸，怒不可遏，却终究失去了力气，未曾吐出一个字眼便倒在地上。

他一直到彻底死去，仍旧死不瞑目。

很长一段时间，双方守卫都面面相觑着，鸦雀无声，连"萨绮娜"也不敢相信眼前这一幕，久久失去话语。

枪声响起的那一刻，她以为是卡莫奇扣动了扳机，却万万没有想到，被卡莫奇摔在地上的珠登，会赶在他动手之前开了那一枪。

所以，卡莫奇身中一刀一枪，猝然死去，而珠登却安然无恙地冷看着她，用一种嘲讽和奸计得逞的目光，久久地扫视着她。

也不知过去多久，珠登这老狐狸终于缓慢地从地上爬起来，啐了一口痰，阴森地对她笑道："我刚刚还在和她说，漂亮的女人还是要提防些才好，保不准就在后面给他捅刀子。他还不信，哼……"

"你！"

"我什么？"珠登冷笑着，吹了吹还在冒烟的枪口，"他拿枪指着我的头，我还等着他杀我却不反抗吗？"他朝她走了两步，整张脸都变得狰狞起来，"你不是萨绮娜，那个女人没有你这么好的口才。"他用手捏住她的下巴，从发线开始撕扯起来。

脸上的面具被撕下来，面胶还粘着脸上，和皮肤剥离着，像是脱一层皮。俞晚死死地咬着牙，硬是没让自己吭一声。

这个夜晚，每一个瞬间都在向她昭示着无边无尽的黑暗。

事实上，从更早开始，从萨绮娜堵着她的嘴开始给她易容、和她说起影子这件事时，她就像发疯了一样。

醒来后，她发现自己躺在柔软的大床上，卡黎捂着脸坐在一边。无论俞晚和他说什么，他都默不作声，只是用一种很荒凉的眼神，长久地凝视着她。

很长的时间，他最终只说了一句话："萨绮娜死了。"

萨绮娜死了。

……

所谓诱杀，直到黑夜降临的那一刻，才变得有意义起来。邬邦三分之一的士兵，不只是卡莫奇的人，还有珠登的人，在刑场都会给萨绮娜陪葬。

这一局，从他们故意暴露踪迹被抓住、她被四个男人撕碎了衣服以此来威逼照南下跪、萨绮娜与她互换身份被枪决开始，就统统归于地狱。

整个宴会场都被包围了，从里到外全部都是人潮，向她狂涌而至。

她在人群中找到一些熟悉的面孔，照南、徐六、陆南风……直到此刻，她浑身的疼痛才有了皈依。

珠登举着枪，慌乱地看着四面的人群，不可置信地大喊着："我的人呢？邬邦军呢？"

俞晚轻笑，给他合理的解释，让他彻底地从这场美梦中清醒过来。

"你的人？你的人在哪里呢？此刻，密支那围城十万人，有七万都是邬邦军的人，三万都是手无缚鸡之力的百姓，对吗？可这三万百姓里，有两万都是南风军和掸邦军的人，他们隐于市井，身在暗处，在这个欢庆的独立日夜晚对行走在火光中、挨家挨户寻找照南下落的邬邦士兵见血封喉，又有何难？况且此刻在城外，还有三万南风军狩杀于野。珠登，让我来告诉你，今夜除了投降和归顺，所有邬邦军都只有死路一条。"

"不,不可能,这怎么可能?几乎所有邬邦军都集结在城中,怎么可能让南风军进来两万人?"

"这一段时间,十乡四省都在流传一支戏曲,你没听到过吗?"

"古王庭的戏曲?"

"里面有三个重要的转折,一是密杀法老,二是支开禁军,三是拿走皇子们的头颅。戏曲中的消息很集中地显示出来,三个开头字密、支、拿,也就是密支那。所有南风军都收到了这个暗号,他们就已经秘密来到密支那。"

这个故事在戏曲里的演绎非常传神,传神到近一段时间,所有戏班子的戏目都排满了这支古王庭的戏。

只有处在这个城的人,满心以为抓到了他们,就是终结。还欣喜若狂,自相残杀。

……

夜场里最后几名邬邦军都举手投降了,只有珠登忽然疯狂起来,徐六带着人冲上来将他架住,用绳子将他捆绑住。

他忽然转过脸,奸诈而阴沉地笑起来,他向照南招手,大喊着有话要和照南说。

照南走过去,他贴着他的耳朵,声音被这片土地的月影拉长了。没有人听到他说了什么,却都纷纷注意到照南红了眼。

他站在那里,长身而立,一身戎装,宛若天神,可却红了眼……


珠登最后没有被即刻枪杀,由徐六押着带了出去。

到了这时,俞晚却仿若失去了牵引的绳,像一个傀儡人般累得瘫坐在地上。长时间忍耐和高度紧张,已经快要把她掏空了。终于等到这一最后一刻,所有黑暗都将结束。

夜色中，风声徐徐动荡，耳边人声鼎沸，她却捂着脸突然痛哭起来。

一年前，她从耿马河岸离开，经过班赛港来到老挝，曾两度看见骑着骆驼的商队。

第一次，商队的人问她要去哪里，她说会晒。那些人都笑而不语，意味深长。

第二次，他们又问她要去哪里，她说缅甸。商队人人都红了眼，劝她不要去，和她说那是个吃人的地方。

她不置可否，微笑感谢他们的好意，转过头便忘记了他们殷切的嘱托，忘记他们眼含热泪对她的劝说。

她听见驼铃声渐渐远去，然后看见这乱世里一座座白塔，耸立在香火迷烟的晨钟暮鼓里。

僧人们叩拜礼佛转经禅坐，后面是刀光剑影。

平民们种花和买卖罂粟膏，后面有支撑着一整个家族懦弱下去的年轻家主。

湄公河悠长平缓，夜夜笙歌，是浮于平静表面下的剑拔弩张。

这个地方，像是红墙上倒映出的黑影，每一张脸都凶神恶煞。他们张牙舞爪，被视作魑魅魍魉。

他们对她伸出了手，给予她感动和热泪，同时，也让她生不如死。

风中有挥洒不去的血腥气，冲天迷离。

照南抱着她从那个地方离开，和她说："邬邦军队大部分士兵都归降了，双方军队没有太惨重的损失。"

俞晚对这个并不是很感兴趣，伸手摸他的脸，有些伤口已经开始愈合了，眼睛周围的淤青也慢慢散去了。这样严重的伤，她还是第一次看见。

她想要问一些有关他逃跑的细节，但是转念一想，有萨绮娜和卡黎在里面做内应,想要放他走,一点也不困难。

他们来到一个偏僻的寺院,这样欢庆的日子,信徒们都回家去了。寺院里空无一人,但佛像下的蜡烛依旧燃烧着,整个院子里灯火通明。

照南将她放在院子边的大水缸旁,用椰勺捞水,给她洗脸。

"面胶留在脸上时间太久了,会对皮肤不好,也会伤身。"他动作很慢,小心地为她撕开粘结上去的头发,手指轻轻地揉着她脸颊上的胶体。

他目光专注,俞晚想哭。

"萨绮娜和我说,她是你的影子。你还是不肯承认,你去过德国,去过云南,做过我的影子吗?"

"俞晚,我说过,我不是那个人。"他仍旧在为她洗脸,"如果我是陆俞家族安放在金三角的卧底,我受陆南风的直接领导,我在德国接受了十年训练,我是陆俞家族唯一继承人陆俞晚的影子。那么,回到这片土地,我该怎么说服我自己,我是南风军的首领,我壮大他们就是为了有一天,让他们为陆俞家族的理想和期望而奋不顾身,不惜丢掉性命?陆俞家族是什么?和他们没有任何关系。"

他将她抱回经堂,将她放在一排经筒旁,用手擦着她脸上的水,安静地跪坐在她身边,目光沉静,声音悲悯。

"如果我真的这样清醒,我承认我的存在只是一枚棋子,那么,是不是大哥、小四、小五的死,二娘的失明,许许多多南风军的牺牲都是顺理成章的?我要把自己变成怎样一个刽子手,才能一直这样冷漠如雪地走到今天?"

俞晚看着他,这是第一次,也是唯一一次,他和她开诚布公地说起这些年。

"俞晚,陆俞家族是你的信仰,而我,唯一的信仰只是南风军。我生于这片土地,我眷恋这里的气息,我憎恶战争和人口买卖,我做这些仅仅是想要把这里变成一片热土。所以,我必须只能是南风军的首领,才能够对得起和我一起出生入死的兄弟,才可以让自己一直这么坚定地走下去,时刻保持清醒,做一个善良的人。"

所以,如萨绮娜所说,卡黎寻求身为棋子被摆弄命运的唯一解脱是,信佛。

而他只能不停地告诉自己,他是南风军的首领,身上背负着许多的性命,亲手埋过许多兄弟的尸首,要为所有人创造一片热土……只有这样,任凭刀口舐血,身死哀荣,他才能一直走下来。

而萨绮娜呢,支撑她的是什么?是爱情。所以,当有一天她发现她活着唯一的支撑没了,她对爱情的幻想破灭了,她让自己变成了一个杀人犯。

俞晚是真的难过,因为这些太过于残酷的开始和结局。

"可是以后不会再有人知道南风军,他们不会认为这些太平安宁的场景是南风军的功绩。"

"这不重要,俞晚。"他和她面对面,目光强势而灼热,"不重要,我在意的是兄弟们的死活和这个结果。你曾经说,这是一个新的时代,我们不需要墨守成规。所以,我和你是否信仰不同,这没关系。重要的是,我和你想要的结果是一样的。"

他伸出手抚摸着她的脸颊,指腹很烫,和他的吻一起燃烧着。俞晚颤抖地闭上眼,回应着他。

"我身上很臭。"她埋怨他,"你之前答应我,说要让我洗上热水澡,无所不能的照南将军,你总是食言。"她的手划过墙上的经筒,经筒上的花纹刻入指缝,那是最能让人平静的佛门之物,此刻却在见证着他们的严丝密合。

他的声音似从灵魂深处迸发出来，让她感觉到惊颤。

"俞晚，从今往后世上再也没有南风军，也再没有南风军首领照南。"他的手探入她的后背，有些冰凉的余悸和细痒。下一刻，他密密麻麻的吻落下来，堵住了刚刚在她脑海中一闪而过的疑问。

她配合着他每一个动作，在经筒旁的墙根下。

不远处，火光照亮了佛像中的慈眉善目。

她好像听见某个遥远的地方，对密支那这一夜毫无察觉的族人们还在彻夜狂欢。他们浑身湿透，被亲密的爱人用着泼水这种方式献予祝福。这是他们每一年最开心的日子，一切都预示着从头开始。

从头开始。

良夜温存，从头开始。

她听见照南的声音，晃在了水光里，让她摇曳动荡，沉沉浮浮。后来他似乎笑了，小声地和她说："俞晚，不要分心。"

在寺院里醒来时，已经是第二天清晨，微光爬过了窗台，照亮指缝下经筒上的花纹。莲心花色，寓意纯白无瑕。

俞晚和自己说，这真的是新的开始。

她从经室走出来，看见卡黎背对着她，面迎着寺院门口的一大批朝圣者。那些朝圣者跪在垫子上，膝盖下薄薄的垫子大部分都是旧的，不需要太仔细就能让人看到上面的补丁，可是这些修行者，却不太在意别人的目光。

卡黎微眯着眼睛，在她开口前先问道："接下来你有什么打算？"

"清迈，这是我在金三角最后一个目的地。"她缓慢地说着，仰起头，让阳光遍布她的身体。她想起照南，不知道他在什么时间离开，此刻在哪里。

卡黎知道她的疑问，拿出一件东西交给她。

"他让我把这个交给你。"他很平静地说着。

是草绳。

当初在景栋，她跟孩子学着编来讨好他的礼物。从缠上他手腕的那一刻起，就再也没有被拿下来过。

为什么现在却要还给她？

她直觉上有些不太好的预感："他人呢？"

"他死了。"

钟声响起，四月的风趟过她的胸口，像是被梅雨季浸染过的江南，到处都湿答答的。她的耳边回想起一句话：

"俞晚，从今往后世上再也没有南风军，也再没南风军首领照南。"

漫长而久远的凝视中，所有人目光都转移到这个女人身上。她泪流满面，痛哭失声，像一个迷途的孩子抱着一串草绳，哭得撕心裂肺般，哭了很久很久。

她身边的男人始终沉默地捂着脸，痛苦而哀亡。

于是，人们开始追问为什么。

得到的答案莫衷一是：南风军首领照南将军死了，死在一场大火中。至于这个女人？不知道，不知道她是谁。

"听说过罗斯柴尔德家族吗？"

一个神秘而古老的家族，隐藏在黑暗面的控制者，控制了近两个世纪经济命脉的强大家族。对绝大多数普通人来说它是陌生的，因为在这个时代，人们的目光只会关注到"洛克菲勒家族"或者"摩根家族"这些声名显赫的名字上。二战前的美国，曾经有一句经典的话形容当时美国的情况，"民主党是属于摩根家族的，而共和党是属于洛克菲勒家族的"……其实在这句话后面还应该跟一句"而洛克菲勒和摩根，都曾经是属于罗斯柴尔德的"。

所以，在二十年后的这片土地，陆俞家族就是罗斯柴尔德的另一种演绎，而唯一掌门人的名字是——陆南风。

十年磨砺，十年蛰伏，不会有人知道曾经在这片土地，出现过四个陆俞家族的卧底。

卡黎：他掌握老挝、缅甸和泰国所有的信息网，几乎垄断整个东南亚的地下渠道网，任何风吹草动他都会在第一时间知道。他是个佛教信徒，可是脾气很大。

萨绮娜：她主导了缅甸多个复杂的游军势力的统一，在很早的时候，就让他们显露出分化阶级，以逐个击破。同时，她统筹资金关卡，富布三国。

陆南风：他建立商业帝国。

还有一个人——

照南：他负责化身地狱。

正文完

### 我最后的信仰是——只要你活着

1962 年，德国柏林某个城堡庄园。

穿着浅粉色真丝睡衣的女人从旋转楼梯上走下来，女仆拿着早就准备好的外袍，贴心地为她穿上。

女人赤脚踩在柔软的地毯上，交代女仆早饭的样式后，询问道："我的朋友们呢？"

"哦，他们一夜没睡，在山庄的河湾里钓鱼，到现在还没有回来。"女仆说。

"看时间也快了，也替他们准备一份吧。"

她坐在沙发上，开始吃药。两年前，她在缅甸被强行带回，没能再深入泰国。她常常做噩梦，总歇斯底里地喊着一个男人的名字，眼泪都快要流干了，却始终不愿意接受他已经去世的残酷现实。父亲担心她的身体，将她送来了德国，找了最好的心理医生给她治疗。

最初的时候，她很配合，会跟着医生的暗示回忆起一些她不敢回想的画面，但后来她发现自己并没有病，她接受了现实和现实带给她的痛苦，非常乐意让心理医生帮她重建一些回忆，一些她快要遗忘的回忆。

她想要把每个细节都找回来，深深地映入脑海里。

可医生却觉得她这样的情况不太好，和她父亲说她已经病入膏肓，深陷过去出不来了……好吧，她承认她不愿意忘记那个男人。

为什么要忘记呢？

面前的药再吃上几年，她也不可能忘记他。

在这里的生活很平静，没有人知道她曾经在金三角杀过人，曾带着满身的血腥气和一个男人共赴地狱……一切都回归到最初，西蒙和小七偶尔会带着他们的孩子来这个庄园做客，她很喜欢他们的孩子，非常可爱，会用中国话叫她"俞晚姐姐"。

俞晚，这个名字，已经不属于她了。

在密支那，早在她察觉之前，就有人替她做主清洗了一些她在缅甸存在过的痕迹，用萨绮娜制造了"陆俞晚"的死亡。后来，那个人用自己的命换来自己亲兄弟的尸首，死在一场大火中。

她去祭拜过小四。

如果可以，她也愿意用自己的命换这个大男孩的尸首，许多南风军的士兵都愿意。

所以，他不可能不答应珠登的任何要求……

十五分钟左右，西蒙提着战利品回来，整整两大桶鱼。和他一起的男人是目前生存考验项目组的负责人，是一名华裔。

午后西蒙开车去接小七和孩子，留下这个男人和她独处。她非常理解西蒙的小心思，没有戳破，给了他很大的面子。

她和那个叫顾守的男人在花园里闲聊着。

"你的名字是顾守？"

"不是,昨天晚上我重复过两次,但可能陆小姐都没听清楚。现在我再重复一遍,我的名字是顾延守。"

"有什么特别的含义吗?"

"没、没有,我也不太清楚,可能有一些守护的意思吧。"他不安地笑着,用余光打量面前这个漂亮的女人。很苍白,瘦得像皮包骨,西蒙说她是吃药变成这样的,她原本是个特别温暖善良的女人。

"你在看什么?"

"我在想过去的你是什么样子的。"

"不太好,心机很深,爱算计人,做过一些你无法想象的事,还是泪包。"

"现在呢?"

俞晚微笑问他:"你认为我现在是什么样子?"

顾延守毫不客气地说:"像吸毒的女人。"

吸毒?这个比喻不太好,不过她能够理解。如果真要说她"吸毒"也名正言顺,她在过去泥足深陷,被一个男人搞得神魂颠倒。

顾延守接着问:"你吃什么药?"

"一些控制精神的药物。"

"效用是什么?"

"让我忘记一些痛苦和过去。"

"过去的场景,还是人?"他一点也不避讳地说起这个谁都不敢提的话题。

俞晚释然地笑:"人,一个眼神很阴冷,像毒蛇一样的男人。"

"和你的气质很相配。"

"是吗?你是第一个这么讨好我的人,其他人都认为我有病,精神状态不是很好。"

在来到柏林的第一年，她睡在催眠室里，无数次挣扎咆哮着苏醒，哭到眼泪干涸，仍旧不肯相信那样的事实。第二年，她平静地和医生交谈，拜托他为她重组一些记忆的细节，她表现得非常热衷，以至于让医生认为她精神分裂。

……

西蒙带来很多男人，变着法子讨好她，让她高兴，面前这个男人是第一个能够和她聊上这么久的。

聊到生存考验，俞晚笑着问："我的导师阿道夫，他现在身体还好吗？"

"阿道夫是你的导师？"顾延守很惊讶，好像忽然想起来什么，反应过来，"你姓陆，我想起来了，阿道夫曾经说过他有个学生，来自中国云南，叫陆俞晚，是你？对吗？"

"没想到阿道夫还记得我，都过去十多年了。"

"他记得你，他还记得另外一个男人，zeng，你的影子。阿道夫说过，那是他见过最强悍的男人，这么多年仍旧没有人能够打破他的个人纪录。"

影子在生存考验中存在的意义是隐藏在暗处，保护被指派的那个人。一旦选定，过程中不会再有任何改变。

Zeng，照南。

他做了她那么多年的影子，眼底始终都只有她一个人。

从出现在德国开始，就是一场到处都充满了隐瞒和欺骗的局。父亲不希望她和那些卧底有任何瓜葛，更不希望她知道有影子的存在。

那时候真是的傻，以为那些项目根本不会要了她的命，但其实一直都是他帮她清理着危险。在离开德国前最后一次考验中，因为艰难的雨林条件和恐怖的野兽，同伴们都相继离她而去，她独自一人在孤岛飘荡，濒临死亡。

孤岛沿海顺水漂着的那么多天，她在模糊的意识中看到一个背影，男人的背影。虽然所有人都表示不知情，但她笃定有这么一个人存在。

每个女人都有英雄情结，她在少年时期最美好的、最克制、最隐忍的、最疯狂的一个想法就是，那个男人是他。

所有生存考验的项目里，那个男人被誉为"末日"。

……

而此刻他和她的名字，在一些名单上面，应该是显示出相同的状态——死亡。

于是她笑着摇摇头，否决道："不，我不是陆俞晚，我的名字是陆望。"

"陆望？有什么特别的涵义吗？"

"有盼望和希望的意思，又或者谐音为忘记。"

"你这样会让自己很矛盾。"

"我不惧怕矛盾，这世上本身就有很多事情都是矛盾的。"

"那你是想遗忘他多一些，还是记着他多一些？"

"说不清楚……"她眯着眼睛轻笑，阳光很刺眼，这让她有些困倦。女仆人走过来提醒她，到睡午觉的时间了。

俞晚客气地和顾延守告别，轻声嘱咐他："这个庄园的任何一个地方,你都可以去参观。但前提是,必须有人带领着。"

顾延守没有说话,看着她转身走远。瘦削的背影,萧条得像樟树大道上飘零的落叶,厚厚一层。

真的是让人心软。

他没能没忍住,大喊道:"阿道夫说,为了记录一些生存考验项目的真实性,他们曾经跟踪录像过。"

俞晚停下来,站住了脚。

"我其实之前在录像里面看到过你,还有那个男人。你如果很怀念他,或许……但是这些录像都是保密的,你不准拷贝,不可以外带。"

"带我去看,我要去。"她转身疾步走过来,拉住他的手,"你开车来了吗?没有的话,庄园里有车。带我去,我要去看。"

……

没有人告诉过她,还有录像的存在,那些真实而残酷的事实真相,是他作为影子最直接的还原,是唯一可以让他的感情有所流露的记录。

她更没有想到的是,就在她打算离开庄园时,一个久违的老朋友会出现在这里。

"密支那事件显示陆俞晚小姐已经被枪毙,那时,我大概已经猜到你们全盘的计划。具体的我不想知道,我只想确定你并没有死。后来我从与琮少合作的一些陆俞家族的人口中打听了很久,才知道你的情况不太好,似乎生病了,还被送出了国。"坐在她面前的这个人,是目前会晒的总书记——沐舜。

他面孔白皙,眉宇间有一股逼人的英气,这位年纪轻轻就位居高位的书记长,语气中带着遗憾:"我打听了很久,才能找到这里。"

俞晚能够明白,她的父亲始终还是希望她彻底地从金三角那个地方脱离出来，所以一直以来阻止所有人和她见面。

"我觉得，你这么辛苦来找我，应该不只是探病？"

沐舜看着她，目光中有一些无从探究的情感，从很早开始就在酝酿着，只是苦于一直没有合适的机会吐露。

"陆小姐，你知道的，我一直对你有些敬仰，也习惯了你处事的方式。老实说，你离开后，陆俞家族其他的人办事都不如你果断直接了。"

俞晚轻笑："你怀念我对你用手段的方式吗？沐舜，不要再和我绕弯子，我知道你有消息给我。"

一瞬间，所有伪装的镇定都要分崩离析，她强撑着笑容询问道："是不是有关他的？"

"你依旧聪慧。"

他调查到当日在密支那，邬邦首领珠登以南风军副将小四的尸首威胁照南自杀。两个人在争执的过程中，打翻了油灯，造成了那场大火。

但事后在废墟里找到的两具黑尸都已经面目全非，真真假假，谁又能知道？

"陆小姐，我不确定那两具尸体里面有没有照南，只是前不久在出席于泰国军方的活动时，见到过一个人。那个人和照南将军的给我的感觉有些相似，一些眼神或者角度让我怀疑，但他的面孔却不太像照南。后来我尝试着追查下去，却受到了阻碍。"

俞晚屏住了呼吸，一股酸涩冲上眼眶。

"我想象不出在整个金三角地区，还有哪个家族有这样的能力，能够无声无息地斩断所有的线索，让我的人没有一丝头绪。"

"我明白了……"她努力维持着微笑，对这个不远千里而来的老朋友感激万分，"沐舜，谢谢你。"

这世上会有一些善意的谎言,他认为那些谎言的存在是为了让人得到释放。可是现在,如他所见,她没有得到任何释放。

那么,谎言也没必要再维系下去。

三个月后,在泰国清迈有一场举世瞩目的油棕交易会。

被门口的皇家军队要求她出示邀请函时,俞晚拿出了一面木牌。木牌镌刻细致,上面有一行小字:一饭三吐哺,风雨四百年。

她徐徐说道:"这样的木牌举世只有五面,有一面是在老挝最大的木材商人琮少手中,一面在中国隐形皇室的继承人手中,一面在边境军阀后裔手中,有一面在我的手中,还有一面背后刻着'南风'两个字,它在缅甸掸邦军队的首领陆南风手中。"

那年,她让单瑶带着木牌回去问父亲答案时,所刻的"南风"二字,仅仅代表着南风军,还是在影射那个男人。即便是今日,陆南风拿着这面木牌,心中仍一清二楚。

这上面的刻字,只为纪念已经不再功成名就的南风军。

而在所有南风军心中,他们只有一个首领,就是两年前死于一场大火中的照南将军。

可惜,当单瑶带着肯定的答案回来时,那场大火已经烧尽了她的希望和等待。

……

她毫无章法地说着:"你将这面木牌拿给琮少看,或者陆南风,他们都被邀请在列。"

守卫很显然犹豫了片刻,盯着这面木牌仔细地看了两眼。

"我可以在这里等,一直等到他们出现,拜托你……"

"好吧。"守卫的目光从上往下打量着她。这个女人孤身一人来到这里，除了瘦得有些夸张，其他看着都很正常，不太像是危险分子。

这场油棕会虽说只是一场商人们的会面和交谈，可却直接影响了国内未来的经济形势。

在来到这里之前，长官对他们千叮咛万嘱咐，一定要认真核实所有到场人员，将警备力提升至最高状态。为此，泰国皇室出动了好几支军队，目的就是为了保护这场交易会主办人的安全。

据说，主办人身系多方势力，和皇室王子交好，是当世少有的豪流隐商，极少公开露面。

这次受邀出席交易会的嘉宾，皆是金三角地区数一数二的商儒，政客，军官……简单点来说，这只是一场属于"陆俞"家族的会面。

年轻的守卫从正门进去，一路从小花园跑过，开始在人群里寻找着所谓的琮少和陆南风，他并不认识他们，问了一圈无果后，他找到名单的负责人，通过他找到了其中的一个人——陆南风。

"一个女人？"

"是，挺苍白消瘦的女人，东方面孔，很漂亮。"

"带我去见她。"

就在这时，从正门到花园之间的一条路上缓缓驶过来一辆车，正红色古董车，几乎所有人的目光，都在第一时间转移到这辆车上面。

只有俞晚开始流泪。守卫惊讶于这个女人莫名的表现，他们想要上前询问，却见她忽然从正门跑了进去。

下一刻，守卫举起枪来，陆南风大声咆哮着："不许开枪，谁也不许开枪！"因为他的声音，随他一起进来的掸邦联盟军便衣士兵都齐齐掏出枪来，对着那些守卫。

所有人都震惊住了，双方都举着枪彼此对峙着。那辆车也彻底地停下来。

俞晚跑到车前，泪流不止。她双目紧盯着车后座的男人，纵然他已经面目全非，可他的眼睛分明还带着那样深邃的阴冷。

这个人怎么可以这样？他怎么可以用泰国皇室的军队当守卫，怎么可以让卡黎做他的司机？

她让自己平静下来，轻声叩着车窗。

花园里，上百双眼睛都在注视着这个女人。他们看到车窗缓慢地摇下来，车里的男人微笑着问她："这位小姐，有什么需要我帮忙的吗？"

"你的司机他脾气很大，不太买我的账。这位先生，请问你可否帮我请他下车？"

"为什么？"

"因为我有一些重要的话要和你说，不、不是一些，我有很多话要和你说。"

……

万众瞩目的告白，没有让这个司机下车，倒是让那个一直保持着微笑的男人，打开了后车门，拄着一根拐杖走出来。

俞晚往后退了一步，看着他很慢地走出来。他需要用辅助的工具，才能够直立行走。她很快走上前，站在离他很近的距离，没有再让他往前走一步。

"我在德国看到了一些录像……"她哭得喘不上气，说一句话需要用很大的力气，这让所有举枪的人都莫名地受到了感染，放弃了戒备状态。

男人声音很低，说的是："你太瘦了。"

他们根本不在同一个话题上面。

俞晚深陷在那些录像带给她的震撼里面："考验的第一个项目里，有个女孩因为嫉妒一个男孩将最后的水果给了我，所以在我睡着的时候想要杀了我，是你在黑暗中夺走了那个女孩手里的水果刀，一直坐在我面前等到天亮。"

男人伸手摸她的脸颊，有些心疼："我听说，你经常做噩梦，总要吃药。"

俞晚痛哭失声："夜晚是最好的时机，是不是？可是我真的……在那么多年的考验中，都没清楚地明白这个事实，因为每一个黑夜，你都会守在我身边，是不是？"

他在贴身的西装裤掏了一会儿，并没有找到可以为她擦眼泪的东西，于是他脱下西装外套，拿在手上，小心翼翼地碰到她的脸："以后别再吃药了。"

这是她第二次看见这个男人穿西装，第一次在围猎野狼，他的衣服是仓促中定制的，不是很合身。此刻这深黑色的西装，却完美无缺地勾勒出他依旧强壮的身形。

沐舜没有看错，他没有死，他真的出现在这里，继续为陆俞家族做她没有做完的事。他换了新的身份，得到更深的保护，他应该是经过很久的手术，才变成现在的模样，让自己变得面目全非，让所有南风军都无法再认出他。

"那个录像里有很多危险的场景，你受过很多伤，很多伤……"

比在密支那时被那些可恶的邬邦军严刑拷打，要严重许多，许多……

面前这个男人终于直面她的问题，轻声安抚着她："这不重要。"

"不管是白天，还是黑夜，你的眼里始终都只有我一个人。专注、虔诚、目不斜视,这是你的习惯。"

"我只有这么一个好习惯。"

"我忘记和你说,从很早开始我的信仰就变了,我唯一的信仰就是你活着。"

他眯着眼睛微笑,将西装搭在车窗上,变得手足无措:"那些都不重要了,告诉我你的名字,美丽的小姐。"

她深深地看着他,看着这个眼睛不再阴冷的男人:"我现在的名字是陆望,希望的望,你可以这样叫我。"

"陆望,很好听的名字。"

"可我怀念过去你叫我俞晚时的口吻。"

他投降了,轻笑着抱住她,贴在她的耳边,真实地让她感受到:"俞晚,我是照南。"

俞晚,我是照南。

【官方QQ群:555047509】

每周丰富多彩的群活动,好礼不停送!
作者编辑齐驾到,访谈八卦聊不停!

扫一扫看更多图书番外,作者专访